本好きの下剋上

司書になるためには手段を選んでいられません

短編集Ⅰ

香月美夜
miya kazuki

TOブックス

短編集Ⅰ

イラスト：椎名　優　You Shiina
デザイン：ヴェイア　Veia

トゥーリ視点　変になった妹

Kazuki Miya's commentary

ＷＥＢ版に掲載されている未収録の閑話。
第一部Ⅰの頃。
トゥーリ視点のお話です。
高熱が出て死にかけていた妹が変になった話。
簪やシャンプーを作り始めたマインを
トゥーリはどんなふうに見ていたのか。

ちょこっとMemo

お風呂に入りたいのに体を拭くだけでひとまず我慢しているマインと、毎日体を拭きたがるマインが理解できないトゥーリ。常識の差を感じてみてください。

わたしの妹のマインは夜のお空のような真っ直《ます》ぐの紺色の髪に、お月様みたいな金色の目をしていて、姉のわたしから見てもすごく可愛《かわい》い子だ。でも、いつも病気で熱を出しているせいでご飯があまり食べられず、なかなか大きくならない。あんまり外に出られないから肌は真っ白だし、一緒に遊べないのだ。病気だから仕方ないけれど、ちょっと残念だと思う。他の子は自分の兄弟姉妹と一緒に遊んでいるから羨《うらや》ましい。いつもマインは森へ行けるわたしのことを「ずるい」と言うけれど、わたしもマインと一緒に森へ行ったり遊んだりしたいと思っている。

……マインが病気なのは、わたしのせいじゃないし……。

マインはついこの間もすごい熱を出した。もしかしたらこのまま死ぬんじゃないかと思うくらい高熱が続き、三日くらいご飯も食べられなくて、水も飲めなくなるくらいだった。

……もしかして、その熱のせいでマインはちょっと頭がおかしくなったのかな？

熱が下がったマインは、よくわからない言葉を発していきなり怒ったり、いつもはちゃんと言うことを聞いてベッドで寝ているはずなのにお皿を洗いに行っている間にベッドから抜け出して家中をめちゃくちゃにしたり、わけのわからないことを言いながら丸一日泣き続けたりしたのだ。

その時は、まだ熱があって苦しいのかな？　と思っていたけれど、マインは熱が下がったらもっと変になってしまった。

なんとマインは毎日布を濡《ぬ》らして体中を拭《ふ》くようになったのだ。

最初は熱が下がった時だった。体が気持ち悪いから拭いて欲しいと言われたけれど、その時はそれほど不思議に思わなかった。熱で汗もいっぱいかいただろうし、川へ水浴びに行くのも難しいと思ったから。でも、マインはそれから毎日毎日ご飯を作る時にお湯を沸かしていたら、温かいお湯が欲しいと言うようになったのだ。最初の日は桶《おけ》のお湯がずいぶん汚れたけれど、三日も経《た》てばお湯は綺麗《きれい》なまま。それなのに、毎日、毎日。

……どう考えてもおかしいでしょ？　毎日だよ⁉

わたしはマインに「一人では手が届かないところもあるから手伝って」と言われて手伝っているけれど、どうしても納得できない。

「ほとんど汚れてないのに、お湯を使うなんて無駄遣《むだづか》いじゃない？」

「汚れてるから無駄じゃないよ」

わたしが何を言っても、マインは毎日体を拭くことにこだわった。それに、何故《なぜ》かマインはわたしのことまで拭こうとする。わたしが「別にいいよ」と言っても、布で顔をごしごしするのだ。

「トゥーリは外に行くから、わたしより汚れてるよ」と言って。

確かにマインを拭いた後は綺麗なお湯が、わたしの後には濁《にご》って汚れてしまった。自分についた汚れをまじまじと見せつけられると、ちょっと嫌な気分になる。それなのに、マインは「二人で使えば無駄じゃないよ？」とニッコリと笑うのだ。

……毎日お湯を使うのが無駄なことだって、どうやったらわかってくれるかな？　井戸から桶一杯分の水を運んでくるの、すごく大変なんだけど、どうしたらマインはわかってくれるんだろう？

マインの変な行動は、体を毎日拭くようになっただけではない。いきなり髪を結うようになったのだ。マインの髪は真っ直ぐなので、いくらきつく縛《しば》っていてもすぐに解《ほど》けて落ちてしまう。だから、今までは特に結っていなかった。

それなのに、また結いだそうとしては何度も失敗して膨《ふく》れっ面《つら》になったマインは、いきなりわたしの籠《かご》の中をごそごそと漁《あさ》り始めた。その中から父さんが木を削って作ってくれて、母さんが服を作ってくれた人形――わたしの宝物――を持ってきた。

「トゥーリ。これ、折っていい？」

「それ、人形の足だよ！　マイン、ひどい！」

人形の足を「折る」なんてひどすぎる。わたしが怒ると、マインは「ごめん」と項垂《うなだ》れながら、前髪を掻《か》き上げて溜息《ためいき》を吐《つ》いた。五歳のくせに妙に色っぽい仕草で、わたしは思わず息を呑《の》む。

「あのね、トゥーリ。こういう棒が欲しいの。どうしたらいい？」

マインが欲しかったのは、人形の足じゃなくて木の棒だったらしい。それなら、薪《まき》用に集めた木をちょっと削ればわたしにだって作れる。人形を壊される前に、わたしはナイフで木を削って細めの棒を作ってあげることにした。「こっちの先をちょっと細くしてほしい」とか「ここはあまり尖《とが》らないようにちょっと丸く」とか注文は多かったが、マインの満足する形に仕上がったようだ。

「ありがとう、トゥーリ」

すごい笑顔で受け取ったその棒を、マインはいきなり自分の頭に刺した。

「マイン、何してるの⁉」

ぎょっとしたわたしの前で、マインは突き刺したように見えた木の棒に髪を巻いてグッとねじる。

何をどうしたのか棒一本で髪が結い上がった。まるでお貴族様の使う魔術のように髪が留まったことにもビックリしたけれど、大人の髪型だったことにもわたしは驚いた。

「マイン、ダメだよ。全部の髪を上げるのは大人だけじゃない」

「……そうなんだ」

まるでそんな当たり前のことも知らなかったように目を丸くした後、マインは髪から木の棒を引っこ抜く。髪がバサッと解けた。マインは上の半分くらいだけをさっきと同じように棒でくるくる巻いてねじ上げて、わたしに見せる。

「これならいい？」

「いいと思うよ」

それから、マインはいつも木の棒で髪を結うようになった。前から見たら頭に棒が刺さっているみたいで変だけれど、本人は満足そうだ。


今日は母さんが仕事を休んでマインを見ていてくれたので、久し振りに皆と森に行くことができた。薪を拾って、木の実や茸《きのこ》もたくさん採って、肉の味付けに使う薬草もたくさん探す。これからの冬支度《ふゆじたく》に必要だから、一緒に行った子供達は頑張って採っていた。

……マインも早く元気になって、一緒に森に来られるようになればいいのに。

家に帰ると、マインが「おかえり、トゥーリ」と出迎えてくれる。今日は元気そうだ。

「何が採れたの？　見せて、見せて」

マインが珍しそうな顔で籠の中を覗《のぞ》きこんでくる。この間も持って帰ってきた物なのに、まるで初めて見たような顔で薬草や茸を取り出している。

……変なマイン……。

わたしがそう思った直後、マインは目を輝かせて籠の中からメリヤの実を取り出した。

「これ！　これ、ちょうだい！」

こんなふうにマインが何かを欲しがることは少ない。「ちょっとならいいよ」と、わたしは二つだけ実を渡してあげた。

「ありがとう、トゥーリ」

天使みたいな笑顔でメリヤに頬《ほお》ずりしていたマインが物置に入っていき、うきうきとした様子でハンマーを持って戻ってきた。

「マイン、どうし……」

わたしが声をかけるより早く、マインはメリヤ目がけてハンマーを振りおろす。ゴッ！　と鈍い音がして、ブシャアッ！　とメリヤが潰《つぶ》れて弾《はじ》けた。ピシピシッと汁がわたしにも飛んでくる。

……ハンマーを叩《たた》きつけたら、当然、果肉と汁があちこちに飛び散るよね？　考えなくても、それくらいわかるよね？

「ねぇ、マイン。何してるの？」

顔に飛び散った汁を拭かずに、わたしはニコリと笑ってみる。うひっと変な悲鳴を上げて、マインがビクッと飛び上がった。

「……えーと、その、ね。油が欲しくて」

マインは、やってしまったという表情で助けを求めるように見上げてくる。この顔は絶対にハンマーで潰したら飛び散るということを全く考えてなかった顔だ。

「油を取るにしても、取り方ってものがあるでしょ!?　何やってんの!?」

「そうなんだ……」

しょぼんとしているけれど、マインは本当に大丈夫だろうか。この間、油を一緒に搾《しぼ》ったのに覚えてないのだろうか。

……ホントに熱のせいで頭がおかしくなったのかも？　母さんに相談した方がいいかな？

その後、掃除に苦労して、夕飯の下ごしらえに井戸のところに行っていた母さんが帰ってきてやっぱり怒られた。マインがやったことなのに一緒に怒られてしまうのだから、姉というのは本当に嫌な立場だ。こんな時はマインが全然可愛く思えない。

「トゥーリ、トゥーリ。どうやって油を取るの？　教えて？」

母さんがぷりぷり怒っているから、マインはこっそりとわたしのところへ質問に来る。

……こそこそしてるのも丸見えだよ。ほら、母さんがこっち見た。

「母さん、マインに教えていい？」

「ハァ、ちゃんと教えておかないと、これから先が大変なことになりそうだからね。ちゃんと教えてやってちょうだい」

母さんが面倒臭そうにそう言って物置を指差した。油を搾るための道具も布も全部物置にあるので、わたしはマインと一緒に物置へ行って最初から全部教えてあげることにする。

「……台所の木の台は油とか汁が染《し》み込んじゃうから、そのまま使っちゃダメ。こっちの金属の台を置いてから使うの。最初にちゃんと布を広げて。この中に実を入れて包まないと飛び散るんだよ。それに、メリヤは実が食べれるから、食べた後の種から油を搾るの」

「種の油だけじゃ足りないよ。実の油も必要なの」

マインは嬉々《きき》としてハンマーを振りおろしているけれど、狙いは甘いし、力はないし、へっぴり腰だ。柔らかい実はともかく、種はちっとも潰れていない。おまけに、マインの力では布が全然絞れていない。

「マイン、それじゃダメだよ。種が全然潰れてないし、油が落ちてないよ？」

「うっ……トゥーリィ～……」

マインがあんまり情けない顔で見上げてくるので、わたしは手伝ってあげることにした。ハンマーをマインから受け取ると、すでに汁でべたべたぬるぬるしている。振ったらすっぽ抜けそうだ。わたしは布でハンマーを拭《ぬぐ》ってからグッと掴《つか》んだ。

「こうやって完全に種を潰して……」

父さんならハンマーなんて使わなくても、圧搾《あっさく》用の重りを使えるから結構楽に潰れる。この重りが使えるようになれば、男の子は一人前の力仕事を任されるようになるのだ。重くて使えないわたし達は、ハンマーでちょっとずつ潰すしかない。

「布をこうやって絞って……」

「うわぁ！　トゥーリ、すごい！」

ポタポタと小さな器に垂れていく油を見て、大喜びするマインは可愛い。けれど、わたしの腕はすごく痛い。

「ありがと、トゥーリ」

「マイン、後片付けしないのはダメ。ほら、片付けて」

片付け方がわからないようにまごまごしているマインにやり方を教えながら、わたしも道具を片付けていく。マインは病弱で小柄だから、本当の年よりずっと小さく見えて忘れがちだけど、もう五歳だ。七歳になれば神殿で洗礼式を受け、見習いとして仕事を始めなければならない。そうでなくても、来年にはわたしが七歳になる。見習いを始めたら家のお手伝いはマインがすることになるのに、道具のありかも使い方もわからないなんて大丈夫なのだろうか。体調を見ながら、どんどんお手伝いをさせていかないと、今のマインを雇《やと》ってくれるようなところはないだろう。

……母さんにもマインを甘やかすのを止《や》めさせて、わたしもちゃんと教えてあげなくちゃ。

「トゥーリ。薬草もちょうだい」

「ちょっとだよ？」

マインは取れた油に、籠から出されている薬草の匂いを真剣な顔で嗅《か》いで選びながら、いくつか入れていく。多分油に香りを移しているのだと思うけれど、マインが入れた薬草の中には虫除《むしょ》けに使う物で食べる気にはなれない匂いがするのもある。

……うわぁ……。あれ、完全に香りが移る前に夕飯に使ったほうがいいよね？

わたしが急いでメリヤの油を夕飯に使おうとしたら、マインが必死の形相で阻止《そし》してきた。

「トゥーリッ！　ダメッ！　何するの⁉」

「早く食べなきゃ使えなくなっちゃう。この薬草、匂いが移りすぎると食べられないんだよ？」

「食べちゃダメなの！」

わたしが何を言っても、マインはただ首を左右に振って油の入った器を隠そうとする。困って母さんに目を向けると、母さんも怒ってくれた。

「マイン！　それはトゥーリが採ってきたものでしょ！　我儘《わがまま》言わないで！」

「我儘じゃないっ！　トゥーリがわたしにくれたんだから！」

確かにあげると言ったけれど、せっかく採ってきた物を食べられない物にされたくはない。でも、今日のマインは母さんがいくら怒っても聞きやしない。

何を言っても無駄だと放っておけば、マインはいつものようにお湯が欲しいと言いだした。いつもより何だかウキウキしているくらいだ。沸いたお湯を桶に入れてあげると、マインはその油をいきなり半分くらいダバッと桶に入れてグルグルと掻き回し始めた。

「マイン⁉　何してるの⁉」

「え？　髪を洗うんだよ？」

マインが何を言っているのかわからない。ここ数日は本当にこういう変な言動が増えたと思う。わけがわからず見下ろすわたしの前で、マインは桶に髪を浸《ひた》して洗い始めた。

ジャブジャブと浸《つ》かっている部分を洗って、頭に手で何度もかける。納得するまで繰り返した後、ギュッギュッと髪を絞りながらマインは布で頭を拭いていく。何度も何度も拭いた後、櫛《くし》を入れるとマインの紺色の髪がいきなり艶《つや》を増して輝き始めた。

「……何、これ？」

「ん～と、『簡易ちゃんリンシャン』……かな」

「ふーん。そういう名前なんだ」

いきなりマインが綺麗になったのを間近で見たので、わたしも使ってみたくなった。わたしの髪もこんなに綺麗になったらいいなと思う。けれど、マインのことをたくさん怒った後だ。「わたしも使いたい」とは言い出しにくくて、ちょっとだけ気まずい。

「トゥーリも使う？　二人で使えば無駄じゃないよ？　トゥーリが採ってきたメリヤと薬草だし、油を取ったのもトゥーリだし……」

笑顔でマインにそう言われた途端《とたん》、気まずさなんて吹き飛んだ。これの準備をしたのは全部わたしだ。躊躇《ためら》いなく三つ編みを解くと、わたしはマインがしていたように桶の中に髪を入れて洗う。マインも手を入れてきて、小さな手で届きにくいところを何度も洗ってくれた。

「これくらいで大丈夫だと思うよ？」

布で何度も拭いて櫛を入れたら、マインと同じようにわたしの髪もつるつるになった。いつだってふわふわもさもさして、なかなか櫛が通らなかったわたしの髪がしっとりうねうねだ。まるで魔術のような仕上がりに感動してしまう。

「すごく綺麗になったね。トゥーリ、いい匂い」

何故かわたしよりマインの方がすごく嬉《うれ》しそうだ。楽しそうにわたしの髪に櫛を入れている。

……綺麗になったことはすごく嬉しいけど、なんでマインはこんなことを知ってるの？

やっぱりマインは変になったと思う。これから先も熱を出すたびに変になるんじゃないかと思うと、ちょっと怖い。

「じゃあ、片付けようか」

「待ちなさい」

マインと二人で桶を片付けようとしたら、母さんが慌《あわ》てて止めて髪を洗い始めた。わたしはマインと顔を見合わせてクスッと笑う。変な妹だけれど、次は何をやらかしてくれるのか考えると、ほんのちょっとだけ楽しみになった。

ルッツ視点 オレの救世主

Kazuki Miya's commentary

WEB版に掲載されている未収録の閑話。
第一部Ⅰの頃。
ルッツ視点のお話です。
冬の貴重な甘味であるパルゥを採るために
兄弟四人で協力しています。
マインが行けないので本編では出ないけれど、
実際のパルゥはどんな木でどんなふうに採るのか。

ちょこっと Memo

ザシャとジークの設定をきちんと決めたのは、これを書く時でした。それまでは兄1、兄2だった記憶が……。『本好きの下剋上』は魔法的なものが存在する世界だということが初めて出たお話。

「おい、ルッツ！　起きろ！」

長兄であるザシャに蹴《け》られて、オレは眠い目をこすった。ここ数日は吹雪《ふぶき》が続いていて暗かった板戸の間から、今日は眩《まぶ》しい光がちらちらと見えている。

……晴れた！

一気に目が覚めた。オレは部屋が冷えるのも気にせずに、思わず板戸を開ける。雲ひとつない青空が広がっていた。辺り一面の雪景色で、白い雪が太陽を反射して眩しく街中をきらめかせていた。

こういう晴れ間は非常に少ないので、大人も子供も一斉に森に出ていく。乗り遅れたら大変だ。オレは窓を閉めて台所へ駆けだした。

「ルッツ、急げよ」

朝食を終えた三番目の兄のラルフがバタバタと準備を始める。オレも硬い黒パンを温めた牛乳でふやかして食べるとすぐに身支度した。


今日は絶好の採取日だ。雪の中でしか採れないパルゥを採るために街中の人が森へ向かう。少しでも多くのパルゥを採るためには負けられない。一年間通して考えても、確実に手に入る甘味はそれほど多くないのだから、一個でも多く手に入れたいと誰もが考えているはずだ。

今日はラルフだけじゃなくて、普段は見習い仕事をしているザシャとジークも一緒に森へ行く。四人ならばいっぱい採れるに違いない。オレ達は籠や荷物を背負って外へ飛びだした。井戸のところにいた母さんがオレ達に気付いて大きく手を振る。

「今から森？　気を付けて！　できるだけいっぱい採ってくるんだよ！」

母さんは外に行くといつだってご近所さんと情報交換という名の井戸端会議をしている。

……こんな寒い雪の中でよく長話ができるよな。ホント感心する。

井戸の周りにいる母さんの話し相手の一人にエーファおばさんもいた。母さん同士が仲良しなので、オレ達もトゥーリやマインとは小さい頃から一緒で結構仲良しだ。

「トゥーリとギュンターはもう行ったわよ。急いだら？」

エーファおばさんの口からマインの名前は出なかった。多分マインは家で留守番だ。こういう日に外へ出かけると、マインは寝込む。そういえば、秋の終わりにあった豚肉加工の日も、マインは去年と同じように途中で具合が悪くなって荷車の中で倒れていたそうだ。

……毎年出来たてのソーセージを食い損《そこ》なうなんて可哀想《かわいそう》だよな。美味《うま》いのに。

マインはちっこくて、ひ弱で、可愛くて、危なっかしい。同じ年だけど、オレにとっては妹みたいな感じだ。

……そういえば、冬支度の頃に珍しく草の茎が欲しいなんて言ってたな。あいつ、一体何をするつもりなんだろう？

南門を抜けてオレ達が森に着いた時には、すでにパルゥの争奪戦が始まっていた。パルゥは雪深くなった森の中、しかも、よく晴れた朝のうちでなければ採れない冬の貴重な甘味だ。誰も彼も目の色が変わっている。

「ジーク！　あの木に行け！」

ザシャの指示が出た途端、二番目の兄のジークはそりを引っ張っていた綱から手を離して走り出した。雪を掻きわけるようにしてパルゥの木にたどり着くと、素早くよじ登っていく。オレ達三人はパルゥの木から少し離れたところで、火の準備を始めた。雪を掻きわけて土を露出させ、持ってきた薪に火を点《つ》ける。ジークがどの実を採るか決めたのが見えた。

「ルッツ、そろそろ上がって準備しとけ」

ザシャに言われ、オレはジークのいる辺りを目がけてパルゥの木に登り始めた。パルゥは魔木《まぼく》だ。氷と雪でできたような白い木で、枝分かれしているところが多いので木には登りやすいが、実は木の高いところにしか生《な》らない。普通の木ならばナイフを使えば実が採れるけれど、パルゥの実はナイフでは採れない。それがパルゥの厄介《やっかい》なところだ。

「ルッツ、準備はいいか？」

「ちょっと待って」

オレはジークの背後に着くと、素早く手袋を脱いでジークが握っていた枝をつかんだ。交代したジークは自分の手袋をはめると、身軽に木を下りていく。

「ハァ、冷てぇ。ルッツ、後はよろしくな。もうちょっとだと思うぜ」

オレが素手でぎゅっと握っている細い枝は氷のように冷たいし、周りの空気も冷たいので、一気に手の温度が下がっていく。

……早く落ちろ！

パルゥの実を採るには枝を温めて柔らかくしなければならない。だが、木の上では絶対に火が使えない。木が持っている魔力で消されてしまうから、手袋を脱いで素手で温めるしかないのだ。

……まだか？　もうちょっとって、どれだけ？

少しずつ枝が手の中で柔らかくなっていることがわかる。けれど、実はまだ落ちない。ジンジンと痺《しび》れていた手の感覚が段々なくなってきた。交代してほしくて少し首を動かすと自分の乗っている枝がギッとわずかにたわんだ。

「ルッツ、交代だ」

「ザシャ兄《にい》、もうちょっとなんだ」

「ラルフ！　そろそろ落ちるって！」

ザシャが枝を握った瞬間、パルゥの実がブツッと落ちた。ずっと枝を握っていたオレより、先程まで火の近くで温めていたザシャの手の方がずっと熱かったようだ。オレの顔くらいの大きさの実が真っ直ぐに下へ落ちていく。落ちた実を回収するのは、下で待ち構えていたラルフだ。

「ルッツ、早く温めろよ。手ぇ真っ赤だぞ」

ザシャは次の実を探して枝を移動する。それを見送って、オレはすぐに手袋をはめ直すと、落ちないように気を付けて木から下りた。そのまま火に駆け寄り、手袋を脱いで赤々と燃える焚《た》き火《び》に手をかざして温める。何度も擦《こす》って火にかざせば、感覚がなくなっていた指先がジンジンと痛みだしてきた。

「投げるぞ！　そらっ！」

落ちたパルゥの実を拾いに行っていたラルフが大きく振りかぶってパルゥの実を投げてきた。そのままラルフはザシャと交代できるように木を登っていく。近くに飛んできた実をジークが拾って籠に入れた。氷の塊《かたまり》のような実は、寒い中にある限り手荒に扱っても絶対に割れない。

「うおぉ、冷てぇ。ジーク、次行け」

「よしっ！」

ザシャが手を擦りながら戻ってきたので、今度はジークが火にかざしていた手に手袋をはめて、木に向かって駆けていく。


パルゥを採るのは連携《れんけい》が大事で、手が温かい人や交代できる人数が多い方が有利なのだ。オレ達は兄弟で交代しながら実を五つ採った。

「もうじきお昼か。あと一個採れるか？　ルッツ、できるだけ手を温めてジークと交代してこい」

ザシャが太陽を睨《にら》むようにしてそう言った。オレの手はもう真っ赤だ。パルゥの枝で冷え切っているせいか、火に近付けすぎているせいかわからないくらい感覚がない。だが、せっかくの機会なのであと一個ほしい。オレはできるだけ手を温めると、パルゥの木へ駆け出した。

「ちょっと柔らかくなってきてる。もうちょっとだ」

「わかった」

オレがジークと交代して六つ目の実がもうじき落ちるというところで、昼を過ぎて森に上から光が差し込み始めた。パルゥの葉がきらきらと宝石のように光を反射し、木が意思を持っているように揺れ出して、シャラシャラという葉擦《はず》れの音を響かせる。

「やばい！　早く下りろ、ルッツ！」

兄貴達の叫ぶ声が聞こえた瞬間、足元の枝が大きく揺れた。少しばかり身を乗り出すようにして枝をつかんでいたオレは、体勢を崩して枝にしがみついたまま宙づりになった。

「うわぁっ！」

思わずもう片方の手も伸ばして、落ちないように枝をつかむ。

「ダメだ、ルッツ！　手を離していい！　すぐに飛び降りろ！」

オレが手を離そうとしたのと、両手でつかんだことで柔らかくなっていた枝がブツッと音を立て折れたのが同時だった。オレはパルゥの実と一緒に空中に投げ出される。

「わあぁぁぁっ」

下がふかふかの雪だったのと、一度ぶら下がった状態になってから手を離したことで、頭から落ちることもなく、特に怪我《けが》はしなかった。

オレが飛び降りたのと同じくらいに、あちらこちらのパルゥの木から次々と人が飛び降りてくる。パルゥ採りの時間は終わりだ。

シャラシャラと葉擦れの音を響かせて、キラキラと光を反射しながら、自ら光を求めるようにパルゥの木がぐんぐん高く伸びていく。森で一番高くなり、たくさん茂った木の上に伸びると、まるで女の人が頭を振って髪をゆするように、風もないのに木が枝を揺らした。揺らされて光が当たった枝からは、採りきれなかった実が四方八方へ飛んでいく。全部の実が飛んでいくと、パルゥの木は溶けるように小さくなって、あっという間に消えてしまった。これが森の他の木とは違う、冬の晴れ間にしか現れない魔木パルゥだ。

「終わったな。帰るか」

皆それぞれ採れたパルゥを抱えて家に帰っていく。昼からはどの家でもパルゥの処理をすることになる。この処理が重労働であり、お楽しみでもあるのだ。

「とりあえず、一人一個ずつな」

木に生っていた時はオレの顔くらいの大きさがあったパルゥの実も、家の中に入ったころから周りの皮が溶けはじめ、少し小さく丸くなっていた。

「器の準備できてるか？」

細い枯れ枝に暖炉《だんろ》の火を点けてパルゥにツンと押しつける。すると、その部分だけプチッと皮が破れて、中からとろりとした白い果汁が溢《あふ》れてくるのだ。ふわっと家中に甘い匂いが漂う。オレはゴクリと唾を呑んで、甘い匂いがする果汁をこぼさないように器に取っていく。この果汁が貴重な甘味だ。一気飲みしたい誘惑にかられながらも、大事に大事に飲むと決めている。

中の汁に続いて実を潰し、油を取る。パルゥの油は食用にも使えるし、ランプのオイルにも使えるので、冬の半ばにはとてもありがたい実だ。

よく搾ってカラカラになった搾りかすは、パサパサしていて、人が食べられるものではないけれど、鶏にとっては栄養豊富な餌になる。卵の味がぐっと変わることからも、それがよくわかった。

「すいませーん。交換してください」

今日明日はパルゥの搾りかすと卵を交換してほしい人が我が家にたくさんやってくる。正直なことを言えば、オレとしては搾りかすばかりあってもどうしようもない。鶏は喜ぶけれど、オレが食べられる卵が減るのを目の前で見ているのはすごく嫌だ。

……どうせなら搾りかすじゃなくて、肉でも持ってきてくれよ。卵は一人一個って感じで絶対に食べられるけど、肉はいつも兄貴達に食べられて、あまり当たらないんだからさ。

そう思っていたら、マインとトゥーリもパルゥの搾りかすを持ってきた。麻袋に入っている搾りかすは二個分くらいだろう。

「お邪魔します。ルッツ、これ、卵と交換してください」

マインからにこーっと笑って差し出されても、あまり歓迎したい気分ではない。もちろん、母さんに怒られるから追い返すなんてできないけれど。

「もう餌は間に合ってるんだよなぁ。それより、肉ないか？　兄貴達に食われて、オレの分、あんまりないんだ」

冬場は家族全員が家にいることが多いので、ご飯を奪われる確率も高くて、オレはいつだって腹が減っている。トゥーリやマインに言っても仕方がないことだとわかっていても、ついつい口から不満が零《こぼ》れ出た。

トゥーリは「体格が違うから、取られちゃうんだね」と苦笑して、オレの不満を受け流す。けれど、マインは何を考えたのか、バッとオレの目の前に麻袋を付き出した。

「じゃあ、ルッツ。これ、食べたら？」

「鶏の餌なんか食えるか！」

いつも優しくしてやっているマインに鶏の餌を食えと言われるなんて思わなかった。あまりのショックで反射的に怒鳴ってしまったが、マインはきょとんとした顔で首を傾《かし》げる。

「……料理次第では食べられるよ？」

「はぁ？」

「完全に搾っちゃうから、食べられなくなるんだよ。実は美味《おい》しいんだから、搾りかすだってちゃんと料理すれば大丈夫」

平然とした顔でマインは言うが、とても信じられなくてオレは思わずトゥーリを見た。鶏の餌を食べるような奴《やつ》がいるわけない。しかし、トゥーリは疲れたような笑顔で軽く肩を竦《すく》めただけだった。どうやら、マインは本当にパルゥの実を食べたらしい。

「おまっ！　なんて勿体《もったい》ないことするんだよ！　パルゥの実を食べて終わるより、果汁と油と鶏の餌に分けて使う方がいいだろ!?　普通は実を食べるなんて勿体ないことしねぇよ！」

ちょうど鶏の餌に困る頃合いなので、特にウチでは実を食べようなんて考える奴はいない。むしろ、あんなに苦労して採る実を有効に使わずに食べるなんてあり得ない。そんなバカはこの街全体で考えてもマイン以外にいないと思う。

「えぇと、鶏の餌にするならそれでいいけど、鶏の餌はもう充分なんでしょ？　だったら、人間のお腹《なか》が膨れることに使った方がいいじゃない」

「だから、パサパサして人が食えるようなもんじゃねぇって言ってんだろ！」

「油をできるだけ多く搾ろうとしたから、人には食べられないものになったんだよ。ちょっと手間かけたら、ちゃんと食べられるって」

「マイン、あのなぁ……」

笑顔で信じられないことを言うマインに力が抜けていく。

……何だろう。この、何を言っても説得できないんだって感じの無力感というか、敗北感？

「あのね、ルッツ」

マインの姉であるトゥーリが小さく口を開いた。血縁者ならマインに「人間の食べ物じゃない」と言い聞かせることができるはずだ。期待を込めて振り返ると、トゥーリは力なく項垂れていた。

「信じられないかもしれないけど、ホントに食べられたんだよ。……おいしかったことにショック受けちゃったよ、わたし」

「え？　マジで？　鶏の餌、食べさせられちゃったのか、トゥーリ⁉」

マインはどうやら自分の家族で既に実践済みだったらしい。道理で自分の意見に自信を持っているわけだ。

「やってみた方が早いかな？　ルッツ、パルゥの果汁、まだ残ってる？」

そう言いながら、マインは小さい器に自分の持ってきた搾りかすを少しだけ入れた。パサパサした搾りかすに、オレの分の果汁を小さじ二杯くらい加えて混ぜ合わせる。それを一つまみ自分の口に入れて、うんうん、と小さく頷《うなず》いた。

「ルッツ、あーん」

オレの分の貴重な果汁を使われた上に、鶏の餌を食べさせられるなんてひどいと思っていたが、普通にマインが口に入れるのを見て、オレは恐る恐る口を開けた。マインの指先についた黄色い物が舌の上にのせられる。口を閉じると甘い味が広がった。果汁をちょっと入れただけで、本当に甘くなってパサパサした感じがない。毎年、自分の分に分けられた果汁をちびちびと舐《な》めるように飲んでいるけれど、搾りかすと混ぜたら甘い物がもっと食べられるんじゃないだろうか。

「ほら、結構甘くておいしいでしょ?」

マインが、うふふんと得意そうに笑ってそう言うと、今まで胡散臭《うさんくさ》そうに見ていた兄貴達が一斉に反応した。

「マジで?　ちょっと貸せよ、ルッツ」

全員が小さい器に指を突っ込んできた。器を取られないように逃げようにも、体格の違いで逃げるどころか避けることもできやしない。

「ちょっ、離せ!　持ち上げるな!　弟のものを取るなんて、それでも兄か!?」

「弟のもんはオレのもん」

「美味い物は皆で分けろ」

「よっしゃ！　取れた！」

抵抗空《むな》しく三人がかりで押さえこまれて器ごと奪われる。三人が次々と指を突っ込んで、あっという間に器が空になってしまった。

「あぁぁぁ！　オレのパルゥが！」

「美味いな」

「鶏の餌、だよな？」

オレの叫びを完全に無視して味見した兄貴達も、オレと同じように信じられないと言わんばかりに目を見開いてマインを見る。注目されたマインは照れたように頬を掻きながら、信じられないことを言った。

「ルッツの家でなら、もうちょっとおいしくできるよ？」

「マジで⁉」

全員が食いつくのも無理はないだろう。全員が食べ盛りの男で、一番上のザシャなんか「いくら食っても足りない」と、いつも言っているのだ。鶏の餌でも美味しく食べられるなら大歓迎だ。

「……あ、でも、手伝ってもらわなきゃできないかも。わたし、力も体力もないから」

マインに力も体力もないのは、すでにわかりきっていることだ。手伝うだけで甘くておいしい物が食べられるなら、オレは全力で手伝う。

「よし、任せろ」

「ルッツに独り占めはさせねぇよ？　オレも手伝うからな。ルッツより力も体力もあるぜ」

いきなり兄貴達が協力的になった。オレの出番がなくなるんじゃないかと心配したが、マインは大喜びしながら全員に役割を振っていく。

「えーとね、お兄ちゃん達は焼くための鉄板を準備してほしいの。ルッツは材料の準備で、ラルフが混ぜる係ね。あ、それから、ルッツの果汁ばっかり使うのは可哀想だから皆の果汁をちょっとずつ使うよ。はいはい、出して、出して」

母さんと同じようにパンパンと手を叩きながら兄貴達を急《せ》かす。全員の果汁を並べさせるマインが天使に見えた。マインの一言がなかったら、絶対にオレの分だけ使われていたはずだ。

「ルッツ、卵二個と牛乳を持ってきて。ラルフはあそこの木べらで、これを混ぜてね」

普段は足手まといにしかならないマインが、生き生きとした表情で次々と指示を出して皆を動かしていく。ザシャとジークは二人で鉄板を持ってきて、竈《かまど》で熱し始めた。ラルフは渡された木べらでマインが次々と入れていく材料を混ぜ始める。オレはマインに言われるまま、あっちへこっちへと動きまわり、色々な物を準備させられる。

「うん、こんなもんでしょ。次は、バターある？」

オレが差し出したバターをマインは小さいスプーンを使ってすくい取ると、ちょっと高めの椅子に上がって鉄板の上に滑らせた。危なっかしい体勢に全員がハラハラしているなんて、マインは多分気付いていない。

マインが鉄板にのせたバターは、ジュワ～という音と共に溶けて小さくなっていき、いい匂いが鼻をくすぐった。ものすごく腹の減る匂いだ。そこに少し大きめの匙《さじ》でラルフが混ぜていたどろっとした生地を置いていく。ジュウウゥゥと焼ける音がして、バターの上にパルゥの甘い匂いが加わった。とんでもない匂いの暴力だ。見た目は母さんがカルフェ芋をすり下ろして作るパンケーキに似ているが、匂いの甘さが全然違う。

「こんな感じで、人数分焼いてほしいの」

最初の一つを作って見せた後は椅子がなくても届く兄貴達に丸投げして、マインは鉄板を見ながら指示を出すだけだ。でも、それでいい。一度見ればどうすればいいかわかる。マインに高い椅子の上でふらふらしながら作業されると心臓に悪い。自分達でやった方がマシなので、兄貴達もすぐにマインの手から調理道具を取り上げた。


「こんなふうにブツブツが出てきたら大丈夫。そろそろひっくり返して」

マインの指示でザシャがヘラでひょいっとひっくり返せば、こんがりといい色になっていた。よだれが垂れそうなくらい美味そうだ。周りからゴクリと唾を呑みこむ音が聞こえる。

「これ、あっちに寄せて。空いたところにもう一枚焼いて」

ある程度焼けた物はちょっとずつ寄せられて、次のバターと生地が流し込まれていく。マインが「これはもう大丈夫」と言った物から皿に積み上げられていった。

最初にできた皿を持って、マインが満面の笑みを浮かべる。

「じゃじゃーん！　『オカラで簡単ホットケーキ』！」

マインが何か言ったが、どう反応していいかわからず、オレ達はちょっと首を傾げた。

「……え？　なんて？」

「あ～……簡単パルゥケーキのできあがり～」

失敗したと言うようにちょっとだけ気まずそうな顔をした後、マインが言い直す。テーブルに並べられたパルゥケーキからはほこほことした湯気が出ていて、すぐにでもかぶりつきたい。

「熱いから気を付けてね。どうぞ召し上がれ」

オレは一口食べてゆっくりと噛《か》みしめる。パルゥケーキはビックリするほどおいしかった。ふわふわしていて鶏の餌のようなパサパサ感は全くない。カルフェ芋のケーキと違って、ジャムも何ものせなくても十分に甘い。しかも、一人に一枚ずつだから兄貴達に奪われる心配もないのだ。

「ねぇ、ルッツ。これなら簡単だし、結構お腹いっぱいにならない？」

「なった。マイン、お前、すごいな」

卵と交換してほしい人が次々に持ってくるからパルゥの搾りかすは大量にあるし、ウチの鶏が産むから卵はいつでもある。牛乳も卵と交換しているから大体ウチにあるので、パルゥケーキは冬の間いつでも作れるということだ。

「パルゥの搾りかすを使った料理は他にも思いつくのがあるけど、わたし、力ないから作れないんだよね」

「マインがやり方教えてくれたら、オレが代わりに作ってやるよ」

この一件により、マインの指示通り動いたらおいしい物が食べられると刷り込まれてしまった。晴れ間が来て、パルゥが採れる度に新しくておいしい料理を教えてくれるようになったマインのおかげで、この冬はオレが腹を減らすことは少なくなった。

……マインはオレの救世主だ。だから、オレも力も体力もないマインを手伝って役に立ってやる。

この刷り込みがオレの一生を左右することになるなんて、パルゥケーキの幸せに浸る今のオレには気付くこともなかった。

ギュンター視点
娘は犯罪者予備軍!?

Kazuki Miya's commentary

ＷＥＢ版に掲載されている未収録の閑話。
第一部Ⅰの頃。
ギュンター視点のお話です。
少しずつ門へ通って体力をつけていたマインが、
初めて森へ行った日のこと。
粘土板の騒動が起こっているなど知るはずもなく、
門で帰りを待ちわびる父親は
閉門ギリギリに戻った娘達にどう接したのか。

ちょこっと Memo

他の人の視点で目の色が変わっているマインを書きたいと思ってギュンターに白羽の矢を立てました。親馬鹿ギュンターは書いていて楽しかったですね。

俺にはエーファという美人妻とトゥーリとマインという可愛い二人の娘がいる。マインはエーファに似ているが、エーファより綺麗な顔立ちをしている。だから、きっと神様に溺愛《できあい》されているのだろう。マインが病弱なのも神様に愛されているせいだ。いつだって、マインのことを神様が手招きしているからに違いない。

ちょっと無理をすると、すぐに熱を出すマインが、ある時を境に少しずつ元気になり始めた。言動もおかしくなったが、マインは自分なりに体力をつけようと努力している。家を出て、建物から外に出るだけで休憩が必要だったマインが、季節が一つ変わる頃には門まで休憩なしで歩けるようになったのだ。

……すごいだろう？　ウチの娘、頑張り屋だろう？

ついでに、マインはすごく頭が良い……らしい。というのも、俺にはどう頭がいいのかわからないからだ。ただ、いくら助手を付けろと言っても「足手まといを助手にしても時間の無駄です」とバッサリ断ってきたオットーが、興奮して「マインちゃんを助手にしてください」と掛け合ってきたのだから、相当だと思う。

会計報告を見ただけで計算間違いを指摘できる計算能力の高さ、ちょっと教えればあっという間に覚えた基本文字。今は書類の書式と定例文を覚えているそうだ。周りをよく見ていて、些細《ささい》な変化に気付く鋭い眼《め》と目的を達成するために考える論理性。全てがとても優れているらしい。

……何だ、それ？

俺は言われたことの半分くらいしかわからなかったが、結論として、ウチの娘はオットーもビックリするほど賢いらしい。

……さすが、マイン。俺の娘。本気で神様に愛されてるよな。

そのマインが今日は初めて森に行っている。今日は昼番なので帰ってくるマインを門で迎えるつもりでいるが、心配で仕方ない。

「班長、落ち着いてください」

「ん？　あぁ」

門までは歩けるようになったが、本当に森まで歩けるだろうか。何とか森にたどり着いたとしても、門と違って、休憩するにもずっと屋外にいることになる。日に当たりすぎて気持ち悪くなったり、森で熱を出して倒れたりしないだろうか。俺の頭の中は心配でいっぱいだ。

「班長、ぼーっと外を見てないで、仕事してください。マインちゃんにがっかりされますよ？」

「オットー、お前……言ってはならんことを！」

「じゃあ、さっさと仕事してください。帰ってくるのは夕方でしょう？」

腹の立つことに、この生意気なオットーのことをマインは「先生」と呼んで慕っている。

……まぁ、俺の方が尊敬されているけどな。ふふん。

かぎ針とトゥーリの髪飾りの簪《かんざし》を作ってやった時なんて、「父さんが一番！」と言っていたから嘘《うそ》ではない。

俺は皆に注意されながら仕事をして、そわそわしながらトゥーリ達が帰ってくるのを待っていた。責任感が強いトゥーリが早めに切り上げてくると約束したのだ。体が弱くて、まだ歩くのが遅いマインのことを考えれば、昼過ぎに森を出ることも考えられる。

昼過ぎ。当然まだ帰ってこない。わかっている。

ちょっと日が傾いてきた。まだ帰ってこない。そろそろだろうか。

少しずつ街から出ていく人が多くなってくる。まだか？

「早目って約束したんなら、そろそろ帰ってくるんじゃないですか？　お願いですから、行き交う人達を睨むのは止めてください。班長の態度、悪いですよ」

農作物を売り終えて街から出ていく近隣の農民より、帰宅や宿を求めて街に入ってくる人間の方が多くなってきた。それなのに、トゥーリもマインもまだ帰ってこない。そろそろいつもの時間になりそうだ。

……遅すぎる！　早目に帰ってくるんじゃなかったのか、トゥーリ！　もしかして、マインが途中で倒れてしまったか⁉

途中で倒れたマインと途方にくれるトゥーリの姿が脳裏《のうり》に思い浮かんで、居ても立ってもいられなくなってきた。

「オットー、ちょっと様子を見てくる……」

「仕事ほっぽり出す気ですか⁉……あ、あれ！　トゥーリちゃんじゃないですか⁉」

「どこだ⁉」

俺より背の高いオットーが背伸びして、列の後ろの方を見た。

「今、門前に並んでいる人達の最後尾に着きました。さっさと行列を捌《さば》きましょう」

「よしきた！」

トゥーリ達を街に入れるため、俺は精力的に動いて人を捌いて行く。先程と違ってどんどん人が流れていく。俺の目にもトゥーリ達が見えた。

……まさに今、最後尾に並ぼうとする姿が、な！　くそっ！　騙《だま》したな、オットー！

しかし、トゥーリの周囲にマインの姿がない。責任感の強いトゥーリが放ってきたとは思えず、何度も辺りを見回すがやはり姿はない。

「トゥーリ、マインは⁉」

「ルッツと後から来てる。多分、閉門ギリギリくらいだと思う」

トゥーリも心配そうに後ろを振り返るが、すぐに見える範囲に二人の姿はない。閉門ギリギリになりそうだということは、早目に切り上げなかったということだ。

「早目に帰る約束だっただろう？　遅いじゃないか」

俺の言葉に、トゥーリ以外の子供達まで何とも複雑な表情で顔を見合わせた。何と言うか、「言う？」「いや、止めといた方がいいんじゃない？」という感じの、子供達が集団で隠しごとをする時特有の空気だ。

「トゥーリ、一体何が……」

「色々あったの。詳しい話は後でいい？　ちょっと遅くなったから、母さん達が心配してるかも。

皆を早く帰らせなくちゃ」

俺はこの場で突っ込んで聞きたかったが、トゥーリは会話を打ち切って歩き始める。一緒に歩く子供達も疲れきったような様子で街に入っていった。

「何かあったんだろうか？　オットー、お前、どう思う？」

「本当に何かあったら、助けを求めてますよ」

オットーは何でもなさそうに言うが、いつもはわざわざ聞かなくても溌剌《はつらつ》とした表情でその日あったことを簡単に話してくれるトゥーリが、質問してもすぐに答えようとしないのだ。心配になっても当然ではないか。

……マインは一体何をしているんだ⁉

俺があまりの心配に苛々《いらいら》が募《つの》って、門の前を行ったり来たりしていると、本当に閉門ギリギリの時間にマインはルッツに寄りかかるようにして青い顔で姿を現した。

「マイン！」

「……父さん、ごめん」

聞きとれるかどうか……。それくらいの掠《かす》れた小さな声で一言謝ると、マインは俺の腕の中に倒れこんできた。俺はルッツと一緒にスコップが入っただけの空っぽの籠をマインの背中から外して、マインを抱き上げる。

「ルッツ⁉　何がどうなってる⁉　今のごめんは何だ？　どういう意味だ？」

「あ～……多分マインが計画的に約束を破ったことじゃないかな？　今日はいきなり穴を掘りだす

し、ネンドバンを作りだすし、フェイ達に泣いて怒って、むちゃくちゃ興奮してたから……三日ぐらいは寝込むと思う」

ルッツがこめかみを押さえるようにして並べていく事柄に、俺はぎょぎょっと目を見開いた。

「止めなかったのか⁉」

噛みつくような勢いでルッツを咎《とが》めると、ものすごく嫌そうな顔でルッツが俺を見た。

「あのさ、ギュンターおじさん。オレもトゥーリもマインを止めなかったと思う?」

そうだ。ルッツやトゥーリが止めないはずがない。この二人にお目付役を任せているのはそれなりの実績があるからだ。特に、ルッツはマインが門に通い始めた頃と比べると、マインとは同い年と思えないほど保護者役が板に付いてきた。

「あぁ、いや、悪かった」

「トゥーリのこと、怒らないでやって。頑張ってたから。あ、マインのことは怒ってもいいと思う。オレも怒った。……適当に流されたけど」

ぐてーっと腕の中で力を抜いて体を預けているマインは、だんだん熱が高くなってきたようで、青ざめていた顔が赤くなってきていた。

「じゃあ、マインをよろしく。オレも急いで帰るから」

「あぁ、マインを見てくれて助かった。ありがとう」

赤い顔でふぅふぅ言っているマインを宿直室のベンチに寝かせておく。ここも何となくマインの定位置になっている。俺はなるべく早く仕事を終わらせると、マインを抱えて家へ帰った。

「おかえりなさい、ギュンター。マインは倒れたんでしょ？」

門で倒れることを予想していたらしいエーファが、手早くマインの服を脱がせて着替えさせ、ベッドに寝かせる。俺はトゥーリから話を聞こうと台所で向かい合って座った。

「それで、今日は何があった？　ルッツから軽く話は聞いたが、トゥーリからも聞きたい」

ビクッとトゥーリが震えて怯《おび》えたような表情で俺の様子を窺《うかが》う。真面目《まじめ》で責任感が強いせいか、何でも完璧にしようとするので失敗や叱《しか》られることを極端に恐れているところがある。トゥーリを安心させるために、俺はルッツの言葉を伝えた。

「トゥーリのことは怒らないでほしいとルッツに言われている。頑張っていたと聞いた。マインのことは怒ってもいいと思うと言われたが、一体何があった？」

怒らないと言われたことで、強張《こわば》っていたトゥーリの表情がゆっくりと和《やわ》らいでいく。そして、言葉を探すように少し視線をさまよわせた後、ゆっくりと口を開いた。

「実は、わたしもそれほどよくは知らないの。森に着いた時は、マインがいつも通り疲れてて石に座って休み始めたから、わたしもルッツも採集に行ったの。わたし、いつもより早く切り上げるから、急いで集めなきゃって、思ってて……」

「うん、そうだな。それで？」

マインの状況とトゥーリの行動は理解できた。先を促《うなが》すとトゥーリは困った顔をした。

「そろそろ帰ろうかな？　って思った時にマインの叫び声が聞こえて、慌てて走って行ったらマインがすごく泣いて怒ってたの。せっかく作った物をフェイ達に壊されたって。ホントに怒ってて、宥《なだ》めても全然聞いてくれなくて、絶対許さないって言って……。ルッツが手伝うからもう一度作ろうって言ったら、やっと泣きやんだの」

俺は拙《つたな》いトゥーリの説明に軽く目を閉じて、何とかその状況を頭の中に思い浮かべようとした。

……よくわからん。マインが何か作って、フェイが壊して、怒って泣いた？

「マインは何を作ったんだ？」

「ネンドバンって聞こえたけど、わからない。土の塊かな？　皆で作り直してて遅くなったの」

わからないなりに、俺にも理解できたことが一つあった。

「つまり、マインは森では何もしないという約束を破ったわけか？」

「え？……あ……多分」

森で何もしない約束を破って勝手に何か作り、それを壊された。作り直すことに全員が巻き込まれて帰りが遅くなったばかりか、倒れて熱を出した、と。迷惑をかけるにも程があるだろう。

「マインはもう森へは行かせないことにしよう」

「えぇ!?　それはダメッ！　マインが怒るよ!?」

トゥーリは血の気が引いた顔で何故か反対した。マインが怒ることは関係ない。怒っているのは、あんなに約束したのに破られた俺の方だ。

「ダメじゃない。約束を守れない子は森へは行けないんだ」

マインもきちんと叱っておかなければならない。子供だけで行動する時の決まり事や親が安心して外に出すための約束を破るようでは危なすぎるのだから。

「父さん、お願い。考え直して！」

俺がマインと話をするために寝室に入ろうとしたら、トゥーリが腕にしがみつくようにしてついてきた。俺を止めようと必死だ。妹思いのトゥーリには悪いが、マインにはきっちりと言い聞かせなければならない。

「駄目だ。マインはもう森へは行かせない！　約束が守れなかったんだから当たり前だ」

俺の声が聞こえたのか、マインが顔をこちらに向けた。熱が高くなってきたのか、赤い顔をして目を潤《うる》ませながら、はくはくと苦しそうに何度か口を開く。

「……父さん、あと一回だけ。……『粘土板』作る」

しかし、その口から出たのは、俺が望んでいた反省でも謝罪でもなく、要求だった。どうやら、まだ森で何か作るつもりでいる。一瞬で俺の頭に血がのぼった。

「何を言っているんだ!?　絶対に駄目だ！」

俺が叱ると、マインは軽く息を吐いて、隣のトゥーリへと目を向けた。

「……じゃあ、トゥーリ。家でやるから……」

「わ、わかった。持って帰ってくるよ」

……ちょっと待て、トゥーリ。何故当たり前のように受け入れる!?　マイン、お前、家で一体何をするつもりだ!?　それから、俺の怒りは無視か!?

「マインが倒れる原因になったものだろう!?　そんなものを持ちこむのは許さん！」

そう宣言した途端、マインの目がスッと細められて、ものすごく冷たい無表情になった。何かのスイッチが入ったのか、ガラリと雰囲気が変わる。マインの金色の瞳にまるで油膜が張ったように複雑な色が見え始めた。ゆらゆらと複雑な色合いの目に変わっていく。

「……父さん、本気？」

静かなのに恐ろしく重圧のあるマインの声にぞっとした。自分の娘とは思えない威圧感に、俺は思わず一歩後ずさる。

「あ、当たり前だ！」

「そう……」

ふっと俺に興味を失ったように、マインが一度目を伏《ふ》せた。

「じゃあ……フェイ達をあの時の粘土板みたいにしなきゃね。ふふ……」

目を複雑な色に揺らめかせながら酷薄《こくはく》な笑みを浮かべているマインにぞくりと背筋が震えた。目の前の娘が何を考えているのかわからない。異様な雰囲気にゴクリと息を呑む。

「父さん！　マインに森へ行っていいって言って！」

トゥーリがまるで化物でも見たように真っ青になって、俺の腕をペチペチと叩き始めた。

「……マイン、お前、何を考えてる？」

「ん～？……フェイ達も森へ行けなくなるように……どうしよう？……『トラウマ級恐怖』……『番町皿屋敷』？……いっそ、『貞子系』？」

熱に浮かされてうわごとでも言うように言葉は途切れ途切れだが、頭はいつも通り動いているのか、ぽつぽつとマインの口から言葉が出てくる。いまいちよく聞き取れないが、全てが何だか陰惨《いんさん》な響きを帯びている気がする。気のせいだろうか。気のせいだろう。マインの声がちょっと掠れて聞こえるせいだ。俺の娘がこんなに怖いわけがない。

「……フェイはどこから出てきた？　全く関係ないだろう？」

「関係？　ありあり。……とりあえず、話はわかった。……ちゃんと、理解した」

息苦しそうにしながらも、マインは何度か頷くように頭を少し動かす。少しばかり異様な空気に呑まれてしまったが、マインがちゃんと理解してくれたならばそれでいい。頭がいい子なんだから、自分がしたことはよくわかっているはずだ。

「そうか、反省するなら……」

「全力で、泣かす……じゃあ、寝るから」

「マイン、ちょっと待て！　全然通じてないぞ！　どうしてそうなる⁉」

……どこをどう理解したら「全力で泣かす」なんて言葉が出てくるんだ⁉　誰を泣かす⁉　父さんか⁉　マインの言葉が全く理解できん！　父さんはもう泣きたいぞ！

「うるさい。……出てって」

「父さんはこっち！　これ以上マインを怒らせないでっ！」

娘達は二人して俺を寝室から追い出すという結論に達したようで、俺はトゥーリに腕を引っ張られて台所へと戻ることになった。

「トゥーリ、あれはマインだよな？」

「多分、一番怒ったマイン。目が変に光って怖いの。ネンドバンをフェイ達が壊して、マインが泣いて怒ってた時も変だった。あの時は目だけじゃなくて、体から黄色のもやもやが出てるように見えたの。皆も怖いって言ってたよ」

……あぁ、俺も怖かったからな。子供ならもっと怖いだろう。

「ネンドバンを作り直し始めたらマインの機嫌が直ったから、途中で止めて帰ろうって、なかなか言えなくて……」

あの迫力ならば仕方がない。俺でも放っておきたい。

「閉門ギリギリになりそうだからって、わたし、マインに泣きながらお願いしたの。ルッツが手伝うから次で完成させようって言ったら、やっと手を止めてくれて……。次に皆で手伝おうって約束して帰ってきたの」

次の約束をすることで何とかマインの怒りを逸《そ》らして帰ってきたのに、俺が森に行くことを禁止したからトゥーリは慌てて止めたのか。トゥーリの行動原理は理解できた。

「父さん、あと一回だけ森へ行っていい？　わたし、マインのあの怒りがフェイ達に向かうのが怖い。フェイ達をネンドバンみたいにするって何するの？」

「ネンドバンみたいってどういうことだ？」

そもそも俺にはネンドバンがわからない。一体何でどういうものだろうか。

「フェイ達に踏み潰されたネンドバンみたいにするってことだと思うけど、どうするの？　フェイ達をぐちゃぐちゃに踏み潰すってこと？　フェイ達も森に行けなくするってマインは何する気？

全力で泣かすってマインは何するると思う？　フェイ達はどうなっちゃうの？」

改めて聞くと恐ろしすぎる。「森に行けなくする」を言葉通りに実行するならば足を骨折させるか、足の腱《けん》を切るのが一番早い。犯罪者相手の対応を脳内に思い浮かべていた俺は血の気が引いていくのを感じた。マインが何をするつもりなのか、むしろ、俺が教えてほしい。

「トゥーリ、どうしたら、マインを止められるんだ？」

「わからないよ。……ルッツに聞いてみて。森でもマインを止めてくれたのはルッツだったもん」


次の日、俺は森に出かけるルッツを門のところで引き留めて、マインの言葉の意味を尋ねてみることにした。トゥーリが過剰《かじょう》に怖がるだけで、実は大したことがないかもしれないからだ。しかし、俺のわずかな希望をルッツは軽い口調であっさりバカーンと打ち砕く。

「あ～、それは……フェイ達に全力で八つ当たりに決まりだな。目が虹色みたいになったマインは止められないから」

「え？」

「ちょっと隙《すき》を見つけたら食らいつく魔獣《まじゅう》みたいに、自分のやりたいことをやり遂げるんだ。絶対に目的達成するんだぜ、マインは。どんな手段を使っても、どんなに時間がかかっても」

すげぇだろ？　とルッツは胸を張り、目には尊敬の光を浮かべている。

……いやいや、ルッツ。よく考えろ。それが人を傷つけることに向いた場合は、ものすごく危険人物だろ？　それより、なんでルッツが誇らしげなんだ？　マインは俺の娘だぞ？

「ネンドバンだって、そうさ。森に行きたかったのも、三月《みつき》もかけて体力をつけたのも、マインはネンドバンを作りたかったからだって言ってた。だから、やるって決めたことをマインは絶対に諦《あきら》めないと思う」

「……ネンドバンはそんなに大事な物だったのか……」

マインのネンドバンに対する思い入れと粘り強さを、俺はわかっていなかった。簡単に禁止していいものではなかったのかもしれない。マインともう一度話し合おうと決めたところで、ルッツが更なる爆弾を落とした。

「あ～、それにしても、せっかく完成したネンドバンを壊されて、作り直しは時間切れで、帰ってきたら熱出してぶっ倒れて、森に行くのは禁止されて、ネンドバンを持ち帰るのも禁止されて……。全部の怒りがフェイ達に向くのか。フェイ達、生きていたらいいな」

「怖いことを言うな！　ウチの娘を犯罪者にする気か⁉」

全力で泣かすとは言っていたが、殺すとは言っていなかった。大丈夫だ。そう、思いたい。

「え？　だって、そうしたの、ギュンターおじさんじゃねぇ？」

「は？　俺？」

「ネンドバンも森に行くのも、禁止したのはおじさんだろ？　マインの全力って、オレ、怖いもん。応援はしても邪魔《じゃま》はしない。禁止とか無理、無理」

「怖い？」

ルッツの言葉に俺は何度も目を瞬《またた》いた。見ればわかるが、マインはもうじき六歳なのに、一見しただけでは三、四歳くらいにしか見えない。虚弱《きょじゃく》で病弱で小柄で体力も腕力もない。実際、マインが全力でかかってきても大した問題にはならないはずだ。しかし、ルッツは軽く肩を竦めて、マインの怖さを語りだした。

「だってさ、マインって頭の構造がオレ達と違うじゃん。武器を持って殴ってくるなら、弱っちいから相手にならない。でも、マインはそんな方法、絶対に使わないからな。どこからどんな方法で何を使ってくるかわからねぇけど、確実に弱点を狙ってくるんだ。マジ怖い」

真面目な顔で言い切ったルッツを見て、俺は唸《うな》った。マインの全力という言葉から連想するものが、俺とルッツでここまで違うと思わなかった。マインの本気が想像できないだけに、確かに怖い。わからないこと自体が怖いのだ。

「この間なんて、ジーク兄にも勝ったからな。もう勘弁してくれって、ホントに言わせたんだぜ。力が全てと思わない方がいいよってマインは言ってた。オレも最近ちょっと兄貴達に勝てるようになってきたんだ」

……ちょっと待て！　初耳だ！　ジークに勝ったって、何をどうした⁉　ウチの娘、どうなってんの⁉

「あ～、ルッツ。真面目な質問だが、どうしたら、マインの怒りを抑えることができる？」

「そんなの、マインの目の前に粘土を積み上げりゃいいじゃん。絶対にネンドバン完成させることだけで頭がいっぱいになるから」

ルッツとの話し合いの結果、俺は街の安全を守るため、娘を犯罪者にしないため、不承不承熱の下がったマインに森行きの許可を出した。すると、許可をもらったマインは不満そうに頬を膨らませて、こう言った。

「……せっかく色々計画考えたのにぃ……もったいなくない？」

熱にうなされてたくせに、すでにフェイ達をぐっちゃぐっちゃにする計画が立ってたらしい。

「もったいなくないっ！　そんな計画はすぐに捨てるんだ！」

「ちぇ……」

マインの頭が良すぎるせいか、それだけ怒りが深かったのか、危機一髪だった。

一応マインを犯罪者にすることは回避できたし、フェイ達が八つ当たりされるのも免れた。俺は街の平和と家族の幸せを守りきった。回避方法を教えてくれたルッツには心からの感謝を捧《ささ》げておこう。全てが片付いて、ホッと安堵《あんど》の息を吐いた後、ハッと俺は気が付いた。

……あれ？　当初の約束を破った反省はどこに行った？

ヴィルマ視点　前の主と今の主

Kazuki Miya's commentary

WEB版に掲載されている未収録の閑話。
第二部 I の頃。
ヴィルマ視点のお話です。
孤児院でマインの側仕えとして過ごす
ヴィルマの日常。
孤児院の子供達の様子やマインが
どのように見られているか。
それから、ロジーナとの話し合いをヴィルマ視点で。

ちょこっと Memo

マインから見ると、困った人でしかないロジーナにも彼女なりの常識や見方があるということで、読者にとってはロジーナよりまだ馴染みのあるヴィルマの視点で書くことにした記憶があります。

先日、わたくしは青色巫女《みこ》見習いのマイン様の側仕《そばづか》えに召し上げられました。孤児院から出たくないと言ったわたくしに、マイン様は孤児院の管理と洗礼前の子供達の世話をする仕事を与えて孤児院で過ごす許可をくださったのです。

「全員に行き渡りましたか？　では、神の恵みに祈りと感謝をしていただきましょう。幾千幾万の命を我々の糧《かて》としてお恵み下さる高く亭亭《ていてい》たる大空を司《つかさど》る最高神、広く浩浩《こうこう》たる大地を司る五柱《いつはしら》の大神《おおがみ》、神々の御心に感謝と祈りを捧げ、この食事をいただきます」

わたくしに続いて洗礼式前の幼い子供達が声を揃《そろ》えて唱和し、一斉に昼食を食べ始めました。子供達はとてもお腹が空《す》いていたようで、一心不乱に食べています。孤児院に運びこまれる食事は成人した神官や巫女が食べ、次に見習い達が食べ、最後に残ったものを洗礼前の幼い子供達が食べることになるので、子供達の食事は最後になります。

ずいぶん待たせることになるので、お腹が空いていることが可哀想になる反面、ほとんど残らない食事を持っていくことさえ、あまりなかった頃に比べれば、必ず食事が食べられるようになっただけ幸せではないでしょうか。

「今日のご飯もおいしいでしょう？」

わたくしは成人が食べる時間に食事を終えているので、子供達の食事中は食べ方を教えたり、食べこぼしを片付けたりするだけですが、六人の子供達の面倒を一度に見るのは大変です。

「スープがおいしい」

「今日は野菜の大きさが揃っているから、リジーがいたかも？」

神の恵みが多い日も少ない日も、テーブルの上に必ず並ぶようになったスープを見ると、わたくしはいつもマイン様を思い浮かべます。孤児院の在り様を変えてくださった全てがこのスープに詰まっていると思うのです。

「このスープはマイン様が作り方を教えてくださり、皆が森で採ってきた食材や作った紙を売ったお金で材料を買って作っているのですよ」

「ヴィルマはいつもそればっかり。その後はこうでしょ？　マイン様に感謝なさい」

わたくしを茶化すように子供達が声を揃えてそう言って笑うけれど、一番マイン様に感謝しているのは他でもないこの子供達でしょう。清められ、食事を与えられ、森という外の世界に連れだしてくださるのですから。

青色神官が通るところは毎日丁寧《ていねい》に清めることが灰色神官や巫女の仕事です。けれど、青色神官が入ってこない孤児院の内部は、今まできっちりと清める対象ではありませんでした。あまり周囲が汚いと自分を清めるのに時間がかかるので、自分の周辺だけを時折清める程度でした。

だからこそ、見習い以上の部屋や食堂は顔をしかめるほど汚れることもありませんが、洗礼前の子供達とその周辺を清めるという考えはございませんでした。洗礼前の子供達の世話をするのは子を産んだ灰色巫女と決まっていたし、地階で食事も終わらせるので、自分達の視界にも意識にも幼い子供達の姿が映ることはなかったのです。

マイン様の側仕えであるフランから、洗礼前の子供達の様子を聞いて驚いたのはわたくしだけではなかったと思います。世話をする巫女がいなくなっていたことも、見習いが食べてほんの少し残った分だけを皿に入れて置いてくるだけしか世話がされていなかったことも、孤児院の外からやってきた者に知らされたのですから。

「ヴィルマ、終わったから工房に行っても良いですか？」

「自分の食器を片づけて、手と顔を清めてからですよ。紙を汚すとギルに叱られますからね」

「ギルよりルッツの方がおっかないんだよ」

マイン工房を預かっているギルに叱られたとか、摘《つ》まみだされたという話はよく聞きますけれど、商人見習いのルッツについてはマイン様の信頼の厚い少年だとしか存じませんでした。

「この一枚にどれだけの日数と手間がかかっていると思っている⁉　って、怒鳴るんだよね？」

「あ、ボクはこの間まだ触ってないのに怒られたよ」

リコが腰に手を当てて「これがいくらで売れると思っている⁉　汚い手で商品に触るな！」と叱るルッツの真似をすると、子供達が「似てる！」と笑います。神殿では耳にすることがない言葉遣いと声の勢いにわたくしは驚いてしまいました。

「汚しちゃったら、その後はしばらく森に連れていってくれなくなるんだ」

「この間は暴力を振るっていたのよ。暴力はいけませんよ、とルッツに注意したら、言われてもわからないヤツが悪いんですって、すまして言うのです」

わたくしは殿方《とのがた》が苦手で工房に顔を出さないので知りませんでしたが、マイン工房の中は神殿の中であっても、まるで神殿ではないようです。商人と神殿の規則を程よく混ぜたマイン様独自の規則で動いているそうです。

……今の孤児院も院長であるマイン様独自のやり方で動く部分が多々見受けられますけれど。神殿と同じように孤児院の中も清めること、全員がある程度満たされるように食事を自分達で作ること、神の恵みを待つだけではなく自分達でお金を稼いで食材を得ること……。マイン様がわたくし達に教えてくださったことは、全て平民ならば当たり前にしていることだそうです。

マイン様はいつも「わたくしは教えただけです。生活をより良くできたなら、わたくしではなく、皆の努力です」とおっしゃいますが、貴族と孤児しかいない神殿で、他の誰がそれをわたくし達に教えることができたでしょうか。わたくしは神殿にマイン様を遣わしてくださった神様に感謝しているのです。

子供達の面倒を見るわたくしを、聖女のようだとマイン様は褒《ほ》めてくださいますが、わたくしにとってはマイン様の方が聖女に見えます。

……幼い見た目から考えると、聖女というよりは神の御子でしょうか。

クスリと笑った後、わたくしはお昼前にいらっしゃったマイン様のお話を思い出しました。わたくしと一緒にマイン様の側仕えとして召し上げられたロジーナのことです。

貴族街へ戻った元の主《あるじ》クリスティーネ様を第一の主と仰《あお》ぐロジーナが、平民出身のマイン様の側仕えになれるとは思えません。クリスティーネ様とマイン様では側仕えに対する認識が違いすぎます。マイン様はわたくしの願いを聞き届け、「考慮する」とおっしゃってくださったけれど、ロジーナは孤児院に戻されるような気がいたしました。

ロジーナは本当に美しい少女です。大人びた顔も、ふわりとした栗色《くりいろ》の髪も、宝石をあしらったような青の瞳も、美しいものがお好きだったクリスティーネ様のお気に入りでした。それに、ロジーナは美しいだけではなく、クリスティーネ様と同い年で、同じように芸事に興味と才能を持っていました。だからこそ、家族と離されて神殿に入れられたクリスティーネ様は、ロジーナを自分の友人のように扱っていらっしゃったのです。同じ扱いをマイン様に求めても、マイン様が受け入れてくださるはずがありません。

「……そろそろかしら？」

昼食の後、側仕え全員から意見を聞いて、ロジーナと話し合いをするとマイン様はおっしゃいました。クリスティーネ様の側仕えであった頃とロジーナの考えが変わっていなければ、ロジーナにとっては辛《つら》い時間になるでしょう。

昼食を終えた子供達を工房へと送りだしたわたくしは、自分の部屋でカルタを作るための板を取り出しました。マイン様から子供達への贈り物になるカルタです。丁寧に描かなければなりません。わたくしの絵を神々の姿だと覚えるのですから、カルタの絵を描くのは少しだけ緊張しますが、同時に、腕の鳴る作業でもあります。

ギルが字を覚えられるように、とマイン様が考えたカルタは素晴らしいものでした。ギルが時々食堂に持ってきては自慢して一緒に遊ばせてくれますが、遊んでいる間に子供達が字や神々の名前を自然と覚えているのです。

わたくしは丁寧に磨かれて表面が滑らかになった板に、マイン様から贈られたインクとペンで神や神具の絵を描いていきます。もう何度もカルタの読み札を読まされているので、読み札はほとんど覚えてしまいました。仮に、わたくしにわからなくても子供達に聞けば誰かが教えてくれるので、何の絵を描けばいいかはわかるでしょう。

子供達の面倒を見る時間も楽しいものですが、やはり絵に没頭している時の高揚感はまた特別なものです。自分がどれだけ絵を描くことに飢えていたのか、思い知らされる心地がいたします。

何枚かの絵を描いた後、コンコンと軽く部屋の扉が叩かれました。あぁ、やはり。そう思いながら、わたくしが促すと、案の定、ロジーナが入ってきました。部屋に入ってドアを閉めた瞬間、青い瞳に涙がいっぱいに溜《た》まり始めます。初めて見るロジーナの表情でした。一体どれだけ我慢したのでしょう。

「ヴィルマ、マイン様はひどいのです。わたくしに灰色神官のような仕事をするように、とおっしゃるの！」

「ロジーナ、それだけではわからないわ。一体何があったのか、教えてくれないかしら？」

「えぇ、聞いてちょうだい。わたくしの心をわかってくれるのは、同じクリスティーネ様の側仕えだったヴィルマだけですもの」

手を止めて、わたくしは椅子をくるりとベッドの方へと向けます。向かい合うようにベッドへ腰掛けたロジーナは、ほろほろと大粒の涙を流して訴え始めました。

「一番ひどいのはデリアなのです」

「ロジーナ、わたくしはデリアを存じません。マイン様の側仕え全員を知っているわけではないから、どんな方がいらっしゃるのかも教えてくださらない？」

マイン様の側仕えとなって孤児院から碌《ろく》に出なくなったわたくしには、食事時に交わされる会話や子供達からの情報以外に外から入ってくる情報はございません。フランとギルは孤児院を清める時にマイン様の側仕えとして動いていたし、それぞれ以前から有名人なので顔も名前も知っているけれど、デリアという名前は初めて聞きました。

「デリアは元々神殿長のところにいた巫女見習いで、紅の髪が印象的な気の強い子ですわ」

八歳ということは、わたくし達が孤児院に戻された時は地階にいたはずです。けれど、印象的な紅の髪という特徴を持っているのに、わたくしの記憶にそのような見習いの姿はありません。

「八歳の見習いならば見たことがあるはずですけれど、わたくし、全く覚えていないようだわ」

「デリアは洗礼式の直後に神殿長に引き取られたので、孤児院の一階に上がることなく、地階から貴族区域に行ったのですって。わたくしも記憶にないと思って質問したら、誇らしげにそう言っていましたわ。いずれ愛人になると恥ずかしげもなく言い切るなんて、クリスティーネ様が耳にしたならば何とおっしゃるでしょう」

花捧げは女性であるということ以外に取り柄のない者がすることだとクリスティーネ様は花捧げをする灰色巫女を嫌悪しておられました。ですから、わたくし達は青色神官に召されたいとは思えません。けれど、孤児院の灰色巫女達は花捧げを特に厭《いと》ってはいないようです。神の恵みも少なく、厳しい下働きの生活をするくらいならば、花捧げで満足できるだけのご飯を食べられる生活がしたいと言っていました。

「デリアが世話をする灰色巫女もいない地階にいた子供だったならば、孤児院から抜け出し、安定した生活を得たいと思うことに不思議はないと思いませんか？　もし、仮に、ロジーナ、貴女《あなた》があの地階に閉じ込められていたら？」

「やめてちょうだい、ヴィルマ。気持ちが悪くなってしまうでしょう」

地階の子供達を洗うことを命じられたにもかかわらず、ロジーナは女子棟の清掃をすると、一番に逃げ出していました。美しい物しか目に入れたくないのよ、とよくおっしゃっていたクリスティーネ様の影響がとても大きいのでしょう。偶然とはいえ子供達を見つけたら何とか救おうとギルを遣わしたマイン様との違いに、わたくしは溜息を禁じ得ません。

「デリアは教養の欠片《かけら》もなく、芸術を解することもなく、フェシュピールの音をうるさいと表現するのです。もー！　もー！　と騒がしいのはデリアの方なのに、マイン様は少し困ったように笑うだけで、叱ることもなさらない……」

神殿の下働きをすることなく貴族区域に移ったという意味では、ロジーナとデリアは同じだと思います。しかし、一般的に側仕え見習いの仕事は主の世話を中心とする下働きなので、マイン様から見たデリアの心証は悪くないようです。

「それに、デリアがマイン様にわたくしのことを悪く訴えたのです」

ロジーナはデリアが会議の間に言った文句を次々と並べてくれました。重複していることも多く、

それが尚更《なおさら》デリアの苛立ちや怒りを表しているようにわたくしには感じられます。

「デリアに対して、他の人は何とおっしゃったのかしら？　デリアが正しいと言ったのですか？　ロジーナの味方をしてくださった方はいらっしゃらなかったの？」

「えぇ。ギルはデリアの味方でしたわ。働かざる者、食うべからずとか、夜は楽器を弾かないでほしいとか、そのようなことを乱暴な言葉で……」

クリスティーネ様の時と同じ時間までフェシュピールを弾いているならば、嫌がられるのも無理はないでしょう。デリアもギルもまだ見習いで、孤児院の子供達と同じように寝るのも早いに違いありません。

「その年頃の子供達に夜遅くの楽器は迷惑でしょうね。孤児院の子供達の部屋で弾かれたら、わたくしも困ってしまうわ」

「ヴィルマ⁉」

「クリスティーネ様のお部屋では朝がゆっくりでしたけれど、孤児院と同じように、マイン様のお部屋も朝早いのでしょう？」

ほんのわずかにロジーナが目を伏せました。おそらく誰かに同じことを言われたのではないでしょうか。

「それにしても、ギルはやんちゃで手がつけられない悪童だった記憶しかないのですけれど、ずいぶん印象が変わりましたね？」

神殿の下働きを統率《とうそつ》している灰色神官によく反省室に入れられていた記憶しかありません。ギルが青色巫女の側仕えになると聞いた時には孤児院中が耳を疑ったものです。

「マイン様の前に跪《ひざまず》いて褒めてもらっている様子を見れば、ヴィルマはもっと驚きますわよ」

久し振りに見たギルは、マイン様に心酔している様子が見受けられました。ご褒美《ほうび》にカルタを贈られるくらいなのですから、ギルはよく仕え、マイン様と良い主従関係を築いているのでしょう。

「フランは何と言いましたの？　元々神官長の側仕えでしたし、まだ幼い見習い達とは違って公正な目で物事を見ているのではありませんか？」

フランは孤児院の誰もが知っている通り、元々神官長の側仕えで、平民であるマイン様を助け、教え、導く存在です。マイン様の側仕えの中で唯一成人している灰色神官でもあります。マイン様が信頼し、頼りにしていることは見ていればわかります。

「フランは灰色神官なのに、わたくしが指示しても動いてくれないのです。力仕事もしてくれない方ですわ。何かとわたくしに命令するのです」

「……フランがロジーナに命令するのは当たり前でしょう？」

「まぁ、何故？」

本当にわからないと言うようにロジーナがきょとんとした表情になりました。これではマイン様の側仕えから反感を買って、マイン様がわたくしのところへ相談に来るのも当然でしょう。

「フランはマイン様の筆頭側仕えで、ロジーナは新入りの見習いですもの」

「でも、わたくしはフェシュピールの……」

「ロジーナ、マイン様とクリスティーネ様は違うのですよ。同じことを望んでも、受け入れられるはずがありません」

「……マイン様も同じことをおっしゃったわ」

「他には何とおっしゃったのかしら？」

「夜遅くの楽器は皆の迷惑になるから七の鐘が鳴ったら終わりにするように、それと、楽器を弾く手が大事なことは理解できるから、下働きをしたくないならば実務をしてほしい、と……」

「実務？」

わたくしが聞き返すとロジーナは大きく頷きました。

「マイン様のお部屋には側仕えが少なすぎるのです。ですから、実務全般をフランが、工房と孤児院の男子棟に関することはギルが、部屋の中に関する仕事はデリアが取り仕切っているのです」

「……確かに少ないですわね」

本来なら生活の面倒を見るだけの側仕えですが、マイン様は孤児院の院長であり、マイン工房の工房長でもあります。仕事内容が多岐《たき》に渡っていて多いけれど、仕事量に対する側仕えの人数が少なすぎると思われます。

「ヴィルマは孤児院の女子棟の仕事と絵の仕事をしているのでしょう？　わたくしにも音楽と他の仕事をするように、とおっしゃるの。音楽だけをさせる余裕はないのですって」

本来側仕えがするべき仕事ができないのは困る。ロジーナはもうじき成人なのだから、フランの仕事の一部をこなしてほしいと思っている、とおっしゃられたそうです。

「実務とは何かしら？」

「書面の代筆、それから、部屋や工房や孤児院の帳簿の計算などだそうですわ。フランの負担を減らしてほしいとおっしゃったの」

「それは……。側仕えになったばかりで、読み書きができないギルやデリアには難しいでしょうね。成人間近で教養があるロジーナならばできると思われたのでしょうけれど……」

ハァとわたくしは溜息を吐きます。今までは見えていなかった自分達の欠点がよく見える気がいたしました。側仕えになると、読み書き計算は教えられます。けれど、クリスティーネ様の灰色巫女は字の美しさを競ったり、詩を書いたりすることができても、実務的な書面の代筆は経験がありません。計算が苦手で戦力にはなりません。本当に芸術だけに特化した側仕えなのです。

「フランの負担を減らしたいのならば、側仕えを増やせばよろしいのに、わたくしに覚えてほしいとおっしゃるの。……知らない、できないことはこれから覚えればいいけれど、仕事をしないと言い切る側仕えは必要ないとおっしゃったわ」

「えぇ、そうでしょうね。マイン様はクリスティーネ様と違って、平民です。貴族ではありませんし、十人以上も側仕えを召し抱えることができるほど財力もないでしょう？」

まだ洗礼式も終えていない子供達に「お腹いっぱい食べたかったら、孤児院の費用は自分で稼ぐように」とおっしゃる方です。必要なだけ側仕えを召し抱える財力はないと思われます。

「マイン様は青色巫女ですのよ？　そんなはず……」

「神殿にいる青色神官も側仕えは五人ほどでしょう？　クリスティーネ様が特別だったのです」

側仕えが三～五人ほど、それから、料理人や助手を召し抱えるのが普通でございます。

実家から派遣された侍女が二人、芸術を楽しむための灰色巫女を六人、下働きや実務のために灰色神官を四人、料理人や助手がいて、家庭教師を数人雇えたクリスティーネ様を基準に考えてはならないのです。

「ロジーナ、貴女にマイン様の側仕えは合わないのではないかしら？　お互いに不満を持って生活をするのは大変でしょう？」

「ヴィルマもわたくしに孤児院に戻れと言うの？」

あぁ、やはり、という思いが胸を占めました。マイン様はロジーナに孤児院へ戻るように、とおっしゃったようです。

「ここまで考えや行動の基準が違っていては、マイン様に選べる選択肢は一つしかありません」

「……マイン様は明日までに考えなさいとおっしゃったわ。孤児院に戻るか、クリスティーネ様の時と違う環境を受け入れるか、好きな方を選びなさいと」

「そう。では、後はもうロジーナの問題ですわね」

ロジーナに時間を与えてほしいと願ったわたくしの言葉を受けて、そこまでマイン様が譲歩《じょうほ》してくださっているならば、わたくしから言うことはもうありません。ロジーナが選ぶだけです。

「ヴィルマは……灰色神官の仕事を巫女にさせるなんて、間違っていると思いませんの？」

絵を描き始めたわたくしを見て、ロジーナが不安そうに声をかけてきます。クリスティーネ様の側仕えであったわたくしの賛同が得られずに戸惑っていることがわかりました。

「えぇ、クリスティーネ様以外のお部屋では当たり前のことですから」

「……では、わたくしが間違っているのですね」

ロジーナがポツリとそう零しました。ロジーナにとってはクリスティーネ様が全てでした。孤児院を出てからその生活しか知らず、孤児院へ戻ってからもクリスティーネ様との生活を乞《こ》い続けてきました。そこで培《つちか》ってきたものが否定されるのは辛いでしょう。しかし、もうクリスティーネ様が神殿へ戻ってくることはありませんし、今までの側仕えの常識が余所《よそ》では通用しないことを知らなければなりません。

「ロジーナ、貴女が間違っているのではありません。クリスティーネ様の決めたことはクリスティーネ様のところでしか通用しないだけなのです。逆に、マイン様の決められたことはマイン様の元でしか通用しないでしょう」

「通用、しない……？」

「ねぇ、ロジーナ。よく考えてみてちょうだい。マイン様ではなく、他の青色神官の側仕えに召し上げられたなら、楽器を与えられることがなかったかもしれません。花捧げも仕事だったかもしれません。それに不満を漏らしますか？」

青色神官を前に、「楽器がないところに行きたくない」とか「花捧げは教養のある巫女のすることではない」などという灰色巫女見習いの主張が通るわけがないのです。

「マイン様は音楽をしてはならないとはおっしゃらなかったのでしょう？　一日中音楽をさせる余《よ》裕《ゆう》はないし、他の側仕えがしている仕事をしてほしいとおっしゃっただけ。指を痛めたくないと言ったロジーナの言葉を汲《く》んでくださって、実務を覚えてほしいと言ってくださっているではありませんか。ロジーナはマイン様に心から仕えると言っていたと思うけれど、それは口先だけの言葉だったのかしら？」

自分の意に沿わない側仕えなど必要ないと切り捨てるのは簡単でしょう。けれど、マイン様はできる限りの譲歩をしてくださっているようにわたくしには見えます。

「仕えるべき主に譲歩させておいて、まだ不満ならばロジーナにはクリスティーネ様の側仕え以外は無理だということです。周りに迷惑をかける前に孤児院に戻った方がよろしいでしょう」

何もかもを諦めたような、呆然《ぼうぜん》とした顔でロジーナは静かに涙を流して、ゆっくりと長い睫毛《まつげ》を伏せました。

「……巫女見習いの側仕えになっても、もう、あの頃には戻れないのですね」

「ええ、他の誰もクリスティーネ様にはなれませんから」

わたくしが数枚の絵を描き上げる間、ロジーナはベッドに座ったまま、項垂れて静かに泣いていました。色々湧《わ》きあがる感情を押し流すように泣き続けるのを、涙が自然と枯れるまでわたくしはそっとしておきます。

「……ヴィルマ」

ロジーナが顔を上げた時には、決意を目に秘めていました。

ずっとしがみついていた過去と決別して、先を見据えたロジーナの表情は殊《こと》の外《ほか》美しく、手元に画材がなかったことが悔やまれるほどでした。

「わたくしは少しでも音楽に関《かか》わっていたいと思います。ですから、マイン様の元に戻ります。そして、実務を覚えます」

「マイン様は努力すれば認めてくださるわ。初めて孤児院でご褒美を下さった時のように……。わたくしには話を聞くことしかできませんけれど、頑張って」


数日後、マイン様が嬉しそうに笑いながら、孤児院へやってきました。巫女見習いではあるけれど、マイン様は洗礼前の子供達と比べても、そう変わらない体格をしています。

「ヴィルマが口添えしてくれたのでしょう？　ロジーナは苦手そうだけれど、計算も頑張ってくれているのです。ありがとうございます、ヴィルマ」

へにゃりと金色の目を細めて笑うマイン様は無邪気でとても可愛らしく、子供達と同じように抱き上げてしまいたくなりますが、マイン様は主です。平民だからこそ、物腰が丁寧なのに親しみがございます。気品がないわけではございませんが、生粋《きっすい》の貴族であったクリスティーネ様に比べると、主らしい威厳《いげん》や品格は足りません。

「神官長がロジーナを側仕えとして付けるのは、マイン様に教養を身につけさせるためだと伺《うかが》いました。手本となる青色巫女が神殿内にいない以上、一番の手本となるのは、クリスティーネ様の友人のような扱いで一緒に教育を受けていたロジーナでございます。ロジーナが努力して苦手を克服しているように、マイン様も努力して教養を身につけなければなりませんよ？」

うっ……とマイン様は言葉に詰まられ、困ったように視線をうろうろとさまよわせます。しかし、上に立つ者は、そのようにうろたえたところを見せてはならないのです。

「マイン様、側仕えを集めて話し合いを行った時、ロジーナは視線を逸らしましたか？　誰も味方がいない状態で俯《うつむ》いて泣きだしましたか？」

「……真っ直ぐに顔を上げて、自分の意見を曲げずに述べていましたけれど？」

マイン様はよく理解できないと言わんばかりに、首を傾げます。幼子としての仕草は可愛らしいですが、それではいけません。

「それが正しい貴族の在り方なのです。……ロジーナはわたくしのところへ来て泣きました。それまでは我慢し続けていましたよ」

「……わたくし、ロジーナのようにならなくてはダメなのね？」

きゅっと唇を引き結び、マイン様がわたくしを見上げました。その瞳はロジーナが決意した時のものによく似て見えます。

「孤児院育ちの灰色巫女でも立ち居振る舞いを身につけることができるのですから、マイン様にできないはずがございません。ロジーナの立ち居振る舞いをよくお習いください」

「……はい」

……マイン様とロジーナが良い影響を与え合う主従となれますように。

わたくしは神に祈りを捧げました。

ギュンター視点

娘はやらんぞ

Kazuki Miya's commentary

二〇一五年アニメイト用書き下ろし特典SS
第二部Ⅰの頃。
ギュンター視点のお話です。
門で書類仕事のお手伝いをする予定だった
マインが神殿の巫女見習いになったことで
門に来られなくなりました。
マインの姿が見えなくなって困っている
門番レクルからギュンターへの相談。

ちょこっとMemo

ここに登場するレクルは、第四部Ⅳの短編「大改造を防ぐには」にも登場します。
成長したレクルに興味のある方は、そちらもどうぞ。

「班長、娘さんはどうしたんですか？」

門番の交代で俺が門の前から中に入ろうとすると、レクルに呼び止められた。レクルは比較的計算仕事が得意で、マインの仕事振りに奮起していたらしく、門での計算仕事の大半を受け持つオットーが自分の後任として目を付けているとは聞いていた。数年後には兵士を辞めて、本格的に大店《おおだな》の家族として仕事をすることが決定したオットーは、後任の教育に頭を悩ませている。

「ウチの娘が何だ？　どっちの娘もお前の嫁にはやらんぞ」

「あんなに小さい子、年が離れすぎてて対象になりませんよ。何を言っているんですか？　って、班長の親馬鹿はどうでもいいです。夏になってから全く門に来てないじゃないですか。オットーさんの手伝い、オレばっかりがやらされてるんですけど」

できる奴に任せるのがオットーのやり方なので、レクルばかりに後任教育が向かっているらしい。時々門に来る助手としてマインに計算の見直しを任せる予定だったけれど、もう門の仕事はできない。マインは完全に神殿にとられてしまったのだ。大誤算、とオットーは頭を抱えている。

「マインは計算能力を買われて、大店で仕事を始めたんだ。門の手伝いをする余裕なんぞない。それでなくても、体が弱いんだからな」

マインが神殿に入ったことは公言しない。外部にはギルベルタ商会で世話になっていることになっている。実際、今でも出入りしてはルッツと一緒に何やら作ったり、売り込んだりしているようなので嘘ではない。

「オットーさんから班長の娘さんと比べられて散々ですよ」

マインはすごく頭が良い……らしい。俺にはどう頭が良いのかわからない。だが、いくら助手を付けろと言っても「足手まといを助手にしても時間の無駄です」とバッサリ断っていたオットーが興奮して「マインちゃんを助手にしてください」と掛け合ってきたり、大店の商人見習いになるための許可が得られたり、神殿でも孤児院を任されたり、神官長の執務《しつむ》の手伝いをしていると聞けば、相当なのだろうとは思う。

……さすが、マイン。俺の娘。

「フフン、ウチの娘は神様に愛されているからな。レクルと違って特別なんだ」

だが、特別だからこそ、神殿にとられる羽目になった。最近はちょっとだけ神様が恨《うら》めしい。

「ハァ、班長の話は大袈裟《おおげさ》ですけど、そんな特別な子と比べられたら堪《たま》りませんよ」

……まぁ、他の兵士達が体を鍛《きた》えたり、門に立ったりしている間、ずっと書類や木札と睨めっこじゃうんざりするだろうな。

オットーやマインのように書類仕事を嬉々としてやる兵士などいない。俺もずっと計算仕事ばかりをしろと言われたら兵士を辞めたくなるだろう。

「レクル一人に負担を押し付けるわけにはいかんからな。他の兵士達も合わせて鍛えるようにオットーに言っておこう」

……ついでに、マインに計算の仕方の良い教え方がないか、聞いてみるか。

商人見習いになるためにルッツが冬の間、マインに教えられて文字や計算の練習をしていたとエーファから聞いている。一冬《ひとふゆ》の間にずいぶんと上達したらしい。

マインに相談したところ、「まず、オットーさんみたいに書類仕事が嫌じゃない人を探してみたら？」と言われた。

「せめて、わたしみたいに体が丈夫じゃなくて体を使わない仕事を探している子を書類仕事専用として雇うようにしないと、体を鍛えて街を守るって熱意に溢れた兵士達には書類仕事の適性がないよ。最初に受ける教育でも嫌々じゃない」

やる気がない人にいくら教えても身につかないよ、とマインはオットーみたいなことを言った。

「門で灰色神官が雇えたらいいんだけどね。計算仕事や貴族の対応に慣れた人もいるんだから」

俺が紹介すれば就職はできるだろうが、灰色神官達は生活全般に関する常識がない。文字通り、住んでいる世界が違う。さすがに買い物一つできないくらい下町での常識がない奴の生活全般の面倒は見きれない。

「……その能力はものすごく欲しいが、ものすごく難しいな」

おっかなびっくりで周囲の様子を見回しながら街の中を歩き、怒鳴り声や拳骨《げんこつ》に体を竦めている孤児院の奴等《ら》を思い出して首を横に振った。悪い奴等じゃないことはわかっている。でも、書類仕事だけできても門での仕事は無理だし、あいつらが下町で生きていける気がしない。

「すぐには無理でも、十年後とか二十年後くらいには孤児院の子達も外へ出るのが当たり前になって、下町でも就職先が見つかるようになればいいと思ってるよ」

そう言って笑ったマインは、孤児達の将来を見据える孤児院長の顔になっている。神殿という自分が立ち入ることができない世界に馴染《なじ》んでいくマインが急に遠くなった気がして、俺は思わずマインを抱き締めた。

……神様にも神殿にもマインはやらんぞ。

トゥーリ視点

絵本と文字の練習

Kazuki Miya's commentary

二〇一六年書泉グループ×TOブックスフェア
書き下ろし特典SS
第二部IIの頃。
トゥーリ視点のお話です。
聖典絵本を持ち帰ってきたマインに
字の書き方を教えてもらうトゥーリ。
石板で練習を始めるけれど、なかなか書けません。

ちょこっと Memo

マインの金銭感覚にドン引きのトゥーリですが、トゥーリが下町の普通です。

「じゃあ、手伝うからわたしにも本をちょうだい。わたしも字を覚えたいの」

本の仕上げをするから協力してほしいとマインに頼まれた時、わたしは思い切ってそう言った。お手伝いのために孤児院に出入りすることが増えると、わたしだけ読み書きができないような気分になるのだ。

……この辺りでは読めないのが普通なんだけど、わたしの周りだけ、やたら読み書きのできる人がいるんだよね。

本を作るマインはもちろん、門番をしている父さんも読み書きができる。前は読めても書くのがあまり得意ではなかったみたいだけど、マインがオットーさんから字を教えてもらうことになった時に「父親の威厳が！」と言って、こっそり練習していたのを知っている。

ルッツは商人見習いになるために、去年の冬にマインから教えてもらっていたのに、今では契約の書類を読むこともできる、とカルラおばさんが自慢していたくらいだ。コリンナ様もお仕事に使う木札には字を書き込んでいた。いつの日かコリンナ様の工房で働こうと思ったら、字の読み書きは必要になると思う。何より、先にギルベルタ商会で働いているルッツやマインに置いて行かれたくはない。


「これが石筆《せきひつ》ね。持ち方はこう。あぁ、違うよ、トゥーリ。そんなふうに握っちゃダメ」

黒い石板を前に置いて、白い石筆の持ち方や線の書き方から練習は始まった。

……文字はまだまだ先なんだって。

わたしはマインに言われた通りに石筆を持って、マインが描いたお手本と同じように線を引いていく。でも、何だか力がきちんと入らなくて、お手本のように真っ直ぐの線が引けず、ひょろひょろとした薄い線になってしまう。

「マイン、こんな持ち方じゃ力が入らないよ」

「針に正しい持ち方があるように、ペンだって正しい持ち方があるんだよ。石筆はどんなふうに持っても線が引けるけど、この持ち方に慣れなきゃ、ペンを使う時に先がすぐに潰れちゃう」

マインにそう言われて、わたしは何だか力の入りにくい持ち方で石筆を動かしてひたすら線を引く。でも、マインは簡単にしているのに、真っ直ぐの線を引くのも意外と難しい。

「トゥーリ、面倒に思っても頑張ってね。真っ直ぐの線や思った通りの円い線が描けないと、衣装の形も描けないから」

そして、書く練習をする合間に、字を読む練習もしなければならないらしい。

「耳で文章を覚えてから、目で追って読めるようになって、最終的に手で書けるようになればいいんだよ。トゥーリがコリンナさんの工房に移れるのはまだ先の話だから、ルッツみたいに急いで詰め込まなくても大丈夫」

「でも、ルッツだって半年以上かかったんでしょ？　コリンナ様に工房を移りたいってお願いしようと思ったら、あんまりのんびりできないよ」

ダルア見習いの契約は三年だ。工房を移ろうと思えば、早めにコリンナ様と話をして移動のための約束をしなければならない。一年くらいしか余裕はないのだ。

「一年もあれば大丈夫。それより、楽しんで本を読んだ方がいいよ。本や字を見るのが嫌になったら、全く頭に入らなくなるからね。門で嫌々やってる見習いの子は文字を覚えるのも時間がかかって、教えるオットーさんは苦労してたよ」

マインは笑ってそう言いながら、子供用の聖典絵本を広げた。

「闇の神は気の遠くなるような長い時間をたった一人で過ごしてきました」

マインはわたしにわかるように指で言葉を示しながら、本をゆっくりと読んでいく。本当に嬉しそうに顔を綻《ほころ》ばせて、月のような金色の瞳をキラキラに輝かせている。至福の顔をしているマインを見ながら、わたしは続けて同じ言葉を繰り返す。まだ文字を見てもわからなくて、マインが言った通りに繰り返して言うだけだ。

「闇の神は気の遠くなるような長い時間をたった一人で過ごしてきました」

「そうそう、イイ感じ。じゃあ、次ね。ずっと一人だった闇の神の前に光の女神が現れ、辺りを照らします」

闇の神が光の女神と出会い、結婚して子供が生まれる。その子供が水の女神、火の神、風の女神、土の女神だ。

「最初に生まれたのは水の女神フリュートレーネです。フリュートレーネは癒《いや》しと清めの力を持っています」

マインの言う通りに繰り返して本を読み、石板に石筆で線を引く練習をする。

「うん、これくらい線が上手に描けるようになれば、文字も書けると思うよ」

いくつもの線の練習を終えて、やっと文字の練習が始まった。最初に教えてくれたのは、わたしの名前だ。

「一番使うのは自分の名前だからね。ギルベルタ商会に入る時にルッツは誓約書を書かされてたよ。トゥーリもコリンナさんの工房に入るつもりなら必要かも」

「そうなの⁉　そんなに大事なことなら、もっと早く言ってよ！」

線を引くだけでも難しいのだから、文字を全部覚えるのはもっともっと大変だ。ルッツは冬の間に覚えたけれど、わたしもコリンナ様にお願いしに行くまでに覚えられるだろうか。とても不安になってきた。

わたしはマインが書いてくれたお手本を見ながら、自分の名前を書いていく。自分の名前、家族の名前、友達の名前、コリンナ様の名前、ギルベルタ商会の書き方を教えてもらった。

「ルッツが迎えに来たから、わたしは行くね」

マインは冬支度のために、ほぼ毎日のように神殿へ行っている。見習いなのに、わたしと違って隔日《かくじつ》ではないのだ。

……熱を出してよく休んでるから、行ける時は毎日行くんだろうけどね。

マインに言われた通り、絵本の文字を書き写しているとコトンと音がした。顔を上げると、お腹の大きい母さんが「頑張ってるわね」と水を入れてくれたところだった。

「すごく難しいよ。ルッツが冬の間に覚えたのもすごいけど、門で計算のお手伝いをしながら覚えたマインはもっとすごいと思う」

いつのことだったか、門の見習い達に教えるオットーさんのお手伝いをしている、と聞いたことがある。つまり、門に行き始めて一年も経っていない頃からマインは教える方の立場になっていたのだ。あの頃は聞き流していたけれど、あり得ない。

「ふふっ、門のお手伝いね……。わたしも成人前は父さんのお手伝いをさせられたものよ」

「母さんの父さんってことは、おじいちゃん？」

「そう。門の士長だったからね。お貴族様が招集する会議が時々あるでしょ？　そこでお茶を出すための言葉遣いとお茶の淹《い》れ方を教えられたの。必要なかったから文字は教えられなかったわ」

おじいちゃんもおばあちゃんももういない。だから、あまり話を聞いたことがなかった。

「マインが神殿に入らずに、ウチで代筆の仕事をしながら門のお手伝いをしていたら、きっとわたしと同じように会議でお茶を淹れる仕事もするようになってたと思うわ」

「うーん、マインがお湯を沸かせるようになるところが思い浮かばないけどね」

まだ井戸から水も汲めないマインがお茶を淹れられるようになるのはいつのことだろうか。母さんと二人で笑いながらそんな話をして、わたしは石板に視線を落とす。

「せっかくだから母さんも文字を覚える？」

「今は赤ちゃんの服やおむつを作る方が忙しいから、もう少し後でいいわ。冬に余裕があればトゥーリがわたしに教えてちょうだい」

「わたしが母さんに？」

思いもよらなかった言葉に顔を上げて目を瞬くと、母さんは「そうよ。わたしに教えられるように覚えてちょうだい」と悪戯《いたずら》っぽく笑った。

「うん、頑張る！」

母さんに頼られるのが嬉しくて、わたしはもっと頑張ろうという気持ちになった。


やる気に火が点いて頑張って練習していたわたしだが、一つの疑問が浮かび上がってくる。

……この本っていくらだろう？

自分の作った髪飾りが高価な値段で売られているのを知っているわたしは、神殿から帰って来て、次の絵本について考え中のマインに絵本の値段を聞いてみた。

「えーと、工房で作った物だから、原価はそこまで高くないけど、店で売られるのは小金貨一枚と大銀貨八枚かな？」

「えぇ⁉」

わたしはビックリして、絵本とマインを見比べる。そんな高価な物をこのウチに持って帰って来るなんて信じられない。これからどんどんと増やそうと考えるなんてあり得ない。

「できればもうちょっと下げたいんだけど、植物紙もまだ高いし、何よりインク代がホントに高くて……。きっちりと利益を確保しようとするベンノさんも手強いから、しばらくは下げられそうもないね」

マインはいかにして値段を下げるのかを真剣に考えているけど、違う。そうじゃない。

「そんなに高いなんてウチに置いておけるような物じゃないでしょ？　文字の練習に、なんて気軽に使える物じゃないよ！」

「……え？　子供達が文字を覚える教科書にするために作ったんだよ？　トゥーリったら何を言ってるの？」

……きょとんとしてるマインこそ、何を言ってるの⁉

小金貨二枚くらいの価値がある物をウチに置いて、わたしやこれから生まれてくる赤ちゃんが気軽に使うことに関して何も思っていないみたいだ。まさかこの絵本がそんなに高いなんて思わなかった。これまでの自分の扱いを考えて血の気が引いていく。

「ね、ねぇ、マイン。この本って洗える？」

「洗っちゃダメだよ、トゥーリ！　水に浸けたら紙がボロボロになるから、絶対にダメ！」

「え？　洗っちゃダメなんだ。じゃあ、本が汚れた時はどうするの？」

石筆を触る手で本を捲《めく》っていたので、すでに白い粉が所々に付いている絵本をちらりと見た。わたしの心の中は「どうしよう⁉」でいっぱいになっているのに、マインはあっけらかんとした顔で笑う。

「汚れないように使うのが一番だけど、そこまで気にすることないよ」

「そんな値段を聞いちゃったら気にするよ！」

今までと違って絵本を触るのがとても怖くなった。

……どうしよう⁉　気軽に本が一冊欲しいなんて言うんじゃなかった！

リヒャルダ視点　新しい姫様

Kazuki Miya's commentary

ＳＳ置き場に掲載されている未収録ＳＳ
第二部Ⅳと第三部Ⅰの間。
リヒャルダ視点のお話です。
ヴェローニカが捕らえられ、
城中がてんやわんやの中をジルヴェスターに
呼び出されたリヒャルダ。
新しく養女になるローゼマインの側仕えに
なってほしいと頼まれます。

ちょこっと Memo

短編リクエストにリヒャルダ視点を望む声が大きかったので、ローゼマインとの出会いに繋がる辺りを第三部Ⅳの発売記念に書きました。

エーレンフェストを大きく揺るがす事態が起こりました。なんと、ジルヴェスター様が実の母親であるヴェローニカ様を捕らえられたのです。騎士団長であり、護衛騎士であるカルステッド様と領主会議から抜け出して……。

ジルヴェスター様の側近にも知らされていなかったくらいですから、あまりにも突然の出来事でした。当然のことながら城の中はてんやわんやになっています。そんな時に、わたくしはジルヴェスター様に呼び出されました。黄色の魔石に戻ってしまったオルドナンツを見つめ、わたくしは首を傾げます。

「一体何のお話があるのでしょう？」

「リヒャルダ、アウブのお考えをよく伺ってくださいませ。今回のような突然の出来事が何度も起これば、我々も動けません」

他の側近達が不安そうになるのも仕方がないでしょう。誰にも何の相談もなく、領主会議から抜け出してまでヴェローニカ様を失脚《しっきゃく》させるなど、とても今までのジルヴェスター様では考えられません。カルステッド様を伴っていたこと、騎士団が迅速に動いたこと、事が神殿で起こったことを考えれば、ジルヴェスター様、カルステッド様、フェルディナンド坊ちゃまの三人だけが共有していた事態であることは推測できますが、勝手に行って良いことと悪いことがございます。

……三人まとめて「周囲への影響をよくお考えなさいませ」と叱らなければなりませんね。

アウブの印を勝手に使うなど、ヴェローニカ様が越えてはならない一線を越えたのですから罰が与えられるのは当然かもしれません。けれど、そのための根回しが全く行われていないこと、他領の貴族を巻き込んで事態を大きくし、領地内の貴族達を大混乱に陥《おとしい》れたことには苦言が必要でしょう。もっと穏便《おんびん》に事を運ぶことができたはずです。

「ジルヴェスター様、リヒャルダです。お召しに従い参上いたしました」

すでにカルステッド様とエルヴィーラ様以外は人払いをされた部屋の中、更に盗聴防止の魔術具を差し出されたことで非常に内密のお話になることはわかりました。そこで聞かされた話は、耳を疑うものでした。

「ジルヴェスター様、養女を迎える、とおっしゃいましたか!?」

「あぁ、そうだ。夏に洗礼式を迎えるカルステッドの娘を私の養女とする」

「カルステッド様にお嬢様はいらっしゃらないでしょう？　もしや、わたくしが存じ上げないお嬢様がいらっしゃる、と……？」

カルステッド様とエルヴィーラ様のお二人を見比べるようにして問うと、カルステッド様が素知らぬ顔で「第三夫人ローゼマリーの忘れ形見だ」と答えました。ですが、それは嘘でしょう。カルステッド様の教育係を務めたことがあるわたくしにはすぐにわかります。

「リヒャルダ様、誰の娘であるのかは関係ございません。洗礼式でわたくしの娘になるのですから」

強張っているお顔ではございますが、エルヴィーラ様の覚悟を決めた目を見れば、おいそれとは口出しができない次元で養女のお話は決まっているのでしょう。それでもジルヴェスター様の乳母《うば》であり、教育係であったわたくしは問わなければなりません。アウブに直接問える者は少ないのです。

「ジルヴェスター様、ヴェローニカ様を捕らえたことで混乱する城に、更に混乱をもたらすおつもりですか？　周囲への影響をよくよくお考えなさい。今は養女を迎え入れるよりも、ヴェローニカ様に育てられていたヴィルフリート様のお立場について考える方が先でございましょう。仮に、ヴィルフリート様のお立場を強化するために養女に迎えるのだとしても、貴族院へ入る直前で十分ではございませんか」

フロレンツィア様との間にはすでに三人の御子《おこ》がいらっしゃるのです。ここにカルステッド様とエルヴィーラ様のお嬢様であるライゼガング系の養女を迎えると、貴族達の間で不和や混乱が起こることは目に見えています。先に今の混乱状態を収めなければなりません。

「養女を迎えることについてフロレンツィア様は何とおっしゃったのです？」

「其方《そなた》と同じだ。何を考えているのか、と詰《なじ》られた。だが、養女の件は決定事項だ。譲《ゆず》れぬ」

ジルヴェスター様の深緑の目に揺らぎはありませんでした。最愛のフロレンツィア様と諍《いさか》いを起こしても押し通すおつもりでしたら、これ以上わたくしが何を言っても無駄です。ジルヴェスター様が一度決めれば、御自分の決定を覆《くつがえ》すことがないことはよく存じています。既に決まったことであれば、わたくしは周囲のためにできるだけ多くの情報を得なければなりません。

「さようでございますか……。では、お伺いいたしましょう。どのようなお嬢様なのです？　この難しい時期にアウブの養女とするのです。それだけの何かがあるのでしょうね？」

嘘を許さないというように、わたくしが腰に手を当ててジロリと睨むと、少し考えたジルヴェスター様がちらりとカルステッド様に視線を向けられました。

「魔力量が豊富で、神の世界で知識を得られるエーレンフェストの聖女だ」

「……真面目に答えてくださいませ」

「別に嘘ではない。幼いながら直轄地《ちょっかつち》の収穫量を上げられるだけの魔力量を誇り、エーレンフェストに新しい産業をもたらす娘だ。フェルディナンドを補佐の神官長にして、神殿長の職に就くことが決定している。だが、神殿育ち故に貴族の常識に疎《うと》いところがある。故に其方には彼女……ローゼマインの筆頭側仕えとなってもらう」

「神殿育ちの上に、これから神殿長に就任させるとおっしゃるのですか⁉」

簡単におっしゃったジルヴェスター様に眩暈《めまい》がしました。

「神殿育ちの子供を城に入れるなど……貴族達の心ない噂《うわさ》や悪意の的になるだけです。それがわからないわけではないでしょう？　これから洗礼式を迎えるような幼い子供にそのようないらぬ苦労をさせるなど、わたくしは反対です。カルステッド様も御自分のお嬢様のお話ですよ！　父親である貴方《あなた》が守らなくてどうします⁉」

養女となる子供の立場の不安定さに驚き、貴族達の嘲笑《ちょうしょう》や不満の捌《は》け口《ぐち》になるだろうという予想に背筋がひやりとします。けれど、わたくしが叱りつけても、ジルヴェスター様とカルステッド様は少し視線を交わし合っただけで意見を翻《ひるがえ》そうとはしませんでした。

「リヒャルダ、ローゼマインにはどれだけ悩み、心ない噂の的になろうとも、領主の養女にならなければ守れぬものがある」

「自分にとって大事なものを守るためにローゼマインは私の養女になることを選んだのだ。今更それを放り出せとは言わぬ。神殿長として神殿に留《とど》めるのも、ローゼマインのためだ。完全に引き離さぬ方が良い。……そうフェルディナンドが言っていた」

お二人の言葉で何となく察することができました。ローゼマイン様の大事なものは神殿にある何か、もしくは、誰かで、先日神殿で起こった騒動と密接な関係があるのでしょう。他領の上級貴族と揉《も》めたと聞きました。おそらく領主一族に名を連ねなければ収まらない何かがあったに違いありません。

「リヒャルダ、この難しい情勢の上に、神殿ではフェルディナンドに庇護《ひご》されていた子供だ。他に頼れる者がおらぬ。頼めるか？」

ヴェローニカ様にひどい扱いを受けていたフェルディナンド坊ちゃまが、御自分の庇護下にあった者を預けられる相手はほとんどいません。アウブであるジルヴェスター様に重用されていて、カルステッド様が御自分の娘を預けても不自然ではなく、フェルディナンド坊ちゃまが信用できる者など他にいないでしょう。

「かしこまりました。お引き受けいたしましょう」

「リヒャルダ、親子二代で世話をかけるがよろしく頼む」

「ありがとう存じます、リヒャルダ様」

カルステッド様とエルヴィーラ様が安堵したように微笑《ほほえ》みました。お二人の表情からは城へ上がることになるお嬢様への心配がよく伝わって参ります。神殿から城へやってくる子供を少しでも守ることができるように、わたくしにできる限り手を尽くすしかありません。

「エルヴィーラ様、リヒャルダとお呼びくださいませ。わたくしは貴女のお嬢様の側仕えになるのですから」

夏の洗礼式に養子縁組をすると言われ、わたくし達は大急ぎでローゼマイン様のお部屋を整えることになりました。城で育った領主の子であれば、側近達を使う練習を兼ねてじっくりと時間をかけてお部屋の準備をするのですが、ローゼマイン様の場合は違います。城に入ってからお部屋を整えるのでは間に合わないため、母親であるエルヴィーラ様と迎え入れる準備をしなければなりません。

「エルヴィーラ様、ローゼマイン様のお好みについて教えてくださいませ」

「今のお部屋に馴染んでいるようですから、同じ雰囲気で準備したいと思います。……少しは安らげると良いのですけれど」

「あぁ、今は教育中でしたね。どのようなお嬢様ですか？　殿方からの意見だけではどうしても心《こころ》許《もと》ないですから、エルヴィーラ様のご意見を伺いたいものです」

ジルヴェスター様もカルステッド様も、ローゼマイン様のことを「非常に優秀で変わった子供」としかおっしゃいません。「エーレンフェストの聖女」よりはまだ情報が出てきたのですけれど、何とも要領を得ないのです。

「フェルディナンド様がおっしゃったように、我が家に来た当初、ローゼマインは上級貴族らしい振る舞いができていませんでした。けれど、目を見張る速さで日々上達しています。教師も驚いていますが、わたくしも驚きました。集中力が素晴らしいです。洗礼式までには、とても神殿育ちとは思えない立ち居振る舞いが身につくでしょう」

「優秀な努力家なのですね」

「えぇ。コルネリウスが少し触発されているようです。ただ、変わっているという評価も間違いではないのですよ。神殿育ちだからでしょうか。ローゼマインは考え方や判断の拠《よ》り所《どころ》とするところがずれていて、何を考えているのか理解しにくいことがあります。よくよく話を聞いてみると、彼女なりの考えがあることがわかるのですけれど……」

どうにも要領を得なかったジルヴェスター様の言葉に嘘や誤魔化《ごまか》しはなく、優秀な努力家でずいぶんと変わったお嬢様だということはわかりました。それよりも、わたくしとしてはこの短時間にエルヴィーラ様がずいぶんとローゼマイン様に詳しくなり、表情がどんどんと母親のものに変わってきていることに目を見張ります。

「エルヴィーラ様の言葉の端々《はしばし》、表情からも心配している様子が見て取れます。生《な》さぬ仲であるのに、ずいぶんな入れ込みようではございませんか」

「ローゼマインが来てから、家の雰囲気がずいぶんと変わりました。わたくしにとってはとても可愛い娘なのですよ。フェルディナンド様がとても気にかけてくださいますし……」

クスクスと楽しそうに笑いながらエルヴィーラ様はフェルディナンド坊ちゃまがずいぶんと気にかけていらっしゃる様子を教えてくださいました。

「坊ちゃまが二日に一度の訪問ですか？」

「えぇ。三日になることもありますけれど、ほぼ二日に一度ですね。共に夕食を摂《と》り、家庭教師から進度を聞き、ローゼマインに理解しにくいところがないか尋ね、体調に異変がないか確認していらっしゃいます。父親であるカルステッド様よりよほど父親のようですよ。いくら庇護下にある子供とはいえ、フェルディナンド様がこれほどまめに様子を見ていると思いませんでした」

ローゼマイン様はフェルディナンド様にとても懐《なつ》いているようで、頼りにしている姿が見られるそうです。他者を寄せ付けないように警戒ばかりしていた坊ちゃましか知らないわたくしには耳を疑うような話でした。

「あのフェルディナンド坊ちゃまが幼い子供の世話を焼くなんて……。一体どのようにしてローゼマイン様は坊ちゃまの強固な警戒心を解いたのでしょうね？」

「幼く、虚弱であるからこそ……でしょうか？　何もしなくても勝手に死にかねないので、よくよく見張っておかなければならないそうですよ」

張り切りすぎて熱を出したことを微笑ましそうに述べた後、エルヴィーラ様が沈痛な面持ちになって頬に手を当てると、そっと息を吐きました。

「ローゼマインはとても良い子です。どのような理由があったとしても洗礼式を機に神殿から離すことが貴族として生きていくならば最良でしょう。けれど、ジルヴェスター様もカルステッド様もフェルディナンド様もそうしません。ローゼマインのためだけではなく……フロレンツィア様のお子様を次期領主にするためには必要な弱みなのかもしれないとも思うようになりました」

それはもしや弱みがなければ、ローゼマイン様が次期領主になるかもしれないということでしょうか。男性の領主候補生がいる中で女性の領主候補生がアウブになろうと思えば、夫になる者の力量も含めて相当の不利を覆す実力が必要になります。性差の不利に泣いたゲオルギーネ様を知っているわたくしとしては、すぐに呑み込めません。

「フロレンツィア様のお子様にはヴェローニカ様に育てられたヴィルフリート様だけではなく、他にも男のお子様がいらっしゃいますよ」

「えぇ、存じています。男の子の育て方についてフロレンツィア様から尋ねられたことがございますから……。ですが、カルステッド様とわたくしの娘であればライゼガングが後ろ盾につくでしょう。ヴェローニカ様に虐《しいた》げられてきた貴族達がこぞって持ち上げる形になれば、次期領主を目指すことができる立場になります」

次期領主を巡る争いが起こるのではないか、と懸念《けねん》するエルヴィーラ様にわたくしは微笑んでゆっくりと首を横に振りました。

「養女の件を強行する上で、ジルヴェスター様達もよくよく考えた上で決断されたはずです。第一夫人から生まれた男児が複数いるのですから、ローゼマイン様が次期領主に持ち上げられることはございませんよ」

「フロレンツィア様に余計な心労をかけたくはないので、そうであれば良いのですが、ローゼマインはどのように育てれば子供がこれほど優秀に育つのか、不思議に思うほどなのです」

「フェルディナンド坊ちゃまの教育が厳しかったのでしょう。周囲に置く者の基準が飛び抜けて高い方ですから」

息子のユストクスが側仕えになろうとした時のこと、名を捧げる決意をした時のことを思い出しました。ずいぶんと色々と条件や課題が出されたとぼやいていましたが、幼い子供にも同じようなことをしたのではないか、と思ったのです。

「確かに次々と課題を積み上げていらっしゃいますね。……けれど、領主一族に名を連ねるのであれば必要な課題だと思います。それでも、本を読んでいられたら、それだけで幸せだというローゼマインがこれ以上余計な争いに巻き込まれないように願わずにはいられません」

エルヴィーラ様と意見交換をしながら、お部屋を整えていきます。その内にオティーリエが新しくローゼマイン様の側仕えとして選出されました。エルヴィーラ様のご友人だそうです。神殿と繫《つな》がりがあるため、側近選びは難航しているようです。側近は最も身近に接する者です。信用ならない者を就けることができない以上は仕方がありません。

「リヒャルダも洗礼式へ向かうのでしょう？」

「えぇ。ローゼマイン様がどのような方なのか、見ておきたいですからね」

オティーリエと同じように、わたくしはローゼマイン様の洗礼式に向かいました。側仕えとして紹介されるのはローゼマイン様が城へ上がってからですが、顔合わせはしておきたいというカルステッド様とエルヴィーラ様のご配慮《はいりょ》です。

けれど、洗礼式ではヴィルフリート様が挨拶途中のローゼマイン様を連れ出して大変な怪我をさせたことで紹介はされないままに終わり、わたくしと姫様の初対面は城になりました。

「リヒャルダ、其方がローゼマインの……？」

「えぇ、ジルヴェスター様から頼まれまして」

ノルベルトに案内され、フェルディナンド坊ちゃまと共にお部屋に入ってきたローゼマイン様は、坊ちゃまとわたくしを見比べて不思議そうに首を傾げました。洗礼式の時にも思いましたが、年齢よりも少し幼く見えます。好奇心に満ちた金色の瞳がキラキラと輝き、坊ちゃまを見上げていました。懐いていると言っていたエルヴィーラ様の言葉通りです。何とも微笑ましい気持ちになりました。

「ローゼマイン様、こちらの女性はリヒャルダ。筆頭側仕えでございます」

「よろしくお願いいたします」

ノルベルトに紹介されると、ローゼマイン様はわたくしに礼をしました。目を見張るほど艶のある髪がさらりと肩を流れます。指先まで神経を使った優雅な動きは、とても神殿育ちとは思えません。エルヴィーラ様との初対面が中級貴族程度の立ち居振る舞いだったそうですから、領主の養女になるために大変な努力を重ねたことが一目でわかりました。

顔を上げたローゼマイン様は緊張した面持ちでこちらを見上げていますし、坊ちゃまが何ともそわそわした様子でわたくしの言葉を待っています。

……あらまぁ。フェルディナンド坊ちゃまがずいぶんと変わったこと。

新しい姫様に歓迎の気持ちを込めて微笑むと、姫様ではなく坊ちゃまが安堵したように緊張を緩《ゆる》めたことがわたくしにはわかりました。

「さすがよく教育されたカルステッド様のお嬢様ですこと。礼儀作法をよくご存じなのですね。ローゼマイン姫様、リヒャルダと申します。こちらこそよろしくお願いいたします」

ハルトムート視点

運命の洗礼式

Kazuki Miya's commentary

ＳＳ置き場に掲載されている未収録ＳＳ
第三部Ⅰの初め。
ハルトムート視点のお話です。
母親のオティーリエが
ローゼマインの側仕えになることが決まり、
不満に思いながらも親族として
洗礼式に参加するハルトムート。
そこで見た光景が彼を大きく変えました。

ちょこっと Memo

鈴華さんの誕生祝いＳＳ。いつもハルトムート語りに熱を込めている鈴華さんのために、読者からのリクエストも多かったハルトムートとローゼマインの一方的な出会いを書いてみました。けれど、鈴華さんはハルトムートよりフェルディナンドの方が好きだったようです。あれぇ？（笑）

「夏にエルヴィーラ様の御子様であるローゼマイン様の洗礼式があるでしょう？　その方は領主の養女になることが内定しているそうです。わたくしはお城でお仕えすることになりました」

エルヴィーラ様との個人的なお茶会から帰ってきた母上は、盗聴防止の魔術具を握った状態でそう言った。私も同様に盗聴防止の魔術具を握っている。周囲の側仕え達の様子を軽く見回した後、私はゆっくりと口を開いた。

「……母上がエルヴィーラ様の御子様の側仕えになるのですか？」

騎士団長の第一夫人であるエルヴィーラ様と母上は非常に仲が良い。洗礼式を終える前から母上は私を連れて何度も遊びに行っていたほどだ。だが、今までにエルヴィーラ様の娘と顔を合わせたこともなく、同学年のコルネリウスから妹の存在を匂わされたこともない。

……エルヴィーラ様の実子ではないはずだ。

ならば、カルステッド様の第二、第三夫人の娘ということになるけれど、どちらも中級貴族、しかも、ヴェローニカ派の貴族ではないか。私はコルネリウスから家庭の事情を多少漏《も》れ聞いている。

……いくらエルヴィーラ様の頼みとはいえ、そんな娘に母上が仕えるのか。

胸がむかついてひどく不愉快《ふゆかい》な気分になった。それを悟ったのか、母上はローゼマイン様について教えてくれる。

「わたくしはローゼマイン様が教育を受けている様子を少し拝見したのですけれど、顔立ちが美しく整っていて、とても優秀な方でしたよ。養子縁組も納得できます。それに、エルヴィーラ様の娘として領主の養女になれば、ライゼガング系貴族の希望となるでしょう」

領主の養女になることが内定しているので、今から側仕えを探しているということだったが、どうにも疑わしく思える。今、アウブがライゼガング系貴族から養女を取る必要性が全く感じられない。大きな裏があるはずだ。それなのに、父上と相談することもなく、側仕えになることを決めているなど、母上の決断とは思えない。

「……母上にしてはずいぶんと迂闊《うかつ》だったのではありませんか？　どう考えてもこの養子縁組には何か裏がありますよ」

「その裏を知るために城に入る伝手《つて》が欲しかったのです。ヴェローニカ様の失脚以降、目まぐるしく変化する城内で、フロレンツィア様の周囲とは違う立場から得られる情報を誰よりも欲しているのはレーベレヒト様ですから」

……父上が情報を欲しているということは、つまり、アウブの第一夫人であるフロレンツィア様も詳しい事情を知らないということではないのか？

ローゼマイン様がアウブと養子縁組する背景には様々な思惑が動いていそうに感じて、私は腕を組んだ。

「それに、今はライゼガング系貴族が勢いを取り戻せるのかどうかがかかっている重要な時期でしょう？　領主一族の側近に入れる機会は大事なのです」

「……なるほど。確かにそうですね」

口では納得したようなことを言い、もっともらしく頷いて見せたが、私はそのまま視線を窓の外へ向けた。

……派閥《はばつ》だ、影響力だと馬鹿馬鹿しい。

貴族院へ行けば嫌でもわかる。ユルゲンシュミット内ではエーレンフェストがどのような立ち位置なのか。他領からはどのような目で見られているのか。政変で中立を保ったからこそ多少なりとも順位は浮上しているが、エーレンフェストに向けられる周囲の目は厳しい。勝ち組に与《くみ》した領地からは政変に非協力的だったことを理由に負け組と同じように扱われ、負け組からは何もしていないくせに順位を上げて苦労をしていないという理由で恨まれている。

……エーレンフェスト内で影響力を持ったところで虚《むな》しいものだと大人達が何故考えないのか、そちらの方がよほど不思議だ。

それなのに、母上は父上や派閥のために中級貴族の女から生まれた子供に仕えようとしているのだ。私は何もかもが馬鹿馬鹿しくなって軽く鼻を鳴らした。


多くの場合、洗礼式が行われるのは季節の初めだ。けれど、ローゼマイン様の洗礼式は夏の初めでもなく、多くの貴族達が貴族街に集まる星結び直前でもない中途半端《ちゅうとはんぱ》な時期に行われた。

騎士団長であるカルステッド様の館には、二百人を超える貴族達が集まっている。洗礼式は親族へのお披露目《ひろめ》が大きな目的を占めるので、ライゼガング系の貴族が多い。養子縁組の発表を行う予定のようで、アウブ夫妻とその子ヴィルフリート様の姿もあった。アウブやヴィルフリート様の周囲を取り巻く側近達にはヴェローニカ派の貴族が多く、何とも言えない緊張感が漂っている。

「エルヴィーラ様から伺っています。リヒャルダ様もローゼマイン様にお仕えするのだと……」

「ええ。ジルヴェスター様のご命令ですからね」

カルステッド様の教育係やアウブの乳母を務めたリヒャルダ様が側仕えになるように命じられたという話を聞いて、私は少し考える。

……ずいぶんとローゼマイン様を重視しているようだが、アウブは一体何を考えているのだ？

「それに……フェルディナンド坊ちゃまもローゼマイン様には期待されているようですからね。エーレンフェストが大きく発展するために必要だそうですよ。洗礼前の子供に対してあまりにも大きな期待がかかっていることが、逆に心配になります」

そう言いながらリヒャルダ様は神官長として壇上へ向かうフェルディナンド様へ視線を向けた。

ヴェローニカ様の憎悪《ぞうお》を一身に受け、領主一族であるにもかかわらず、神殿へ追いやられた方だ。

……フェルディナンド様も養子縁組に何か関係があるのか？

私は直接の面識がないが、貴族院の在学期間がかぶる長兄から話を聞いた範囲では非常に優秀な方だったらしい。政治から離れることを示すために神殿に入ったフェルディナンド様が、積年の恨みからヴェローニカ様を陥れるために暗躍《あんやく》していたということだろうか。

「ローゼマイン様のご入場です」

神官であるフェルディナンド様の準備が整ったことを確認したのだろう、ホールの戸口で待機していたこの館の側仕えが扉を開く。両親であるカルステッド様とエルヴィーラ様に続いてローゼマイン様が入ってきた。二百人を超える貴族達の視線を受けても狼狽《うろた》えることなく、好奇心に満ちた顔で周囲を見回すでもなく、親しげで柔らかな笑みを浮かべながら優雅にゆったりと歩を進めている。

……これがローゼマイン様か。

星が輝く夜空のように艶のある髪がさらさらと動き、見たことのない髪飾りが揺れている。顔立ちが整っていて綺麗な子だ。中級貴族の母から生まれ、神殿で育った割には立ち居振る舞いもよく躾《しつ》けられている。エルヴィーラ様の娘として洗礼式を受けるために厳しい教育を受けていたことと、優秀だと教師達が褒めていたことに間違いはないようだ。

……上級貴族の娘らしく見えるではないか。

これならばコルネリウスの妹だと公言されても、彼はそれほど恥ずかしくないだろう。そう思いながら視線を移すと、彼はハラハラしているような顔でローゼマイン様を見ていた。ずいぶんと心配しているらしい。コルネリウスは第二夫人や第三夫人をあれほど憎悪していたのに、その娘を自分の実妹として受け入れることに抵抗がないように見える。

……妙だな。よほどの裏があるのか？

ローゼマイン様は魔術具を握って光をかざし、上級貴族に足る魔力量を見せつけている。これはできて当然だ。軽く拍手しながらも冷めた目で見てしまう。上級貴族らしい振る舞いはできているが、こんな洗礼式では領主が養子縁組を望む理由が全くわからない。

「おめでとう、ローゼマイン。これで君は正式にカルステッドの娘として認められた。エーレンフェストに新しい子供が誕生したのである」

フェルディナンド様の言葉に拍手や喝采《かっさい》が起こる中、カルステッド様が指輪を手に祭壇へ上がり、壇上で青い魔石がはまった指輪を高く掲げた。

「我が娘として、神と皆に認められたローゼマインに指輪を贈る」

父親から指輪が贈られると、その後は神官からの祝福だ。神官として壇上にいるフェルディナンド様は「ローゼマインに、火の神ライデンシャフトの祝福を」と自分の指輪で祝福した。

……神殿から持ち込んできた神具ではなく、貴族の指輪を光らせて祝福を贈るところが他の神官達と違うところだな。

自分の洗礼式と比べてそう思っていると、「恐れ入ります、神官長」とローゼマイン様が礼を述べた。これで祝福を返せば洗礼式は終わりだ。けれど、ローゼマイン様はフェルディナンド様に祝福を贈るのではなく、くるりとホールの方へ体を向けた。

「わたくしの洗礼式をお祝いくださった神官長とお集まりくださった皆様にも、火の神ライデンシャフトの祝福を賜《たまわ》りますよう、お祈り申し上げます」

通常の洗礼式と違う言動に「何が起こるのか」と皆が周囲の者達と視線を交わし合っている間に、ローゼマイン様の指輪から青の光が膨れ上がった。

「……え？」

集まった皆へ、という言葉には何の嘘もなかった。指輪を飛び出した青い光は天井近くへ上がっていき、ぐるぐる回った後、恵みの雨のようにホール全体へ降り注ぐ。それは予想だにしない光景だった。

……何だ、これは⁉

「なんと、これだけの光を？」

「あの小さな体で一体どれだけの魔力を持っているのだ？」

周囲の貴族達が驚きの声を上げるのは当然だろう。洗礼式の祝福返しは洗礼式を行った神官にすることで、会場にいる皆に対して行うことではない。だが、ローゼマイン様が間違えたわけではないことは、落ち着き払っているカルステッド様やフェルディナンド様の様子からも明らかだった。おそらく、ローゼマイン様が魔力圧縮の方法を知らない子供にもかかわらず、祝福の青い光で広いホールを満たせる魔力量の持ち主であることを見せつけたかったのだと思う。

だが、私が驚いたのは魔力量ではなかった。もちろん、魔力量も普通ではない。だが、私はあまりの美しさに思わず息を呑んだのだ。何と言えば良いのかわからないが、今まで見たことがある祝福と違う。本当に神々の祝福を受けているように青い光が輝いている気がするのだ。

……こんな光は初めてだ。

ジンと胸が熱くなってきた。魔力圧縮を知っている大人でも苦しくなりそうな量の祝福を当然の顔で行うローゼマイン様が神々の遣いに見える。貴族ならば誰もが行う洗礼式の祝福。そこにこのような差があるとは考えていなかった。

……何が違う？　何故これほどローゼマイン様の祝福は美しいのだ？

初めて見た美しさに陶酔《とうすい》している内にアウブ・エーレンフェストが壇上で養子縁組について話し始めた。

「アウブとの養子縁組だと!?」

「聞いていないぞ。どういうことだ？」

本当に内々の話だったようで、ホールは蜂《はち》の巣を突《つつ》いたような大騒ぎになるが、特別な祝福を見た私は、ローゼマイン様がアウブに見出《みいだ》されたのは当然だと納得した。むしろ、領主が語る聖女の行いは素晴らしく、もっと聞いていたかった。

……神殿で育ったらしい彼女をよく見つけたものだ。

私は内心で領主の評価を上書き修正しつつ、周囲の貴族達を見回した。これだけたくさんの貴族がいて、次々と挨拶を交わすのだ。よほど印象的でなければローゼマイン様に覚えてもらえないだろう。自分の洗礼式の時を思い返しても、洗礼式で一度会っただけの貴族達を全て記憶するなど不可能だ。

……私は父上がフロレンツィア様の側近で、母上がローゼマイン様の側仕えとして紹介される予定なので、多少は興味を持ってもらえるかもしれないな。

そう考えたところで、少し不思議な気分になった。私がこのように他人に興味を持ったことは初めてだったのだ。自分の変化に私自身がおそらく最も驚いていると思う。

明日から神殿で護衛騎士に就任する者達が紹介され、領主夫妻の側近達でよく顔を合わせる者達が挨拶する。その後、母上やリヒャルダ様達のように城に入ってから就くことになるローゼマイン様の側近達、ボニファティウス様を始めとした親族が紹介される流れらしい。私が紹介されるのは親族枠だ。

「ローゼマイン、ここにいてもつまらないから遊びに行くぞ。来い」

紹介される場を心待ちにしていたというのに、ヴィルフリート様に連れ出されたローゼマイン様がホールに戻ってくることはなかった。虚弱なローゼマイン様はヴィルフリート様の動きについて行けず、意識を失って大怪我をしたらしい。フェルディナンド様から癒しの魔術を受けて部屋に運び込まれたそうだ。

……ローゼマイン様に怪我をさせただと？……ヴィルフリート様は要注意だな。

自然と敵視してしまったことを自覚して、私は自分の手を見つめた。

……引きずり落とすか……。ローゼマイン様をアウブにするために。

クリステル視点
お姉様とのお茶会

Kazuki Miya's commentary

第三部Ⅰの特典SS
第三部Ⅰのフェシュピールコンサートの後。
エーレンフェストの中級モブ貴族クリステル視点。
フェシュピールコンサートに参加したクリステルと、
ヴェローニカ派貴族に嫁いだため
参加できなかった姉の会話。

ちょこっと Memo

『本好きの下剋上』を書き始めて三年ということで、読者様へのお礼代わりに書きました。本編には出しにくいモブ貴族から見たエーレンフェストの変化についてです。

去年の夏にヴェローニカ派の貴族へ嫁《とつ》いでいったお姉様が、旦那《だんな》様から数日間実家で過ごす許可をいただいて帰ってきました。今日は久し振りに姉妹二人だけのお茶会です。お嫁に行くと会う機会がぐっと減ります。そのうえ、外のお茶会では家族より他の方々との社交を優先させますから、お姉様と二人だけの内緒話ができるはずもありません。ですから、こうしてお姉様と二人だけでお茶を飲めるのはとても嬉しいのです。

わたくしがお作法通りに一口お茶を飲んでから勧めると、お姉様はこの家にいた頃よりも優雅な仕草でお茶を飲み、早速本題に入りました。

「ねぇ、クリステル。フェシュピールのお茶会は一体どのようなお茶会だったのかしら？　貴女とお母様は参加できたのでしょう？」

「えぇ。とても素敵でしたよ。お姉様から伺っていた通り、フェルディナンド様のフェシュピールは本当に素晴らしかったです。お声も艶があって聞き惚《ほ》れずにはいられませんでした。王女にお招きを受けたというのも間違いないと思いましたもの」

貴族院でご一緒しているクリスティーネ様の演奏も巧《たく》みで美しいものです。けれど、わたくしはフェルディナンド様の演奏の方が好きです。

……恋歌は殿方の声の方が素敵ですものね。

軽く目を閉じてフェルディナンド様のフェシュピールを思い出しながらうっとりとしていると、お姉様が焦燥《しょうそう》をにじませた声を出しました。

「どのようなお茶会だったのか、詳しく教えてくださいませ。今はどのお茶会に参加してもその話題ばかりなのですもの」

ヴェローニカ派の貴族と結婚したお姉様は旦那様から許可が出なかったため、フェシュピールのお茶会に参加できませんでした。けれど、これからしばらくの間はどこのお茶会でも話題はフェシュピールのお茶会のことになるでしょう。わたくしはそっと息を吐きました。

「……お姉様の旦那様はヴェローニカ派の貴族ですから、わたくし達中立派と違って簡単に派閥を変えられないのでしょう？　結婚して一年と経たずにヴェローニカ様が失脚されるなんて、お姉様は大変な時に結婚してしまったのですね」

あと一年待てばヴェローニカ派の貴族との結婚は取り止めになったかもしれません。けれど、それでは婚約解消をしたということになって世間の目は厳しくなります。何より、再びお相手を探すということになれば、お姉様は適齢期を過ぎてしまいます。

「二年前、わたくしがヴェローニカ派の貴族との結婚を決意したのはヴィルフリート様の洗礼式の準備をヴェローニカ様が行っているという噂が流れ始めたからです。あのままヴェローニカ様が権勢を誇ると考えても間違いないはずだったのですけれど……本当に儘ならないこと。時の女神の糸が絡まってしまったのかしら」

「……アウブ・エーレンフェストが悪いのです。フェシュピールの演奏は素敵でしたけれど、お姉様や我が家が大変なのはアウブのせいですもの」

このように家族しかいない内輪の場でなければ、口に出してアウブの批判をすることはできませんけれど、わたくしはアウブのなさりようが不満なのです。

アウブはいくらヴェローニカ様から命じられても決して第二夫人を娶《めと》ろうとせずに、フロレンツィア様を大事にしていらっしゃいました。そのため、アウブが交代すればヴェローニカ様の権勢に変化があるのでは、と考えていた貴族は多かったのです。

けれど、アウブが交代してもヴェローニカ様に何の変化もありませんでした。貴族院で最優秀を取っていたフェルディナンド様は神殿に入れられ、領主一族の周囲はヴェローニカ様に阿《おもね》る貴族が取り巻くようになり、ライゼガング系の貴族が目に見えて冷遇《れいぐう》されるようになりました。情勢を見た中立派の貴族達は次々とヴェローニカ派に傾いていったのです。

「ジルヴェスター様とフロレンツィア様のお子様をヴェローニカ様に育てさせるのですから、ヴェローニカ様の権力は盤石《ばんじゃく》だと思うではありませんか」

「えぇ。ですから、わたくしはヴェローニカ派の貴族に嫁ぎたいとお父様にお願いしたのです」

去年の夏にお姉様はヴェローニカ派の貴族に嫁ぎました。それからはわたくしのお相手もヴェローニカ派から探すように言われたり、貴族院でもライゼガング系の貴族と深く関わらないように注意されたりするようになり、我が家は中立派から大きくヴェローニカ派に傾いたのです。

「それなのに、まさかたった一夜で情勢がひっくり返るなんて……」

突然アウブの手でヴェローニカ様が捕らえられたのは、お姉様のご結婚から一年と経っていない今年の春の終わりのことでした。これまでヴェローニカ様に従順だったアウブがこのような行動に出るとは誰も考えていなかったでしょう。アウブの母親を捕らえるのですから、本来ならば十分に根回しがされなければおかしいのに、貴族達が知るような水面下の動きなど何もなかったのです。

「領主会議に同行していた上層部の貴族達や側近達でさえ、アウブのお考えを知らされていなかったという有様だと旦那様から伺いました。あまりにも突然すぎます。何をお考えなのかしら？」

お姉様は不満そうにそう言いながらコクリとお茶を飲みました。わたくしもカップを手に取ります。このように大胆な行動を起こすのであれば、もっと早くからヴェローニカ様を排《はい》するお考えを表に出していただきたいものです。

「アウブのお考えはわたくしもわかりませんけれど、ヴェローニカ様に冷たく当たられていたエルヴィーラ様のお嬢様を養女にしたのですもの。これからはライゼガング系の貴族が重用されるようになると思います」

「そうでしょうね。ヴェローニカ様がご健在であれば、いくら魔力が多くて領地に必要でもエルヴィーラ様のお嬢様との養子縁組は絶対に実現しなかったでしょうから」

ローゼマイン様の養子縁組は、アウブがフロレンツィア様以外の妻を娶らないままライゼガング系の貴族が重用されることになるという象徴的な出来事でした。

「クリステル、わたくしは旦那様がヴェローニカ派に固執するあまり、このまま他の貴族達に後《おく》れを取っていくのではないかと不安なのです。だって、あの方は情勢が変わったことを未《いま》だに受け入れてくれないのですもの」

ヴェローニカ様に恭順《きょうじゅん》を示すライゼガング系の貴族が少なかったように、すぐさま今の情勢を受け入れられるヴェローニカ派の貴族は多くないと思われます。

「お姉様の不安はわかりますけれど、ヴェローニカ派の貴族を排除するというよりはライゼガング系の貴族を引き上げていくという形になるのではないかしら？　フェシュピールのお茶会にヴェローニカ派の貴族も参加していましたし、アウブの側近はほとんどがヴェローニカ派の貴族でしょう？　派閥を理由にすぐさま全てを遠ざけるようなことはできないと思います」

エーレンフェストの上層部のかなりの部分をヴェローニカ派の貴族が占めるようになっています。領地の運営や日常の執務を考えても、ヴェローニカ派の貴族を突然全て排することなどできません。

「本当にそうであれば良いのですけれど、たった一夜で周囲に知られずに御自身のお母様を失脚させる方ですもの。……わたくし達の立場や未来を考えてくださるのかどうか、心配にはなります」

我が家は元々中立の貴族なので、立ち回りによってどちらの派閥にも身を寄せることができます。けれど、ヴェローニカ派の貴族と結婚してしまったお姉様が派閥を変えるのは、旦那様のお考えが変わらない限り難しいでしょう。

「……クリステルはライゼガング系の貴族と結婚することになるのかしら？」

「そうなると思います。我が家の立ち位置を中立に戻すためにはライゼガング系の貴族との結婚が必要だ、とお父様は考えていらっしゃいます。わたくしがフェシュピールのお茶会に参加したのはそのためですから」

お姉様の結婚によってヴェローニカ派に傾いたばかりだったため、ヴェローニカ様の失脚にお父様は真っ青になりました。毎日これから主流になるフロレンツィア派に何とか近付けないか、と考えています。まだ貴族達が大慌てで、情勢がハッキリとしていない今のうちに我が家はこれからの主流にできるだけ近付いておかなければなりません。お姉様の結婚によってヴェローニカ派に傾いた我が家にとって、派閥を変えるためにはわたくしの結婚が大きな意味を持つのです。

「貴女、冬には貴族院の最終学年でしょう？　エスコートのお相手がこのような短時間で見つかるかしら？」

お姉様が心配してくださる通り、わたくしは冬までには卒業式でエスコートしてくれるライゼガング系の殿方を探さなければならないのです。上手くお相手が見つからなければ、叔父《おじ》様やおじい様にエスコートをお願いすることになります。

「ひとまず体裁が取り繕《つくろ》えるくらいのお相手が見つかると良いのですけれど、難しいと思っています。ヘルミーナ様にお願いして、冬までにできるだけライゼガング系の貴族と接触を図るつもりなのです」

「ヘルミーナ様？　ライゼガング系の貴族の母親を持つ方だから、と親交を禁じられていたのではなくて？　貴女、まだ親交があったの？」

お姉様が呆《あき》れたようなお顔になってわたくしを見ました。お父様やお母様に禁じられてもヘルミーナ様とこっそり仲良くしていたわたくしは、少しだけバツが悪くなりました。

「……ヘルミーナ様はとても良い方なのに、大人の都合で親交を禁じられるなんて嫌だったのですもの。親交といっても貴族院の講義の時間だけでしたから、家に迷惑はかけていません」

わたくしは言い訳をしながら視線を逸らします。何と言ってみても親の言いつけを守らなかったことが事実であることはわかっているのです。

「でも、ヘルミーナ様のおかげでフェシュピールのお茶会ではライゼガング系の貴族と公《おおやけ》の場で仲良くすることができたのですよ。結果的には悪くなかったのですから、もう構わないと思いませんか？」

わたくしとお母様がフェシュピールのお茶会でライゼガング系の貴族と仲良くできたのは、ヘルミーナ様と彼女のお母様が仲良く接してくださったおかげなのです。

「わたくしの結婚のせいで貴女にも余計な苦労をさせると思っていたから、ライゼガング系の貴族と接点が少しでもあるならば安心しました。少し肩の荷が下りた気分だわ」

お姉様がすまなそうな顔で微笑んだので、わたくしも同じように微笑みました。

わたくしは時間がないながらも、今からエスコートのお相手を探すことができますし、結婚相手を定めるのは更に先になります。もう少し情勢が定まった状態で結婚相手を選ぶことができるでしょう。生まれた年がほんの数年違うだけで情勢が大違いなのですから、自分のせいでなくてもお姉様に何となく後ろめたい気持ちがあるのです。

……もちろん、わたくしが結婚した直後に情勢が変化する可能性がないわけではありませんけれど。

情勢を決めるのはアウブやその周辺の方々です。わたくし達は上の方々の行動に振り回されながら、なるべく自分にとって有利な立場を探しながら生きていくほかありません。

お互い相手にすまないと思う気持ちを抱えて静かにお茶を飲みます。しばらくの間どちらも口を開かない沈黙の時間が続きました。けれど、それは気詰まりのするような嫌な空気ではなく、自分の気持ちを落ち着かせるために必要な優しい沈黙でした。

「……フェシュピールのお茶会について教えてちょうだい、クリステル」

そっとカップを置いたお姉様が気持ちを切り替えたように微笑みました。

「昨日のお茶会で、何もかもが珍しくて初めてのことばかりだった、と得意顔でおっしゃる方がいたのです。参加した方ばかりで華やかに盛り上がって、どのような珍しいことがあったのか、どなたも詳しくは教えてくださらなかったのです。ひどいでしょう？」

お姉様が参加したお茶会では、フェシュピールのお茶会に参加できなかった方が少なかったようで、お姉様はずいぶんと肩身の狭い思いをされたようです。けれど、わたくしもヘルミーナ様もフェシュピールのお茶会についてお話しする時は、フェルディナンド様の演奏を思い出して少し興奮気味になってしまいますし、語れないことも多いために色々な言葉が省略されてしまって他の方には通じにくい会話になってしまいます。

「わたくしにはその方を責められません。フェシュピールのお茶会は参加した者にしかわからないことが多すぎますから、どのようにお話しすれば参加しなかった方に伝わるのか、わたくしもわかりませんもの」

「まぁ、クリステルも皆様と同じことを言うのね」

わかりやすく機嫌を損ねたお姉様にわたくしは小さく笑いました。

「本当に言葉だけでは難しいですし、参加していない方には知らせてはならないこともあるのですもの。家の中ならば現物を見せながらお話しできますから、お姉様にもわかりやすいのではないかしら？」

わたくしは側仕えに命じて、文箱《ふばこ》を取ってもらいました。この中にはあのお茶会で手に入れたわたくしの宝物が全て入っています。わたくしは文箱からまずチケットの半分を取り出しました。

「普通のお茶会と違ってフェシュピールのお茶会では招待状をいただくのではなく、こちらのチケットという物を購入しなければ参加できませんでした。購入する時には座席表を見ながら、招待主ではなく自分達で空いている席を選ぶのですよ」

当時のわたくしが驚いたことを述べると、お姉様も目を丸くして「では、身分や派閥に関係なく席が決まるのではなくて？」と口元を押さえました。

「えぇ。チケットの金額に差があって、同じ金額で定められている席ならばどこでも好きなところに座っても良いのです。フェシュピールを奏でるフェルディナンド様に近い席は金額が高く、離れるほど安くなっていました」

すでに購入した方のお名前は座席表に書きこまれているので、苦手な方と距離を置くのも自分達で考えなければならないという斬新《ざんしん》な席の決め方でした。

「ヘルミーナ様によると、自分の好きな席に座って良いということを示すためにフロレンツィア様は壇から離れた席を取られたそうです。フロレンツィア様のテーブルは同派閥の方ばかりでしたけれど、お隣のテーブルには別の派閥の者も座っていましたし、近くの方々は挨拶やお言葉を交わす機会も多かったように思えました」

わたくしとお母様はチケットを購入するのが少し遅かったため、フロレンツィア様の近くに座ることはできず、ヘルミーナ様のお誘いで彼女の隣を購入しました。ですから、わたくしはヘルミーナ様と一緒に演奏を聴くことができたのです。

「……誰でも好きな席を購入できるのでしたら、前方にヴェローニカ派の貴族が行くこともできるということかしら？」

「今回は演奏してくださるフェルディナンド様が御不快にならないように、エルヴィーラ様が前方にライゼガング系の貴族を配置したのですって」

「フェルディナンド様は本当にヴェローニカ様から疎まれていらっしゃいましたから、そのような配慮がされていたのでしたら安心ですね」

フェルディナンド様は領主候補生でありながら、貴族院でもヴェローニカ様の命令を受けた学生や彼等に同行した側仕え達から心無い行為を受けていたことがあるようです。その様子をご存じのお姉様はエルヴィーラ様の配慮に安心したように微笑みました。

「お茶会の会場に到着すると、側仕え達がチケットを確認して席に案内してくれました。そして、半分を切って持って行ったのです。ほら、ここで切られているでしょう？」

何のために半分を回収したのかわかりませんけれど、何故か半分を切って持っていかれました。

「フェシュピールのお茶会で出されたお菓子はカトルカールやクッキーというローゼマイン様が考案され、フロレンツィア派のお茶会でも最近出されるようになったばかりの新しい物でしたよ」

「珍しくておいしいとは伺いましたけれど……」

溜息を吐くお姉様の前にわたくしはフフッと笑いながら包みを取り出しました。

「こちらはお茶の葉が入ったクッキーで、フェルディナンド様が好んでいらっしゃるのですって。演奏が終わった後、今日の思い出にと売り出されたのです。一つ、いかが？」

わたくしは大事に取っておいたクッキーを一枚だけお姉様に差し上げます。お姉様は興味津々《しんしん》という表情でクッキーを見た後、そっと口に運びました。

「……この甘みはお砂糖かしら？　でも、甘すぎないせいでいくらでも食べられそうだわ」

「サクリとした口当たりやほんのりとした甘みがおいしいでしょう？　何となく手が伸びてしまいますけれど、これはわたくしがお茶会の思い出として大事に、大事に食べている物なのですよ」

わたくしは自分の分もお皿に置くと、すぐにクッキーを片付けました。一日一枚と決めていたのですけれど、もう二枚しか残っていません。

「このクッキーを食べれば、あの時のフェシュピールがまた脳裏に蘇《よみがえ》ってくるのです。わたくしがこのクッキーを食べるためには大事な儀式があるのですよ」

「まぁ、どんな？」

お姉様が面白がるようにわたくしを見つめてきます。わたくしは文箱からプログラムを取り出しました。表紙にはこれまであまり見たことがないくっきりとした太めの線を使った白と黒の絵でフェシュピールを弾く人物が描かれ、曲目や歌詞が書かれています。お姉様が少し体を寄せるようにして覗き込んできました。

「お姉様、これはプログラムといって、お茶会で演奏された曲目が載っている物です。寄付の目的である印刷業という新しい事業を広く知らせるために作られた物だそうよ。わたくしはいつもこのプログラムで曲目と歌詞を確認して、脳裏にしっかりと演奏会の様子を思い出してからクッキーを食べるのです」

わたくしはプログラムをじっくりと読んで、その後でクッキーを食べます。軽く目を閉じれば、クッキーの甘い味わいと共にあの時のフェシュピールの音が蘇ってきます。

「わたくしが知らない曲ばかりだわ」

「お姉様、作曲者の名前をご覧になって。ローゼマイン様のお名前が書かれているでしょう？」

「ローゼマイン様が作曲で、編曲者がフェルディナンド様とロジーナ……？　ロジーナとはどなたかしら？」

「ローゼマイン様の専属楽師ではないかしら？　多分ローゼマイン様が御自分の楽師に作らせた曲ではないかと思います」

あの幼い方がこれほどたくさんの曲を作られたなんて思えません。専属楽師が作った曲をローゼマイン様の曲ということにしているのでしょう。専属楽師に曲を作らせるのはそれほど珍しいことではありません。

「作曲やお菓子などであまり期待をかけられると、冬のお披露目でローゼマイン様が大変な思いをすることになると思うのですけれど、ここに載っている曲はどれもとても見事な曲でした。特に、このゲドゥルリーヒに捧げる恋歌は筆舌《ひつぜつ》に尽くしがたい魅力的な曲なのです」

「まぁ、フェルディナンド様が恋歌を演奏なさったの？　それはぜひ聴いてみたかったわ。貴族院で練習しているところをこっそりと聴くくらいしかできませんでしたけれど、胸に染み入るような荘厳《そうごん》な演奏でしたもの」

貴族院でフェルディナンド様とご一緒した期間があるお姉様と違って、わたくしは初めてフェルディナンド様のフェシュピールを聴いたのですけれど、本当に芸術の女神キュントズィールの寵愛《ちょうあい》を受けているとしか思えない声の響きでした。

「フェシュピールのお茶会ではお部屋の隅々までフェルディナンド様のお声を響かせるために魔術具がたくさん使われていて、歌がまるで耳元で響くように聞こえたのです。春の女神達が集《つど》い、舞い踊るのが目に見えるような心地で、芽吹きの女神ブルーアンファの訪れを感じた方もきっと少なくなかったでしょう」

「ええ、わかります。王女も愛したフェシュピールですからね」

お姉様がクスクスと笑いながら頷きました。

「曲目が恋歌だったせいか、フェルディナンド様の歌のせいか、お茶会では感激と興奮に気を失う方が後を絶《た》たなかったのです。……ここだけのお話ですけれど、お母様も気を失ったのですよ」

「お母様が？」

「ええ。派閥を変わるためとはいえ、お金がかかりすぎるでしょう？　お母様は最初あまり乗り気ではなかったのです。けれど、恋歌の最中に……。お母様だけではなく、わたくしも思わずテーブルに突っ伏してしまい、騎士に運ばれそうになりました。急いで体を起こして、大丈夫だと伝えましたけれど」

何人もの方が気を失って騎士団に運び出された様子を伝えると、お姉様は呆気《あっけ》にとられたような顔になりました。

「そのような公の場所で気を失ってしまうなんて……」

淑女《しゅくじょ》としては恥ずべき失態です。けれど、あの場に参加した者には失態とは思えませんでした。そうなっても仕方がない、と思える空間でした。

「あの時間は本当に特別だったのです。皆様、テーブルの下で空の魔石を握りしめて感情の昂《たか》ぶりを抑えていらっしゃいました。空の魔石に魔力が満ちてしまうような感情の昂ぶりにわたくし自身が驚きましたもの」

何かあった時のために空の魔石は持っていますが、それを使うことなど滅多《めった》にありません。本来は空の魔石を使うことなく、理性で昂ぶりを抑えるものなのです。

「……参加しなかった者に詳しく語れないのも理解できましたわ」

フェシュピールのお茶会はいつもの取り繕った社交の場ではなく、自分の感情が剥《む》き出しになってしまう場でした。参加しなかった方に説明するのが難しいのは、自分の失態を晒《さら》すことにも繋がるからです。あの興奮が楽しかったのだとわかりあえる者同士でなければ、お話は盛り上がりません。

「最後にアウブも駆けつけてくださって、フェルディナンド様とお二人でフェシュピールを演奏されました。アウブの演奏も初めてでしたが、お上手でした。お二人になると音に厚みが出てとても華やかになったのですよ。こちらはよく知られているゼーヒュムネの歌でしたから、皆で歌いました。何とも言えない一体感に包まれた今までにないお茶会でしたわ。また経験できるものならばしてみたいです」

「……わたくしも行きたくなってしまったわ」

ほぅ、とお姉様が羨ましそうな溜息を吐きました。

「ふふっ、お姉様には特別にこちらを見せて差し上げます。こちらも参加した者にしか知らせてはならない秘密の物で、わたくしの宝物なのですよ」

わたくしは文箱から布の包みを取り出し、丁寧に布を取り外します。

「まぁ！　フェルディナンド様の絵ではありませんか！　一体どうしたというのです？　ヴェローニカ様がお知りになれば、我が家は……あぁ、もういらっしゃらないのですね」

お姉様はフェルディナンド様の絵をじっと見つめて、表情を綻ばせました。フェルディナンド様と貴族院でご一緒した期間があるお姉様が、ひそかにフェルディナンド様に憧《あこが》れていらっしゃったことをわたくしは知っています。

……ディッターでの活躍やフェシュピールの巧みさなど、たくさんフェルディナンド様のお話を伺いましたもの。

「こちらは印刷という新しい技術で作られた絵です。素敵でしょう？　美しいでしょう？　眉目《びもく》秀麗《しゅうれい》なフェルディナンド様がよく表れているでしょう？　もうこれを見ているだけで、わたくし、何度でも頭の中であの演奏を思い浮かべることができますもの」

わたくしは汚れや傷が付かないように細心の注意を払いながら、三枚ある絵をテーブルに並べていきます。お部屋に飾れるように額縁《がくぶち》を注文したのですけれど、完成するのはずいぶんと先です。それまで大切に保管しておかなければなりません。

「ヘルミーナ様が教えてくださったのですけれど、印刷は全く同じ書類を作ることができる新しい技術なのですって。わたくし、同じ物がたくさんできることがすごいことはわかるのですけれど、寄付を募ってまで行う価値が最初はよくわからなかったのです」

演奏前にプログラムをヘルミーナ様が購入して見せてくださった時には、同じ内容の文書が必要になれば文官をたくさん集めれば良いだけなのに、と思いました。

「そうね。貴族が減った今の時世では役立つかもしれないけれど、文官が増えれば彼等が行えば良いだけのことですもの。その技術が広がれば魔力が決して多いとはいえない下級文官の仕事を奪うことになるでしょう？」

わたくしはお姉様と違って下級貴族の仕事にまで気が回りませんでしたが、多額のお金を使って印刷を行う意味がよくわからないという貴族は決して少なくなかったと思われます。

「でも、フェルディナンド様の演奏を聴いた後に売り出されたこの絵を見たら、そんなふうに思えなくなりました。全く同じ物をたくさん作れるというところが何よりも大事なのです。文官にこの絵を全く同じように写せるわけがないでしょう？」

普通は絵を注文すれば仕上がるまでに長い時間がかかりますし、全く同じ絵を同時にたくさんの方に売ることなどできません。そして、同じ絵を皆が共有しているというところが良いのです。思い出の共有が強調されます。

「つまり、これと同じ絵がたくさんあるということですの？」

「えぇ。フェシュピールのお茶会には印刷によって作られた、全く同じ絵がそれぞれ百枚ずつございました。全て売れてしまったようですけれど……」

お姉様は食い入るようにフェルディナンド様の絵を見つめた後、決意した顔でわたくしを見ました。

「クリステル、これを一つ譲ってくださいませ。この絵があればわたくしもお茶会でお話に入れるでしょう」

「それはできません、お姉様」

「三つもあるのですから一つくらい良いではありませんか。わたくしもフェルディナンド様の絵が欲しいのですもの」

お姉様が貴族院時代のフェルディナンド様に憧れを持っていたことは知っていますし、フェシュピールのお茶会に参加できなかったお姉様が他のお茶会で会話に参加するためにこの絵が大きな武器となることは理解できます。

けれど、テーブルの上にある三つの絵はどれも違う絵なのです。そして、お母様から額縁ができるまで傷一つ付けずに保管するという約束をして、わたくしが預かっているのです。勝手に譲ることはできませんし、目をぎらつかせて買い漁っていたお母様は我が家から出さないと思います。

「これはお母様から預かっているだけなのです。いくらお姉様でもお譲りすることはできません。一枚につき大銀貨五枚もするのですよ」

「絵具で色が付いているわけでもない絵が大銀貨五枚ですって？　三枚も購入するなど、お父様がよくお許しになりましたね？」

「もちろん叱られましたよ。いくら何でもたった一度のお茶会にお金を使いすぎだ、と……。でも、派閥を移るための必要経費ですもの、とお母様が丸め込んでいらっしゃいました」

最初は乗り気ではなかったお母様に対して参加するようにお父様が命じたお茶会だったため、お父様はそれ以上文句を言うことができなかったようです。

「まぁ、そんなふうにおっしゃっても、お母様は気を失うほど感情を昂ぶらせていらっしゃったのでしょう？」

「あら、そのような失態は絶対に秘密ですよ、お姉様。わたくしの大事なクッキーを差し上げたでしょう？　あれはフェシュピールのお茶会以外では売られていないのですよ」

お姉様が呆れと感心を混ぜたような息を吐いた時、オルドナンツが飛び込んできました。

「どなたかしら？」

オルドナンツは部屋を一回りして、わたくしの前に降り立ちます。

「クリステル様、ヘルミーナです。エルヴィーラ様の主催で、十日後にフェシュピールのお茶会の感想を話し合うためのお茶会が開かれます。フェルディナンド様の絵を全て購入された方をお招きするとエルヴィーラ様がおっしゃいました。ぜひ楽しくお話しいたしましょう」

ヘルミーナ様の弾《はず》んだ声で三回、お茶会についてのお話が繰り返されました。役目を終えたオルドナンツが黄色の魔石になってコロリと転がります。

「全ての絵を買ったことでエルヴィーラ様のお茶会に招待ですって？……もうお父様はお母様を叱ることなどできないでしょうね」

開いた口が塞《ふさ》がらないような顔でそう言ったお姉様に、わたくしは無言で何度か首を縦に振りました。

「お姉様、わたくし、エルヴィーラ様達にお願いしてみます。もう一度フェシュピールのお茶会を開くことができないか……」

「クリステル、わたくしは旦那様の許可がなければ参加できませんから、絵の販売だけでも行ってほしいとお願いしてみてくださいませ」


姉妹二人だけで盛り上がったお茶会の十日後、わたくしとお母様はエルヴィーラ様のお茶会へ行きました。フェシュピールの感想を言い合うというよりはフェルディナンド様を称《たた》える会のようでしたが、ここぞとばかりに感情を昂ぶらせて思い出に浸る時間は何物にも代えがたい楽しい時間でした。そんな楽しい時間に「ぜひもう一度フェシュピールのお茶会を」という声が上がるのは自然な流れだったでしょう。


けれど、エルヴィーラ様は悲しそうに表情を曇らせて、わたくし達を見回しました。

「わたくしにとっても非常に残念なことですけれど、フェシュピールの演奏を聴くことも、フェルディナンド様の絵を再び売ることもできません」

一度きりというお約束でフェルディナンド様にご協力いただいたので二度目は難しいこと、フェルディナンド様の絵が売られていたことがアウブによって御本人に知られてしまったこと、印刷をしたローゼマイン様は二度と絵を売らないようにフェルディナンド様から厳しく叱られたことがエルヴィーラ様から報告されました。

……何ということでしょう。印刷の素晴らしさを知らせた直後に、たくさんの寄付をしたわたくし達を絶望の淵《ふち》に突き落とすようなことをなさるなんて！

わたくし、アウブ・エーレンフェストへの不満を消すことはどうしてもできなそうです。

ランプレヒト視点

私の進む先

Kazuki Miya's commentary

第三部Ⅲの特典SS
第三部Ⅲヴィルフリートの教育が厳しくなった頃。
ランプレヒト視点。
ヴィルフリートの側近を辞めても良いと言われたランプレヒトは家族に相談する。
進退をどうするべきか。

ちょこっと Memo

フェルディナンド至上主義であるエックハルトの言葉がきつすぎて、何度も修正しました。実は、これでもかなりマイルドになっています。（笑）

突然オルドナンツを飛ばし、その日の内に実家へ戻った私を母上は何も聞かずに出迎えてくれた。

私は周囲を見回し、コルネリウスの姿を探す。

「コルネリウスでしたら、夕食後に就寝の挨拶をして自室に下がっていますよ。コルネリウスに話があるのですか？」

「いいえ。母上に……」

ローゼマインにも関わる話なのでコルネリウスにも関係がないわけではない。だが、今の整理できない心の内を弟に晒したいとは思えない。私が首を横に振ると、母上はゆっくりと息を吐いて手招きする。

「ランプレヒト、わたくしのお部屋へいらっしゃい。お話はそちらでもいいでしょう？」

突然の帰宅だったため、私の部屋の準備が整っていないらしい。一度自室で着替えてから、という私の言葉はさりげなく却下《きゃっか》されて、母上の部屋へ入るように言われた。


母上は側仕えに命じて酒器の準備をさせ、終わると人払いをした。二人だけになると、母上が手ずからお酒を注《つ》いでくれる。トクトクと音を立てて、琥珀《こはく》色のお酒が杯《さかずき》に注がれていく。

「貴方から報告を受ける時はカルステッド様が一緒ですから、こうして二人だけで向かい合うのはずいぶんと久し振りな気がしますね、ランプレヒト」

母上に差し出された杯を受け取れば、空気がゆらりと動いて芳醇《ほうじゅん》な香りが立ち上った。その香りは初めて飲んだお酒と同じ銘柄で、何だかとても懐かしい気分になる。前に母上とこのお酒を飲んだのは、ヴィルフリート様にお仕えすることを決めた時だったことを思い出した。

「今回の相談の内容も前回とそれほど変わりませんよ」

「あら、もう側近を解任されたのですか？」

今、ヴィルフリート様の側近を解任されるのは、リヒャルダやローゼマインによって「無能」の烙印《らくいん》を押されるのと同意だ。貴族としては非常に不名誉なことなので、そこはしっかりと否認しておかなければならない。

「違います。解任されたわけではありません。……けれど、辞めても構わないと筆頭側仕えのオズヴァルトに言われました。どのような決断をするにせよ、家への影響が大きすぎるので、相談のために戻りました」

母上は少し目を伏せた後、無言で私を見つめて先を促した。私は一口だけ舐めるようにしてお酒を飲んで、ゆっくりと息を吐く。

……さて、どこから話せばよいか……。

「母上はすでに父上やコルネリウス、フロレンツィア様から話を聞いているでしょうが、ローゼマインと生活を入れ替えて神殿で過ごした日からヴィルフリート様の生活は劇的に変わりました。ほんの十日前までは逃げ出すヴィルフリート様を捕まえるのが仕事の大半だった私や同僚の側近達から見れば、本当に努力されているのがよくわかります」

私の言葉に母上は「わたくしもヴィルフリート様の努力に関しては方々《ほうぼう》から伺っていますよ」と言いながら少しだけ杯に唇《くちびる》を付けた。

「領主の子としては当たり前の努力ですし、認められる基準にはまだまだ達していないようですけれど……ね。ヴェローニカ様は御自分の意のままになる、お人形のようなアウブが欲しかったのでしょう。ヴィルフリート様の教育に関してヴェローニカ様のなさりようはあんまりだとフロレンツィア様が嘆《なげ》いていらっしゃいました」

母上の言葉を否定することはできない。ヴェローニカ様がヴィルフリート様を叱る時は自分の言いつけに背《そむ》いた時だけで、勉強から逃げ出そうと、側近に対してどのような理不尽《りふじん》や我儘を言おうとも叱らなかった。むしろ、側近にヴィルフリート様が叱られた時は、「次期領主に意見をするなんて」と後からその側近を叱っていたくらいだ。

「……決して主に逆らわぬように、と私もよくヴェローニカ様に言われたものです」

「そのような側近ばかりでは、せっかくの教育も間に合わないかもしれませんね。オズヴァルトは新しい側近を入れないと決めたのでしょう？」

「はい。ヴィルフリート様の廃嫡《はいちゃく》が正式に決まった場合、新たに入れられた側近達の経歴には不要な傷がつくことになりますし、見知らぬ者が出入りするようになると、ただでさえ生活が大きく変わって戸惑われていらっしゃるヴィルフリート様のご負担になります。ならば、少なくなった人数で仕事を回していった方が良いとオズヴァルトは判断したようです」

ヴィルフリート様の側近の中で、今一番苦労しているのはオズヴァルトだ。どんどんと減らされていく側近達に仕事を振り分けし直したり、叱咤《しった》したりしている。

「廃嫡の可能性が高いことを考えると、巻き込まれる人数は少しでも少ない方が良いですし、今のヴィルフリート様の状態ではライゼガング系貴族が快《こころよ》く側近になるとも思えませんもの。表面には出さないようにしていても、確実に空気が刺々《とげとげ》しくなると予測できます。妥当《だとう》な判断ですね」

ヴェローニカ様が掻き集めた側近達の中にもライゼガング系の貴族はいたが、私と同じように半ば脅《おど》されてヴィルフリート様にお仕えすることを命じられた者がほとんどで、待遇は決して良くなかった。ヴェローニカ様の失脚後、彼等はすぐさま側近を辞めている。残っているライゼガング系の貴族は私だけだ。

「オズヴァルトは頑張っているようですけれど、他の側近達はどのような状況なのかしら？　わたくしはローゼマインが心配なのです。これまでヴェローニカ様と一緒にライゼガング系の貴族を押さえ込もうとしてきたヴェローニカ派の側近達が、わたくしの娘であるローゼマインのやり方や言葉に従うとは思えません。たとえオズヴァルトの言葉があったとしても、すぐに納得できるものではないと思っています。違うかしら？」

母上の視線を受けて、私は酒器の中で揺れる酒に視線を落とす。脳裏に浮かぶのは、私に向けて不満を零していた側近達の姿だった。

ヴィルフリート様の教育が足りなかったことで領主夫妻から失望されたのは、ヴェローニカ様の教育方針や側近の働きが悪かったからだが、それを白日の下に晒したのはフェルディナンド様とローゼマインである。そのため、ヴィルフリート様が廃嫡、側近達は解任の危機に瀕《ひん》した状況になった。おまけに、何とか回避しようと生活を大きく変えて努力しているところへローゼマインがふらりとやってきてはヴィルフリート様を完膚《かんぷ》なきまでに打ち負かし、「まだまだ努力が足りない」「気が緩んでいる」「側近が甘やかしすぎている」と言い切り、側近達を篩《ふるい》にかけていく。

ヴィルフリート様を持ち上げることが常だった側近達からは「ローゼマイン様はヴィルフリート様の努力を全く理解していないのではないか？」「養女であるローゼマイン様は御自分のお立場を理解しているのか？」という言葉が出ている。

「……母上の懸念通り、この十日ほどの間に辞めさせられたヴィルフリート様の元側近達の不満は、廃嫡を言い出したフェルディナンド様や解任の通告をしたフロレンツィア様ではなく、ローゼマインに向けられています」

側近を辞めさせるかどうかを最終的に判断するのはフロレンツィア様なのだが、常に目を光らせているのがローゼマインの命令を受けたリヒャルダである。辞めさせられていく側近達の不満はどうしてもリヒャルダの主であるローゼマインに向かう。

「彼等にはローゼマインがヴィルフリート様を廃嫡から救おうとしていると言っても理解してはもらえませんでした。いや、頭ではわかっているけれど、わかりたくないというか、不満をぶつける対象としてローゼマインの存在が適当だったというか……。次期領主に最も近いヴィルフリートを蹴落とすためにフェルディナンド様が仕組み、ローゼマインを次期領主にするための策ではないかという言葉も聞こえました」

こうして実家に戻って母上と話をしていると、ヴィルフリート様の側近達には未だにヴェローニカ様の影響が強いことがよくわかった。この期《ご》に及んで、「次期領主であるヴィルフリート様に対して養女であるローゼマイン様がずいぶんと不敬だ」という言葉が当たり前のように口に出るのだ。

私達にとって領主の子の中ではヴィルフリート様が最も上だ、という意識が完全に刷り込まれている。

「周囲の恨みを買わないためにもローゼマインをあまりヴィルフリート様のお部屋に近付けないようにした方が良い、とコルネリウスにも忠告はしたのですが、フロレンツィア様の要望だから、と返されました」

ヴィルフリート様を追い落とそうとするフェルディナンド様のためにローゼマインが悪意に晒される必要はない。だが、私の心配は「差し出口」だとコルネリウスに言われた。

「コルネリウスはローゼマインの護衛騎士見習いとして城へ上がったばかりで、まだ貴族の悪意の怖さを知らないのだと思われます。母上から忠告があれば、少しは考えを変えてくれると思うのですが……」

私の言葉に母上は同意するように頷いた。

「わたくしとしても、ヴィルフリート様が廃嫡になろうとも構わないのでローゼマインにはなるべく矢面《やおもて》に立たないでほしいところですけれど……」

母上の口から「廃嫡になろうとも構わない」という突き放した言葉を聞いて、私は思わず目を閉じる。フェルディナンド様の厳しい物言いを思い出した。あれだけヴィルフリート様が努力しているのに、ヴェローニカ様が失脚された今、廃嫡の回避を望んでいる者が少ないという現実を思い知らされた気分だ。

「フロレンツィア様はヴィルフリート様がやっと我が手に戻ってきたことにお喜びでした。誰もがヴィルフリート様を諦めたところで、廃嫡から救う方法を口にしたローゼマインの協力が絶対に必要らしいですから、関与を止めることは難しいでしょうね」

私はフェルディナンド様から廃嫡を提案された食堂にいなかったので、どのような会話があり、どのような流れで廃嫡の条件が決まったのか、この目で見ていない。アウブからの宣言とオズヴァルトから聞いた報告だけだ。

「フロレンツィア様に望まれ、ヴィルフリート様を哀《あわ》れに思って救おうとしているローゼマインを、よりにもよってヴィルフリート様をお守りすべき側近が疎むだなんて……。本来ならば、感謝して協力を仰ぐべきでしょうに」

恩知らず、と言われていることを察して、私は慌てて口を開く。全員がローゼマインへの不満を口にしているわけではない。それは側近を解任された者ばかりなのだ。

「側近全員がローゼマインの協力を理解していないわけではありません。オズヴァルトを始め、食堂に同行していた側近は理解しています。だからこそ、オズヴァルトは私に言ったのです。現状を見られない愚《おろ》か者達にこれ以上付き合う必要はない。他の側近達と違って、私にはヴィルフリート様の側近でなくなっても領主夫妻から重用される方法はいくらでもあるだろう、と」

ローゼマインへの不満は実兄である私にも向けられる。見兼ねたオズヴァルトに辞めても良いと言われたのだ。皆で協力し合わなければならない時に、ヴェローニカ派の貴族ではない私の存在は異物で邪魔なのだろうと考えていたが、オズヴァルトには他の目的もあったのかもしれない。ただ、私が外れることが望みだと思う。そうでなければ、側近が減って困っている時に「辞めても良い」とは言わないだろう。

「私の決断は家にも大きな影響があると思うのですが、母上はどのようにお考えですか？」

私が様子を窺うと、母上はゆっくりと考えを巡らせるように頬に手を当てて、じっと私を見つめた。

「ヴェローニカ様の影響が日に日に薄くなっている今、もうランプレヒトがわたくしを守る必要はありません。貴方が決めれば良いことです」

「母上……」

「わたくしはできることならば、我が子を一人としてヴェローニカ様の元へやりたくありませんでした。でも、反対しても貴方は行ってしまったでしょう？　わたくしが無力だったせいですけれど……」

母上はそう言って苦い笑みを浮かべた。いくら親とはいえ、成人した子が主を決めて仕えることを阻止することは難しい。特に相手が権力者で、仕えることを望まれている場合は止めるのに協力してくれる者もいないのである。

「わたくしの代わりに貴方がヴェローニカ様から当たられてずいぶんと嫌な思いをしてきたと思いますが、もうそのような我慢をする必要はないのです」

私はエックハルト兄上がヴィルフリート様に仕えることを拒否したから、自分が母上や弟を守らなければならないと思って仕え始めた。けれど、自分が守っているつもりだった母上にかなり心配をかけていたようだ。今になってそんなことに気付いた。

「ですから、貴方はヴィルフリート様にそのままお仕えしても構いませんし、役目は終わったと考えて辞めても構いません。ヴィルフリート様の冬のお披露目が失敗した時には貴方にも多少汚点が残るでしょうから」

家の力で守れても、廃嫡になった主に仕えていたという経歴を完全に消すことは不可能だ。自分の将来をよく考えるように、と母上が心配そうに私を見つめる。その目が辞めてほしいと無言で主張しているように思えた。

「我が家から出たローゼマインの護衛騎士であれば、わたくしやカルステッド様から推薦《すいせん》することはできます。ローゼマインの護衛騎士、特に成人している者は足りていませんからすぐに採用されるでしょう」

母上の提案に、私は腕を組んで考える。神殿育ちで上級貴族からの養女であるローゼマインは領主の子の中で一番立場が下になる。これから先は母上や父上の血族であるライゼガング系の貴族が盛り立てていくことになるけれど、今のところは側近の数も飛び抜けて少ない。入ろうと思えば、すぐに入れるだろう。

「ローゼマインの護衛騎士になるというのは今まで考えたこともありませんでしたが、同じように領主一族の護衛騎士を続けられるのはありがたいです。領主一族の側近であるか否《いな》かは、結婚相手の父親からの印象が全く違いますから」

貴族院で交際相手の父親と話をする時に、主が廃嫡にされて一騎士に戻った者と新しい主を得た護衛騎士では印象が全く変わる。私が自分の将来を考えていると、母上はゆっくりと目を瞬かせた。

「ランプレヒト、貴方がどのような道を選んでも構いません。ただし、次は自分の意志で選ぶのですから、上級貴族として、領主一族の側近になることの意味をよく考えて自分の主を選ぶようになさい」

私を見つめる母上の黒の瞳は打って変わって厳しいものになっていた。

「ランプレヒト、エルヴィーラから話を聞いた」

母上と話をした翌日、騎士団の訓練に向かった私は父上に呼び出された。母上以外は騎士である私の家族は、家で集まるよりも騎士の訓練場の方が集まりやすくなっているのが面白い。

「エルヴィーラは其方に選択肢を与え、ローゼマインの護衛騎士になる道も示したと言っていたが、其方はヴィルフリート様の護衛騎士を辞めるつもりか？」

静かに私を見据える父上のアイスブルーの瞳は鋭く、昨夜の母上の目とよく似ているように見えた。少しの失言が命取りになる。そんな気配を察して、私は思わず顎《あご》を引いた。

「……いいえ。私がローゼマインの実兄であるということで同僚との関係が思わしくないのですが、まだ決めかねています」

父上の反応を探《さぐ》りながら明言を避けると、「まだ決めていないならば、先に注意しておきたい」と父上が少し息を吐く。

「私は其方がローゼマインの護衛騎士になるのは反対だ、ランプレヒト」

父上は私を見ながら静かに言った。いきなり反対される意味がわからない。

「何故ですか？」

「其方には向かぬと思う。ローゼマインに仕えるのは、間接的にフェルディナンド様にお仕えするのと同じだ。神殿における後見人で、庇護者だからな」

ヴィルフリート様の養育に関してヴェローニカ様が口を出し、側近達に指示を出していたように、神殿で過ごす時間が長いローゼマインの養育にはフェルディナンド様が深く関わっていると父上が言う。フェルディナンド様に軽く威圧された時のことを思い出して背筋が凍った。

……間接的にフェルディナンド様にお仕えする？

呆然とする私に父上は神殿での仕事についても口にし始める。

「ローゼマインの側近は神殿に立ち入るだけではない。孤児院や工房の見回り、商人達との商談の席への同席、フェルディナンド様へ毎日の報告が義務付けられている。ダームエルによると、護衛騎士もフェルディナンド様の部下として事務仕事を手伝っているそうだ。主従揃って無能、とフェルディナンド様に評された其方をローゼマインの護衛騎士にするのは少々憚《はばか》られる」

それは全く考えていなかった。神殿で私が計算仕事をさせられたのはローゼマインの代わりだった。事務仕事を護衛騎士が日常的にさせられるとは普通は考えない。完全に想定外だ。

「ローゼマインの神事に同行した時は、ローゼマインの体調によって神事の代行を求められたり、農村を回って平民と食事を共にしたり、とても貴族が使うとは思えないような寝具で休むことになるそうだ」

「……は？　領主一族の側近が神官の真似事をしたり、平民と同席して食事をしたりするのですか？　にわかには信じられませんが、それは本当に護衛騎士の仕事なのですか？」

領主一族の側近が農村に出向き、平民と同席して食事を摂るなど考えられない。

「貴族としては考えられぬかもしれぬが、神殿長であるローゼマインの護衛騎士には求められることだ。少なくともフェルディナンド様からローゼマインの神事へ同行するように命じられたエックハルトは、仕事内容に関してそう言っていた」

エックハルト兄上は「フェルディナンド様のお役に立てるのであれば」と何の躊躇いもなく、その仕事内容を受け入れたそうだ。信じられない。

「様々な不利益を呑み込んで、尚、仕えたいと望むのであれば止めはせぬ。だが、ローゼマインはフェルディナンド様と同じで、あらゆる意味で特殊だ。何の覚悟もなく、出世目当てや時流を読んだつもりで仕えられるような主ではない。ヴェローニカ様のやり方や価値観に染まった其方にローゼマインの側近は無理だと思われる」

「どういう意味ですか、父上？　ローゼマインには何かあるのですか？」

私の問いに父上は額を押さえて「本気で何もないと思うか？」とゆっくりと首を横に振る。私には詳しい事情を伝える気がないことが容易に知れた。

「ランプレヒト、ローゼマインがすでにアウブの養女になってしまった以上、私やエルヴィーラは大っぴらに手や口を出せる立場ではない。神殿ではフェルディナンド様の、城では領主夫妻の指示に従いながら仕えなければならぬ。当然ヴィルフリート様とは教育方針が全く違うだろう」

父上の言う通り、あまりにも今までと違いすぎる。神殿へ共に向かって、共にフェルディナンド様のお手伝いをして、神事の護衛をする。農村に出入りして平民と付き合う。神殿を優先して貴族社会とは少し距離を置いた立場になる。おいしい食事目当てに神殿へ出向くのとは違う。自分がローゼマインの護衛騎士として仕えるところを全く想像できなかった。

「どうする、ランプレヒト？　ローゼマインの護衛騎士になるか？」

父上の言葉に私は首を横に振った。

「……私には向かないと判断しました」

「ならば、私の話はここまでだ」


父上に退室を促されて、私は騎士団長室を出た。そこにはエックハルト兄上の姿があり、付いて来るように指で示している。どうやら私は家族にかなり心配されているらしい。私は苦笑気味に頷いてエックハルト兄上の後ろを付いて行った。

私が「皆、ずいぶんと心配性だ」とくすぐったい思いをしながら父上との会話のあらましを告げると、エックハルト兄上は「別に其方の心配はしていない」と可愛げのないことを言いながら私を睨む。

「……それで、其方はどうするつもりだ？」

「ローゼマインの護衛騎士が向かない以上、どうするのか決めかねています」

その回答にエックハルト兄上がコホンと一つ咳払《せきばら》いをして、私を見た。

「其方がどのようにしても構わぬが、これまでのように中途半端な仕え方はするな」

「は？」

母上と似ているけれど、更に厳しい言葉を投げつけられた私は思わず目を剥いた。

「兄上、それはあまりにもひどい言い分ではありませんか。家族を守るため、兄上の代わりにヴェローニカ様の要請を受けてヴィルフリート様に仕えてきた日々を、中途半端と評されるとは思いませんでした」

「何やら勘違いしているようだが、私は別に拒否などしていない。フェルディナンド様を神殿から出すために邪魔なヴェローニカ様を殺害できる機会が増えそうなので、ヴィルフリート様にお仕えする振りくらいはできると引き受けようとしたら、父上に阻止されただけだ」

……それは、全力で阻止するだろう。

どれだけヴェローニカ様を恨んでいても家族のために何もしてくれるな、と騎士団の事務仕事や新人教育の仕事に回され、城への出入りも制限されたらしい。今になって初めて知った父上の苦労に私は愕然《がくぜん》とした。「解任されてもフェルディナンド様に仕えたがる変わり者だから」と笑って周囲を誤魔化していた父上の心労はいかばかりかと思う。

「それが兄上の基準ならば、私の仕え方など中途半端に見えるでしょう。忠義の定義に大きな違いがあるようです。私はオズヴァルトや母上から、もう我慢しなくても構わないと言われたので、今の時流に沿って自分の将来を考えているだけです」

私の言葉にエックハルト兄上が青い目を細めて、「其方、全くわかっておらぬな」と呆れた口調で言った。

「時流を見極めていると言えば聞こえは良いが、それは権力者の庇護を必要とする下級や中級貴族の生き方だ。アウブの血縁である上級貴族の言葉とは思えぬ。ヴェローニカ様の影響を受けた貴族に囲まれて、どこまで堕落《だらく》しているのだ？」

その言葉にハッとした。確かにヴェローニカ様を支持している貴族は中級貴族が多く、上級貴族

の大半を占めるライゼガング系の貴族は私だけになっている。知らず知らずのうちに自分の思考は彼等寄りになっていたらしい。

「其方はヴェローニカ様の言いなりで、これまでヴィルフリート様を諌《いさ》めることもできず、主の成長を阻害していたのであろう？　そして、今は廃嫡の危機に対して努力している主を支えるでもなく、オズヴァルトの言葉を幸いと捉えて実家の力を頼りに逃げ出そうとしている。どう見ても中途半端だ」

兄上の指摘がぐさりと胸に刺さった。ヴィルフリート様の努力を認めてあげてほしいと口にしながら、私は自分の将来を優先して離れようとしていた。反論できる言葉が見つからずに口籠《くちご》もると、エックハルト兄上は更に言い募る。

「母上は、家のために我慢した其方を褒めたかもしれぬが、ギリギリのところで踏ん張っている主を見捨てて新しい主を探すなど、其方の仕え方は領主一族の護衛騎士として最悪ではないか？　そのような護衛騎士を信用できると思うか？」

客観的に自分の行動を見れば、最悪なのだと思う。だが、その言葉をそのまま受け入れたくない。

「だが、私は必要とされていないのです。側近達との関係が思わしくなく、オズヴァルトに……」

「必要か否か決めるのはオズヴァルトではなく、ヴィルフリート様ではないか。せめて、主の意思を確認してから進退を決めよ。馬鹿馬鹿しい」

エックハルト兄上はフェルディナンド様がしていたようにこめかみを押さえる。

「ランプレヒト、其方は自覚がないのかもしれぬが、頭が悪くて考えなしだ」

あまりにもひどいエックハルト兄上の言い分に口を開いた瞬間、兄上は「私も同じだ」と自分を指差した。

「いくら理屈《りくつ》をこねて考えたところで碌な答えなど浮かばぬ。おじい様から続くそういう家系だ。だから、自分の感覚で選べ」

野生の本能で生きていそうなおじい様や兄弟の中で最もおじい様に似ているエックハルト兄上と違って、私は自分の感覚もあまり信用できない。だが、そんなことには構わず、エックハルト兄上は私に選択肢を示す。

「ヴィルフリート様とローゼマインのどちらが自分の主に相応《ふさわ》しいと思う？」

答えは一つしかなかった。


私はその答えを胸にヴィルフリート様の部屋へ向かう。驚いた顔で私を出迎えたオズヴァルトや側近達に構わず、ヴィルフリート様が得意そうな笑顔で課題表を広げた。

「どうだ、ランプレヒト？　ここも塗り潰せたぞ！」

「おぉ、素晴らしいです。順調ではありませんか」

今まで課題から逃げるだけだったヴィルフリート様の努力が目に見えてわかる。ギリギリまで支えたいと素直に思えた。

「ふふん。私も頑張っているのだ。其方も計算を頑張ると良いぞ。フェルディナンドに叱られていたであろう？」

余計なことを言うヴィルフリート様に、私は少しおどけて問いかける。

「計算の苦手な護衛騎士でも、ヴィルフリート様は必要としてくださいますか？」

「当たり前ではないか。護衛騎士は強ければ良いのだ。計算など文官に任せておけ。……あ、私が努力する程度はした方が良いぞ。其方、数字は読めるか？」

「そのくらいはできますよ」

ハハッと笑いながらヴィルフリート様がモーリッツ先生のところへ戻っていく。今度はカルタを使って文字の練習をするらしい。当たり前のように必要とされて、ふっと体の力が抜けた。

「ランプレヒト、ヴィルフリート様に仕え続ける意味があるのですか？」

オズヴァルトが心配そうに私を見ている。今ならばわかる。オズヴァルトの目にあるのは、いつ辞めるのかわからない護衛騎士に対する不信感だ。唯一のライゼガング系の貴族なのだから、私からもっと歩み寄りが必要だったのかもしれない。

「私は中途半端だと後ろ指を指されるような仕え方をしたくない。たとえ其方等に疎まれようとも、ヴィルフリート様に必要とされる限り、支えていきたいと思っている」

オズヴァルトの目を真っ直ぐに見つめてそう言うと、オズヴァルトは嬉しそうに微笑んだ。

「貴方を疎むような者はすでに解任されています。共に頑張りましょう」


主から必要とされていることを確認し、他の側近達に受け入れられたその日、私は本当の意味でヴィルフリート様の護衛騎士になれた気がした。

エックハルト視点

ユストクスへの土産話

Kazuki Miya's commentary

第三部Ⅲエピローグの没バージョン
第三部Ⅲのエピローグと同時期。
エックハルト視点。
祈念式から戻ったエックハルトに
土産話をねだるユストクス。

ちょこっと Memo

二人が暴走しすぎるので、WEB版ならばともかく、書籍には向かないと没になったお話。伝えたかった情報自体は書籍とほぼ同じなので、見比べてみると面白いかもしれません。

「遅いではないか、エックハルト。其方のオルドナンツをどれだけ待ったと思っている？」

「待たせたとはいっても十日ではないか。大袈裟な……」

私の家にやってくるなり、そう訴えたのはユストクスだ。すでに亡くなっている妻のハイデマリーから同じことを言われたならば、私も「待たせて悪かった」と謝る気分にもなっただろうし、そもそも待たせなかった。だが、三十代前半になっても自分の趣味である情報収集に没頭して、貴族としての作法を放り投げている男に嘆かれたところで、私は何とも思わない。いや、何ともではなく、少々鬱陶《うっとう》しいとしか思わない。

目を通していた羊皮紙を机の上の束に重ねて置き、私は書斎までユストクスを案内してきた側仕えにお茶の準備を頼む。それから、ユストクスに視線を向けた。

「アウブやフェルディナンド様の命令による祈念式への同行の後だぞ。私としても其方と共有したい驚きが多い旅だったから、これでもできるだけ早く招いたつもりだ」

秋の収穫祭ではローゼマインとフェルディナンド様が別行動をしていて、ゴルツェの討伐《とうばつ》だけ合流したので、二人が一緒にいるところを見る時間が非常に短かった。そのため、目につかなかったことや貴族間ではあまりしないが神殿では普通のことなのだろうと何となく流してしまったことが多々あったのだ。

「護衛騎士達はフェルディナンド様を知らなすぎる上に、神殿は貴族街と異なるようで誰も疑問には思っていませんという一言で済ませるので、全く話にならぬ」

私はこの春の祈念式で見聞きした驚愕《きょうがく》の事柄に共感してくれる者と話がしたいと思っていた。文官として同行したユストクスがハッセで使用した登録証を持って帰らざるを得なかったのが残念でならなかったくらいだ。

「驚きの多い旅の話か。それは楽しみだ。……ところで、其方は何をしていたのだ？」

書斎で調べ物をしているなど珍しい、と少々失礼なことを言いながらユストクスが私の手元を覗き込んだ。見られて困る物でもないので、私はユストクスに羊皮紙の束をそのまま手渡す。

「貴族院時代にフェルディナンド様がどのようにゲヴィンネンを使って兵法を教えていたのかがわかる資料が欲しいとダームエルに頼まれて、当時の教材を探しているのだ。アンゲリカの成績を上げ隊で使いたいらしい」

「アンゲリカは何とかなりそうなのか？」

ユストクスの質問に私は「知らぬ」の一言で済ませる。アンゲリカの成績がどうなろうとも私には関係がない。

「領主一族の側近でありながら補講を受けることになるなど、あり得ぬ。そんな無能を側近として置いておきたいとローゼマインが望んだと聞いた時には、どこかおかしいのではないかと頭の構造を疑ったくらいだ」

普通の領主一族ならば落第するような護衛騎士見習いなどスパッと切り捨てているはずである。ハッセの民といい、アンゲリカといい、ローゼマインはどんなに無能で不要な存在でも、誰かを切り捨てることができない性分なのだろう。

「正直なところ、甘すぎる。ローゼマインは性格的に領主一族に向いていないと思わざるを得ぬ」

「口では辛口《からくち》なことを言いながらも、ずいぶんと熱心に資料を探しているではないか」

ユストクスがからかうように笑ったが、私の助力は別にアンゲリカやローゼマインのためではない。

「ダームエルとコルネリウスのためだ。祈念式の道中でダームエルと話をする機会が多く、アンゲリカやコルネリウスに教えるためにダームエルがかなり苦労していることがよくわかったからな」

「エックハルトがダームエルに親切だと？　どういう風の吹き回しだ？　下級騎士をいつまでも姫様の護衛騎士として残すのは反対だったではないか」

ユストクスのニヤニヤ笑いに、私は「今でも反対は反対だ」と頷いた。

「領主一族の護衛騎士に下級騎士のダームエルでは、魔力量を考えれば荷が勝ちすぎている上に、周囲の不満も大きい。出世は望めなくなるが、辞めさせてやった方が本人は楽になると思う。だが、フェルディナンド様によると、ローゼマインには必要なのだそうだ」

神殿ではダームエルの存在が重宝されているようで、平民時代を知っているダームエルをローゼマインの側近としてもうしばらく置いておきたいとフェルディナンド様は考えているらしい。「ダームエルの救済やアンゲリカの成績を上げ隊の行動は、ローゼマインの甘さを慈悲深さにすり替えてエーレンフェストの聖女らしく見せるのにちょうど良い」ともおっしゃった。

「フェルディナンド様が望むならば、私は全力で補佐するしかあるまい。幸いにもダームエルは魔力の成長が遅い方だったのか、成人した今でもじわじわと魔力が増えている」

祈念式の道中、ダームエルをいかに鍛えるのかフェルディナンド様と話し合った様子を伝えると、ユストクスが真面目な顔になって木札や羊皮紙を軽く叩いた。

「エックハルト、この資料集めのどの辺りがダームエルのためなのか、もう一度尋ねても良いか？　話を聞くと、フェルディナンド様のためだとしか思えぬ」

「……ふむ。よく考えてみればダームエルではなく、フェルディナンド様のためだったようだ。だが、コルネリウスのためという言葉に偽りはないぞ。これまでやる気がなかったコルネリウスが勉強する気になっていて、両親が応援しているのだ。協力するのが兄としての務めだろう。コルネリウスはもう少しフェルディナンド様の素晴らしさを知るべきだから、ちょうど良い」

ユストクスが面白がるように「結局、最後が本音ではないか」と笑ったが、コルネリウスのためになるのだから問題はないはずだ。貴族院でフェルディナンド様と一緒に過ごしたことがないコルネリウスは、フェルディナンド様の素晴らしさを知らなすぎるところに問題がある。そこまで考えて私はハッとした。

……いや、待て。ヘンリックからフェルディナンド様の話を聞いたダームエルはフェルディナンド様の素晴らしさをよく理解していたではないか。もしや、私の話し方が悪かったのか、それとも、話し足りなかったのか。

兄としてもっとわかりやすく話をするべきだったのではないか、と私は内心反省する。だが、一族の都合とはいえ、コルネリウスも主を持つ領主一族の側近となったし、勉強に身を入れ始めたのだ。これからは話をする機会も増えるし、ローゼマインに付いたことでフェルディナンド様の素晴らしさを知る機会も増えるだろう。

「準備が整ったら下がってくれ」

私はお茶の準備を終えた側仕え達に下がるように言うと、ユストクスに席を勧めて盗聴防止の魔術具を取り出した。祈念式の道中で起こったことはあまり大っぴらにすることではない。

「それで、一体何があったのだ？　フリュートレーネの夜まで私も同行したかったのだぞ」

「ハッセの処刑に同行できたのだから良いではないか。徴税官として同行するだけならばまだしも、其方が登録証を扱うことについてはずいぶんと無理を言ったと聞いているが？」

「領主一族しか行えぬ魔術を間近で見る機会が巡ってきたのだぞ？　他人に譲れるわけがなかろう」

ユストクスはいかに珍しいことなのか力説する。珍しいことはわかるが、私はフェルディナンド様が行うのでなければどうでもいい。

「……エックハルト、其方はローゼマイン姫様をどう思った？　ハッセの処罰については生温《なまぬる》いことを、と言っていたが」

ユストクスにそう言われ、私は少し考えてみる。ユストクスは平民出身ながら頑張って擬態していると褒めていたけれど、私はもっと領主一族らしい品格と厳しさを身につけた方が良いと思っている。その点は変わっていない。だが、「フェルディナンド様にやたら贔屓《ひいき》されている平民出身の妹」から位置づけは変わっている。

「ハッセの処分に関しては、平民視点の思考回路が抜けていないことでフェルディナンド様をずいぶんと振り回して困らせているように見えたので、少々腹立たしく思っていた。虚弱なだけではなく、平民思考でフェルディナンド様に世話をかけてばかりの妹という評価だったが、祈念式に同行したことで評価を修正したし、フェルディナンド様のご意見を伺って更に評価を修正した」

私がお茶を飲みながらそう言うと、ユストクスが目を輝かせて興味深そうに身を乗り出してきた。

「ほぉ、秋の収穫祭に同行した時には、フェルディナンド様の回復薬がなければ自分の役目を務められない虚弱さで本当に大丈夫なのか？　魔力と体力を足して二で割れれば良いのにと何度も言い、ハッセの対応は生温すぎると憤慨《ふんがい》していた其方が姫様の評価を変えるとは興味深い」

「ハッセに関しては生温い対応だとは今でも思っている。領主一族にとって平民は管理すべき領民で、反逆する者が出たならばもっと厳しくすべきだ。あのように甘くて領主一族としてやっていけるのか……。そういう意味ではローゼマインに対する印象は変わっていない。だが、フェルディナンド様にとっては得難《えがた》く、有益だ。この祈念式の道中で、私は表情を取り繕うのに苦労するほど何度も驚かされたのだ」

私は祈念式の道中のことを思い返す。秋の収穫祭の時とローゼマインの虚弱さは特に変わっていない。フェルディナンド様が手ずから調合した貴重な回復薬を、時に嫌そうに顔をしかめながら消費する様子には呆れるしかなかった。だが、前回の収穫祭に比べて祈念式では寝込む回数が減っていた。フェルディナンド様が甲斐甲斐《かいがい》しく世話をしていることが理由だと気付いた時、私は雷の直撃を受けたような衝撃を受けたのだ。

「秋と違って、今回はフェルディナンド様がご一緒だったではないか。私はローゼマインとフェルディナンド様が接しているところを今まで見る機会が少なかったので非常に驚いた。あのフェルディナンド様がまるで貴重な薬草でも育てているような細やかさで、ローゼマインの様子を気にかけて世話を焼いているのだぞ」

薬草などの研究素材ならばともかく、人間に対してあのような細やかさを発揮するフェルディナンド様を見たのは初めてだった。ハイデマリーが生きていたら、大騒ぎしただろうと思う。

「確かにハッセの処刑の後で、姫様の様子を気にかけるフェルディナンド様は非常に珍しかったな。姫様に対してあまりにも厳しい対応を取った場合は、取りなすつもりで待機していたのだが、必要がなかった」

「うむ。体調管理や危機管理が自分でできなければ死ぬだけなので側近になど任せられるかと言い放ち、弱味を見せたら攻撃されると誰に対しても警戒心を剥き出しにしていたフェルディナンド様ならば、もっとしっかりしろとローゼマインを叱り飛ばすかと思ったのだが……」

ジルヴェスターの母親から常に虐待《ぎゃくたい》されて育ったため、フェルディナンド様は言質《げんち》を取られないように、自分の弱味を作らないように考えて動く癖が染みついている。

親切を仕事として割り切って合理的だと判断すれば即座に行える。だが、感情を優先させて親切を行うのは難しいようで、その方法は横で見ていると頭を抱えたくなるほど遠回しなものになることが多い。

ところが、フェルディナンド様がハッセでローゼマインに対して行ったのは、実の父親のマントと休息を与え、ローゼマインの側仕えに何度も様子を聞くだけだった。このようにわかりやすく気遣うのは珍しいのだ。同時に、わかりやすく親切にしたところで、もうフェルディナンド様が不利益を被《こうむ》ることがないという現状を私は嬉しく思う。

「だが、驚くことはそれだけではない。なんと、あのフェルディナンド様が、自分の口に合う食事が良いと言って、ローゼマインの専属料理人に昼食を作らせていたのだ」

「何⁉　あのフェルディナンド様が⁉　研究に没頭すれば食事など二の次、三の次で必要な栄養さえ得られればよかろうと栄養剤で済ませようとするフェルディナンド様が⁉」

ユストクスのひっくり返った声に私は大変満足した。こうして驚きを共有できる相手が欲しかったのだ。神殿ではその様子が珍しいものではないのか、誰も驚いていなかった。当たり前の顔で皆が「食事はおいしい方がいいですよね」で済ませてしまったのである。

「うむ。フェルディナンド様が譲らなかったのだ。たまに、のことであれば平民の食事も我慢して食べるが、毎日続くのは嫌だ、と……。その上、改めて毒見をさせることもなく、ローゼマインの専属料理人が作った食事を口にしていたのだぞ」

「何という……神殿ではそれが当然なのか」

あれもまた衝撃だった。貴族はよほどのことがない限り、毒の混入を警戒して専属料理人を共有することは少ない。フェルディナンド様は殊更毒入りの食事を警戒していたので、成人し、城から住まいを移してからは城で食事を摂ることさえ滅多になかったのである。まさかローゼマインの専属料理人に毎日の昼食を任せることをフェルディナンド様が所望するなど考えられなかった。

「それだけではない。祈念式の道中で出されたローゼマインのレシピを追加購入したがってフェルディナンド様が交渉していらっしゃった」

フェルディナンド様がローゼマインのレシピを購入していることは冬の社交界でも知れ渡ってい

た。だが、元々食事に興味の薄いフェルディナンド様が購入したのは、ローゼマインの庇護者であること、領主一族が流行を広げるためには必要なことだと判断したために購入したのだと私は思っていた。

まさか最初のレシピを教える料理人は二人しか出せないと知った途端に、フェルディナンド様が金に任せてさっさと一人を確保したなど考えていなかったし、ローゼマインから「フェルディナンド様は美食家というか、結構食いしん坊で、食事にこだわりがありますよね」と思われているなど考えてもいなかった。

「くっ……。美食家で食いしん坊なフェルディナンド様だと？　初めて聞いたぞ。そのような評価。あの方に普通に食事をさせるために私がどれだけ苦労してきたと思っているのだ」

「それを神殿者やダームエル達さえ不思議に思っていなかったのだ！　わかるか、私の衝撃が⁉」

「わかるとも！」

私はユストクスと固い握手を交わした。先代が病に伏し、ヴェローニカ様の権勢が最も強くなった時期は本当に警戒心が強くて大変だった。あの手、この手でフェルディナンド様の食の安全を確保し、信頼を得るために苦労していた私とユストクスにとってはあまりにも驚きだ。

「クッ……。私もその場に居合わせたかった。どうせシュツェーリアの夜のようにフリュートレーネの夜も何か不思議なことが起こったのだろう？」

「あぁ、実に不思議なことが起こった」

ユストクスが「やはり！」と膝《ひざ》を叩きながら悔しそうに言い、何があったのか教えろと据わった目で睨んでくる。仕方がないので、自分達の体験とローゼマインから聞いた女性視点のフリュートレーネの夜について話をしてやる。奇妙な夜の話をユストクスは目を輝かせて喜んだ。

「フェルディナンド様でも破れぬ魔力の壁に、光る魔力の塊、姫様の歌によって巨大化していく花や葉か……」

「ローゼマイン達があまりにも無防備に泉の周りをうろついたり、巨大になった葉に乗って採集に向かったりするのだ。危なっかしいことこの上なく、フェルディナンド様は何とか破れぬものか奮闘していた。だが、結局日が昇るまでどうしようもなかったのだ」

薄くなってきた魔力障壁《しょうへき》を破ることはできたし、ローゼマインを空中で捕まえたことで一安心だったが、生きた心地のしない夜だった。

「そういえばフリュートレーネの夜にローゼマインが採集した素材は非常に珍しいようで、父上への報告の時にフェルディナンド様が大喜びしていたぞ。よくわからなかったので聞き流したのだが、其方が採集したライレーネの蜜《みつ》とは大きな違いがあったようだ」

覚えている限りの違いを述べると、ユストクスが「何故私は同行できなかったのか」とまた嘆き始めた。鬱陶しい。そのように鬱陶しくて面倒くさいからフェルディナンド様が同行を嫌がるのだ。

「フェルディナンド様に詳しい話を聞いてみれば良いではないか。話くらいはしてくれると思うぞ。フリュートレーネの夜は女神の水浴場に男を入れてくれぬようだから、再度の採集は見込めぬ故、欲しいと願ったところで希少な素材をいただけるかどうかはわからぬが」

研究してみたいとおっしゃったので、珍しい物を収集するだけのユストクスに下賜《かし》することはないと思う。私がライレーネの蜜についていて語っていたフェルディナンド様を思い出していると、ユストクスが真剣な目で私を見た。

「……エックハルト、男が入れぬならば女の恰好《かっこう》をすればどうだろうか？」

「いくら何でもその程度で神々の目を誤魔化せるとは思えぬが、やりたければやってみろ。ただし、私やフェルディナンド様を巻き込むな。一人だけでやってくれ」

追い払うように手を振ると、ユストクスは無念そうに「うーむ、駄目か」と唸りながら腕を組む。ユストクスの女装に誤魔化されるようでは、私は神と認めない。あまりにも節穴が過ぎるではないか。

「機会があるとすれば来年の話になるが、私一人ではどうしようもなさそうだ。女神の水浴場は諦めた方が良さそうだな。……ところで、エックハルト。姫様の夏の採集場所は決まったのか？」

「ローエンベルクの山だが、其方の同行は不可だそうだ。ローゼマインだけでも妙なことが起こる可能性が高いのに、其方の面倒まで見ていられぬ、とのことだ」

私がフェルディナンド様のお言葉を伝えると、ユストクスが頭を抱えてわかりやすく嘆きのポーズを取った。見慣れたポーズだ。

「またしても同行させてもらえぬとは、あまりにもひどい仕打ちではないか」

「眠っている魔獣が多くて簡単に魔石が取れるから、と次々と魔獣を倒したことでどれだけ大変なことになったのか覚えておらぬとは言わせぬぞ」

ローエンベルクの山に大量の魔力が満ちて、危うく魔力爆発を起こすところだったことは思い出すだけでも首筋がヒヤリとする出来事だった。指摘されたユストクスがバツの悪い顔で私を見た。

「覚えているから二度はせぬつもりだから、エックハルトからもフェルディナンド様に取りなしを……」

「同じことを二度はしなくても、新たな発見があればフラフラと寄っていき、手を出すではないか。しかも、この失敗は初めてだという言い訳付きだ。強行軍になるのに、不確定要素はいらぬ」

私が取りなしをすっぱり断ると、ユストクスが茶色の目で恨めしそうに睨んできた。そんな顔をされても痛くも痒《かゆ》くもない。

……私が最優先にするのは、フェルディナンド様のお言葉だからな。

ヴィルフリート視点

弟妹との時間

Kazuki Miya's commentary

第三部Ⅳ特典ＳＳ
第三部Ⅳの「衣装のお披露目と報酬」の頃。
ヴィルフリート視点。
領主会議のお留守番中、
弟妹に会いにいくヴィルフリート。

ちょこっと Memo

同母の兄弟であっても、ヴェローニカに育てられたヴィルフリートが一人だけ違う環境で育ったことがわかるエピソード。
同母の姉弟ではないため、ローゼマインの視点には入れない洗礼式前のメルヒオールを書けるのが楽しかったです。

カラーン、カラーンと五の鐘が鳴り響く。午後の勉強の時間が終われば自由時間だ。私は今日もよく頑張って勉強した。ローゼマインには敵《かな》わないが、フェシュピールも結構上達したと思う。新しい曲も弾けるようになったのだ。

「オズヴァルト、今日はシャルロッテやメルヒオールに会いに行ってもいいのか？」

「はい、ヴィルフリート様。歴史や地理のお勉強もローゼマイン様と同程度まで進んだことが確認できましたから」

少しでも遅れを取り戻さなければならないと言われた私は、お披露目が終わって冬の子供部屋を難なく乗り越えたというのに、春になっても課題が山積みだった。両親が不在になる領主会議中はローゼマインが城で生活し、共に勉強するため、大きく見劣りすることがないように歴史や地理の予習をしなければならないと言われていたのだ。

……自由時間もほとんどないまま一生懸命に勉強したというのに、たった三日でひっくり返された上、先に新しい本を読むなんてずるいと怒られたのだぞ。理不尽だ！

本さえ与えておけば勝手に勉強すると言っていたフェルディナンドの言葉は正しく、ローゼマインは隙があれば本を手に取ろうとする。そんな者にどうすれば勉強で勝てると言うのか。私は「領主の子として努力はするが、ローゼマインに勝て、なんてあまりにも無茶な要求をしないでくれ！其方等はローゼマインに勝てるのか⁉」と側近達に訴え、ローゼマインに先行することを目指すのではなく、領主の子としての標準を合格点にしてもらった。今でも課題は多くて大変だが、少し自由時間が増えたことにホッとしている。

「ヴィルフリート様はフロレンツィア様からもお願いされていらっしゃったでしょう？　お留守の間はシャルロッテ様やメルヒオール様が寂しくないように本館のお部屋へ顔を出してほしい、と」

「あぁ、そうだ。カルタやトランプでシャルロッテと遊んでほしいと母上から頼まれている。冬になったら洗礼式とお披露目を迎えるシャルロッテに対して、私は兄として、先達として接しなければならないそうだ」

「お披露目に向けてヴィルフリート様は非常に努力されました。そのお姿を弟妹にも見せてほしいとフロレンツィア様はお考えなのでしょう」

お披露目をきちんとこなさなければ廃嫡にされると脅され、大量の課題を積み上げられた。だが、側近達と共に努力したことでお披露目には成功したし、冬の子供部屋では上手く子供達を取りまとめることができたのだ。領主の子として十分だと側近達は褒めてくれたくらいだ。

「シャルロッテが領主一族として恥ずかしくないお披露目ができるように、私は兄として激励《げきれい》しなければならぬ。そういうことだな？」

「子供部屋での様子を教えたり、シャルロッテ様やメルヒオール様とカルタやトランプで一緒に遊んだりすることで兄弟の結びつきを強くしたいのだと思われます」

筆頭側仕えであるオズヴァルトの言葉に頷き、私は胸を張った。今までの自由時間は側近達とカルタやトランプをするのが常だったが、こうして母上から長兄として頼られたり、頻繁《ひんぱん》にシャルロッテ達と会えたりするのは嬉しいものだ。

……洗礼式を終えるまではおばあ様の許可が下りず、シャルロッテ達に会える機会はそれほど多くなかったからな。

そこでふっと私はおばあ様のことを思い出す。お披露目のための勉強、冬の子供部屋の統率など、毎日を忙しく過ごしていたせいで最近父上におばあ様の様子を尋ねていなかった。

「オズヴァルト、おばあ様のお加減はどうなのだ？　まだこちらには戻られないのか？　そろそろ一年になるが、父上から何か伺っていないか？」

私の質問にオズヴァルトは周囲の側近達にも問いかけるように視線を巡らせる。皆が私をちらりと見て首を横に振った。オズヴァルトが皆に向かって頷き、代表するように口を開く。

「特にお話は伺っておりません。領主会議が終わってアウブが戻られたら尋ねましょう」

おばあ様は私の洗礼式の後、ちょうど一年前の今くらいの季節にお加減を悪くして少し離れた土地へ療養《りょうよう》に行ってしまわれた。病気が移ると大変なので、お見舞いにも行ってはならないと言われている。私はもう一年ほどおばあ様にお会いしていない。おばあ様にこそ立派にお披露目を済ませたことと、勉強が進んでいることを伝えたいのだが非常に残念だ。

「おばあ様が早く良くなると嬉しいのだが……」

一年経っても治らない病気なのだ。もしかしたら、おばあ様はもう良くならないかもしれない。嫌な予感を振り払うように、私は頭をブルブルと振った。

部屋を出て本館へ向かおうとしたところでローゼマインとばったり会った。一人乗りの騎獣《きじゅう》に乗っているということは、ローゼマインも本館へ向かうようだ。多分また図書室だろう。城にいる時の自由時間は、いつも図書室で過ごすのだとリヒャルダから聞いたことがある。一体何が楽しくてローゼマインが本ばかり読んでいるのか、私には全くわからない。騎士の訓練場で剣の稽古《けいこ》でもしている方がよほど楽しいと思う。

……ローゼマインは歩く練習が必要だから、楽しくないかもしれぬが。

「あら、ヴィルフリート兄様。どちらへいらっしゃるのですか？」

「シャルロッテやメルヒオールに会いに行くのだ。図書室にばかり行っていないで、ローゼマインも一緒に二人のところへ行かないか？」

子供部屋で女の子は女の子同士で仲良くしている姿を見ることが多かった。妹のシャルロッテはローゼマインがいると喜ぶかもしれない。そんなふうに考えて私がローゼマインを誘った途端、リヒャルダがオズヴァルトと視線を交わし合い、そっと息を吐いた。

「ヴィルフリート坊ちゃまのお誘いはありがたいのですけれど、姫様はご一緒できません。同腹《どうふく》の兄妹《きょうだい》でなければアウブ夫妻から許可が下りないのです」

ローゼマインはそれだけでリヒャルダの言葉を理解したように微笑んで騎獣を動かし始める。

「わたくしは図書室に行きますから、ヴィルフリート兄様は弟妹に絵本を読んであげると良いですよ。本が好きな子に育つように頑張ってくださいませ」

ローゼマイン達が行ってしまうと、私は自分の側近達を見上げた。

「なぁ、オズヴァルト。リヒャルダは何を言っていたのだ？　ローゼマインも私の妹だが、父上や母上からの許可が必要なのか？　洗礼式前はおばあ様の許可が必要だったが、私は父上や母上から許可を取ったことはないと思うのだが……」

　私が首を傾げていると、オズヴァルトがゆっくりと首を横に振った。

「ヴィルフリート様の面会予約は、筆頭側仕えである私がお取りしています」

　そうだったのか。それは初めて知った。

「それから、ヴィルフリート様。リヒャルダの言葉通り、アウブの居住区域である本館の三階に入れるのはアウブと第一夫人、そして、第一夫人の子とその側近達だけです。ご養女ではありますが、同腹の御兄妹ではないローゼマイン様は立ち入ることができません。ですから、ローゼマイン様を本館へお誘いしないようにお気を付けください」

　オズヴァルトによると、貴族は母親の魔力の影響が大きいため、同腹でなければ私的な場所では兄妹扱いされないそうだ。つまり、ローゼマインは公的にはアウブの養女で私の妹だが、私的な場ではランプレヒトの妹ということだろうか。私は護衛騎士として付いているランプレヒトを見上げる。ランプレヒトが私の肩に手を置いた。

「ジルヴェスター様が第二夫人を娶っていらっしゃらないので、実感しにくいのかもしれませんが、異母兄弟と同じような感じです」

「よくわからぬな」

　養女となったローゼマインは父上や母上の子で、領主一族として扱われているのだ。異母兄弟がいない私にはランプレヒトの言葉も実感が湧かない。横で聞いていた側仕えのリンハルトが腕を組んだ。

「養子や異母兄弟も一族の内に入りますが、洗礼式までの期間を一緒に過ごす同腹の家族とは少し扱いが違うのです」

私はふんふんと頷く。

「つまり、洗礼式まで生活を共にしていたおばあ様が私の同腹の家族ということか」

「違います！」

「……う？」

リンハルトが強く否定して首を横に振っているが、何か間違っただろうか。洗礼前に私が一緒に暮らしていた家族はおばあ様だけだ。

「同腹の兄弟とは同じ母親から生まれた兄弟のことで、祖母と孫では同腹になりません」

なんと私の同腹の家族は父上、母上、シャルロッテ、メルヒオールで、公的な家族になるとローゼマインが加わり、領主一族になるとおばあ様やボニファティウス様が入るらしい。

「昔はフェルディナンド様も領主一族でしたが、今は神殿に入られたため公的には領主一族に含まれません。ジルヴェスター様が執務の上で頼りにしていらっしゃるので、まるで領主一族のような扱いをされていますが、厳密《げんみつ》には違います」

「面倒な区別が色々とあるのだな。意外とおばあ様との関係が遠かったことに驚いたぞ、私は」

リンハルトの説明を聞きながら本館を歩く。本館は上空から見ると、中庭を抱く大きな長方形になっている。南側が執務室や会議室など文官達が忙しく働く場になっていて、大広間やお茶会室など貴族達が公的に集まるところがいくつもある。転移の間や図書室なども南側だ。

北側はアウブの居住区域で、三階には領主夫妻や第一夫人の洗礼前の子供が過ごす部屋がある。二階には私的な客を迎えた時の応接室や客間、食堂などが並び、北の離れ、東の離れ、西の離れと回廊で繋がっている。一階には住み込みで働いている側仕えの部屋などもあるそうだ。私は一階に行ったことがないのでよく知らない。

北の離れは洗礼式を終えた領主の子が成人まで住むところで、私とローゼマインの部屋がある。東の離れは引退した領主夫妻が住まうところで、私は洗礼式までおばあ様とそこで暮らしていた。今はおばあ様が療養のために遠くへ行ったので閉鎖されている。西の離れは領主の第二夫人や第三夫人が住むところだが、父上は第二夫人を迎えていないので今は誰もいないそうだ。

二階に並んでいる扉の内の一つが三階に通じる階段の間だ。私はオズヴァルトから預かった鍵で扉を開ける。鍵を通じて魔力を引き出される感覚が苦手だったのだが、礎《いしずえ》に魔力供給をするようになったせいだろうか。あまり不快感はなく、認証が終わった。

……私は本当に成長しているな。

側近達が褒めてくれるように、私は毎日できることが増えていると思う。自分の成長を実感しながら、私は扉を開ける。中に入って、すぐに扉に鍵をかけるとオズヴァルトに鍵を渡した。

階段の部屋にはほんのりとした明かりしかない。防犯上、扉はきっちりと施錠《せじょう》され、窓もないので昼間でもまるで夜のようだ。壁も床も階段も真っ白なので、少しの明かりでも足元が危険ということはないが、何とも言えない閉塞感《へいそくかん》を感じてしまう。

階段を上がると、また魔術で施錠されている扉がある。先程と同じように鍵を開けると、領主の私室がいくつか並んでいる廊下へ出た。そのうちの一つがシャルロッテとメルヒオールのいる子供部屋だ。扉の前にいる護衛騎士にオズヴァルトが取り次ぎを頼む。

「シャルロッテ、メルヒオール。遊びに来たぞ」

「まぁ、お兄様。お待ちしておりました」

母上や私とよく似た色合いの髪を揺らしてシャルロッテが振り返った途端、シャルロッテの筆頭側仕えがコホンと咳払いをした。シャルロッテが「あ」と小さく声を漏らし、姿勢を正す。それから、貴族らしい丁寧な動きで私の前に跪いた。

「時の女神の糸は交わり、こうしてお目見えすることが叶《かな》いました。……どうですか、お兄様？　まだ神々の名前が覚えられていないのですけれど、わたくしも少しだけご挨拶ができるようになったのですよ」

ふふっとシャルロッテが嬉しそうに笑って立ち上がった。挨拶だったようだが、意味がよくわからない。今まで聞いたことがない挨拶だ。

「シャルロッテ、これはどういう挨拶だ？」

「あら、お兄様はご存じありません？　長期間顔を合わせていなかった貴族同士が再会を喜ぶ時に使う挨拶だそうですよ」

少し得意そうにシャルロッテが教えてくれる。振り返ると、オズヴァルトがニコリと笑って説明を加えてくれた。

「普通は一緒に暮らす家族間では使いませんが、他領へ嫁いだ者と久し振りに顔を合わせる時には使用することもございます。初対面の挨拶と同じで、身分の低い者から高い者へ行うので、ヴィルフリート様は次の冬の子供部屋で何度もこの挨拶を受けることになるでしょう」

子供部屋に毎日通う時には使用しないけれど、一年ぶりに会った時には使用するらしい。お披露目を無事に終えた私は次期領主なので、基本的に挨拶は受けるだけだ。だが、大人になったら他領に嫁ぐ可能性が高いシャルロッテは、長い挨拶をたくさん覚えなければならないので今から練習しているのだろう。

「大変であろうが、頑張るのだぞ、シャルロッテ」

これから先の多大な苦労を思いながら私は激励する。シャルロッテが母上によく似た藍色《あいいろ》の目を不思議そうに何度か瞬かせて私を見つめた後、微笑んだ。

「えぇ、できる限りの努力をしたいと思っています。今日は一緒に遊んでくださるのでしょう、お兄様？」

「うむ。二人に絵本を読んでやるように、とローゼマインに言われたし、母上にはカルタで一緒に遊ぶように言われているからな」

カルタや絵本が入った箱を抱えているオズヴァルトに視線を向ける。玩具《おもちゃ》が入っていることを察したのか、側近の背後に隠れていたメルヒオールが歩み出てきた。母上と顔立ちが似ているが、髪の色は父上譲りだ。それがちょっとだけ羨ましい。三歳になったメルヒオールはおむつでもこもことしていたお尻がすっきりとして、以前より動きが人間らしくなっている。

「メルヒオールも元気そうだな。前に見た時は今にも転びそうによろよろふらふらしていたが、歩くのが上手になっているではないか」

「あにうえ。ときのめがみの……いと？　おめ、……かないました！」

得意そうに笑ってシャルロッテと同じ挨拶をしているつもりなのだろうが、全く言えていない。普通は挨拶をさせる前に側仕えがしっかり教えるものだが、もしかしたらメルヒオールの教育は遅れているのだろうか。後で母上に相談した方が良いかもしれない。早めに教育しなければ、私のように苦労することになる。

……ローゼマインが私にしていたように、側近達の入れ替えも必要かもしれぬな。

領主の子は洗礼式と同時に北の離れに入ることになるので、その時までに父上や母上が正式に側近を選別するはずだが、よくよく注意する必要があるだろう。

「ヴィルフリート様、難しいお顔をなさらずにカルタで遊んであげてはいかがですか？」

「うむ。これはカルタといって、ローゼマインが考えた玩具だ。神々の名前や神具を覚えるのに、非常に役に立つ。挨拶を覚えやすくなるぞ。私はこれで神々の名前を覚えたのだ」

オズヴァルトの差し出したカルタを受け取り、私は側近達と一緒に一回遊んで見せてからシャルロッテを誘った。

「お兄様、早いです！」

「フッ。勝負の世界は厳しいのだ。身分は役に立たず、自分の実力しか使えぬ。シャルロッテもよく練習しなければ、子供部屋で皆に負けてしまうぞ」

ローゼマインと同じように手加減せずシャルロッテに勝利する。子供部屋でもよく勝っていた私が負けるはずがない。シャルロッテは負けたことがよほど悔しかったのか、肩を落としてカルタを見つめている。その気持ちはよくわかる。私もローゼマインには負け続けて非常に悔しい思いをしていたからだ。

「わたくしもこのカルタが欲しいです。お母様はどうしてお兄様だけ……」

「私は母上に準備していただいたわけではない。ローゼマインから勉強用にもらったのだ。冬に子供部屋で販売した時は、そこにいる子供達の分しか準備できないと言っていたから、シャルロッテが父上か母上に買っていただけるのは次の冬ではないか？……む？　夏にも絵本を売りたいと言っていたか？」

星結びで貴族達が多めに集まる時に神々の眷属《けんぞく》の絵本を売りたいというようなことをローゼマインは言っていたはずだ。私が思い出してそう言うと、シャルロッテが少し安堵したように胸元を押さえた。

「夏に買っていただくことができれば、冬の子供部屋までに練習できますね」

「自分のカルタを買ってもらうまでは、これで私と一緒に遊べば良いではないか。領主会議の間はなるべくここに来るように言われているのだ。何度でも挑戦を受けるぞ」

「挑戦、ですか？」

よくわからないというようにシャルロッテが首を傾げる。子供部屋の友人達とはそれだけで通じていたのに何故通じないのか、と一瞬考えてシャルロッテがまだ子供部屋を全く知らないことを思い出した。側近達と違って簡単に通じないのが何とも歯痒い。

「シャルロッテもカルタを何度もして強くなれば良いということだ。私も子供部屋で友人達と勝負を続けて強くなったからな。……結局、ローゼマインには勝てなかったが」

色々な作戦を立てたにもかかわらず、悔しいことに冬の間は一度も勝てずに終わった。だが、もう少しなのだ。次の子供部屋では絶対に勝つ。それを約束し合って、友人達とも別れた。皆、今頃カルタやトランプの練習をしているはずだ。

「わかりました、お兄様。もう一度しましょう」

「うむ。私は手加減せぬぞ」

せっかくシャルロッテがやる気になって、側近達も含めてカルタを始めたというのに、メルヒオールが邪魔ばかりしてくる。

「とった～！」

「取れておらぬ！　それはお手付きだ！　まだ一枚も取れておらぬからメルヒオールの側近から一枚没収するぞ」

間違えて取った札を返すように言うと、「いやっ！」とメルヒオールが隠そうとする。そのようなことをしてはカルタができぬ。

「こら、メルヒオール。我儘を言うのではない。それはこの場に返す物だ！」

私がカルタを取り返すと、メルヒオールが泣き始めた。だが、泣いてもダメだ。

「お兄様、一枚くらいメルヒオールに渡しても良いではありませんか」

「シャルロッテ、これは勝負なのだぞ。そのような甘さを見せてはならぬ。メルヒオールがルールを知らないならば教えねばならぬし、覚えないのであれば勝負に参加してはならないのだ」

私が注意すると、シャルロッテは「お兄様、メルヒオールはまだ三歳ですよ？」と少し眉《まゆ》をひそめた。

「だから、何だ？　領主の子は厳しくしなければならないと皆が口を揃えて言うのに、メルヒオールは甘やかしても良いのか？　私は兄として、二人を導くように母上から言われているのだ。ローゼマインが私にしていたように二人に接しているだけではないか」

私の言葉に、オズヴァルトが進み出てシャルロッテとメルヒオールの側近達に微笑んだ。

「シャルロッテ様、メルヒオール様。ヴィルフリート様はお二人と違って東の離れで育ったため、幼い子供と間近で接する経験がございませんでした。幼い子供の成長について、ほとんどご存じないのです」

その後、オズヴァルトはくるりと方向を変えて私の前に屈《かが》んで視線を合わせる。

「すでに洗礼式を終えたヴィルフリート様と三歳のメルヒオール様を同じように考えてはなりません。それぞれの年齢に応じた合格点があるのです。ヴィルフリート様が成人と同じ課題を要求されても困るでしょう？　ヴィルフリート様御自身もローゼマイン様と同じ基準を要求することはやりすぎだと我々におっしゃったではありませんか」

私が要求されていた七歳のお披露目の基準を三歳のメルヒオールに要求することは「やりすぎ」

なのだそうだ。そう言われて私は理解した。

「すまぬ、メルヒオール。私が間違っていたようだ。……だが、オズヴァルト。メルヒオールの基準はどの辺りなのだ?」

「それはメルヒオール様の側近達に尋ねることです。子供の成長によって基準は少しずつ変わります。ヴィルフリート様の基準も去年と今でずいぶんと違うでしょう?」

オズヴァルトの言葉に私は頷き、お茶とお菓子を食べながらメルヒオールについて聞かせてもらうことになった。泣いていたメルヒオールは側仕えからお菓子を食べさせてもらい、あっという間にご機嫌である。

「メルヒオール様はお話を聞くのがお好きです。カルタではなく、ヴィルフリート様がお持ちくださった絵本ならば楽しめるのではないでしょうか?」

メルヒオールの側近からそう言われ、お茶を飲んだ後には絵本を読むことになった。

「お兄様は文字が読めるようになったのですか?」

「うむ。シャルロッテもお披露目までに読めるようになっていなければ困るぞ」

私はそう言いながらオズヴァルトが差し出す絵本を手にした。最高神と五柱の大神の絵本は何度も読んだので、ほとんど覚えている。側近達やローゼマインが読んでくれたように、私もシャルロッテとメルヒオールの前に絵本を広げた。

「昔、昔……。神々が活躍する神話の時代よりずっと昔、最高神の夫婦神が夫婦になるより更に昔のお話です。何の光もない暗闇の中に闇の神はいらっしゃいました」

シャルロッテとメルヒオールが目を丸くして絵本を見つめる姿を横目に、私は読み聞かせる。

「……命の神エーヴィリーベが力を付けて土の女神ゲドゥルリーヒを奪い、エーヴィリーベの厳しき選別を受けた者以外にはゲドゥルリーヒに触れられないように雪と氷で覆《おお》ってしまいました。ゲドゥルリーヒと新たな命を取り返すためには兄姉神も力を蓄《たくわ》えなければなりません。季節はこうして廻《まわ》っていくのです。おしまい」

絵本を読み終わると、メルヒオールが喜びの声を上げ、シャルロッテが感心したように私を見ていた。

「お兄様は本当に字が読めるようになったのですね」

「ふふん、すごいであろう？　私もすごいのだが、ローゼマインはもっとすごいぞ」

「ローゼマイン……お姉様はどのような方なのですか？　聞かせてくださいませ」

シャルロッテに問われたので、私は秋からの自分の努力とローゼマインのすごさを教えてやった。

ローゼマインはまるで教師のように、いや、教師よりも厳しいのだと言うと、シャルロッテが不安そうに顔を曇らせた。

「ずっと本を読んでいて、次々と側近を辞めさせていくのですか？　お母様からお話を伺っていたよりも何だか怖い方のようですけれど、お姉様はわたくしと仲良くしてくださるでしょうか？」

「ヴィルフリート様、差し出口ですが、その説明ではローゼマイン様のことをシャルロッテ様が誤解します」

ローゼマインの兄であるランプレヒトが少しだけ嫌そうな顔になって、私の肩を軽く叩いた。誤解も何も、私が今までにされたことなので間違いではないはずだ。視界の端ではリンハルトが苦笑気味にシャルロッテやメルヒオールの側近達にローゼマインのことを話しているのが見える。私の言葉を少し訂正しているようだ。どうやら少し大袈裟に言い過ぎたらしい。

「ランプレヒトの言う通り、ローゼマイン自身は別に怖くない。教育熱心で厳しいだけだ。子供部屋でも特定の誰かを嫌うような様子はなかったから、普通に仲良くできるであろう。勝負では絶対に手を抜かないが、本が好きな女の子には親切だぞ」

私は自分が子供部屋でいかに男の子達の統率をしたか、ローゼマインが女の子の統率を行っていた様子も交えて伝える。非常に上手く運営できたし、子供部屋を担当していた側仕えにも褒められたくらいだ。けれど、シャルロッテは私の頑張りを褒めてくれるのではなく、戸惑うように目を揺らしている。

「お姉様は本がお好きという以外に、何か好き嫌いはございますか？」

「うーむ、好き嫌いなどあまりよく知らぬ。だが、ローゼマインは体力がないな。呆れるくらいに虚弱で、すぐに倒れる。だが、魔力はすごいぞ。今は一緒に礎へ魔力を注いでいるのだが、私が魔石から魔力を注いでへとへとになってもローゼマインは全く何ともない」

私がローゼマインのことを話せば話すほどシャルロッテは不安そうになっていく。私はもしかしたらローゼマインの厳しいところばかりを話してしまったのだろうか。何か誤解させただろうか。また大袈裟に言いすぎたのだろうか。自分の言葉を振り返っていると、シャルロッテが私の手を取った。

「お兄様はお姉様のことがお好きですか？　好ましく思える方なのでしょうか？」

シャルロッテを不安にさせてはならない。私は大きく頷いた。

「大丈夫だ、シャルロッテ。洗礼式とお披露目を控えて不安になる気持ちはわかるが、そのように心配しなくてもいいぞ。シャルロッテには私も付いているからな」

……私は兄上として頑張るのだ！

ぎゅっとシャルロッテの手を握り返して励ますと、シャルロッテは何故かもっと不安そうな顔になった。よくわからなくて振り返ると、ランプレヒトが遠い目になっている。

「……う？」


自室に帰ってからローゼマインのことをもっと褒めるべきだったと言われた。すごいところについて話をしたし、かなり上手に説明したつもりだったのだが足りなかったそうだ。なかなか難しい。

翌日から今までの課題に加えて、褒め方についての課題が増えてしまった。冬までにシャルロッテの不安を解きほぐさなければならないらしい。

……ローゼマインのせいだ！　私は嘘など吐いていないのに！

コルネリウス視点

後悔まみれの陰鬱な朝

Kazuki Miya's commentary

ＳＳ置き場に掲載されている未収録ＳＳ
第三部Ⅴの終わり頃。
コルネリウス視点。
ローゼマインを守り切れず、
真犯人を捕まえることもできなかった
コルネリウスの後悔。
母親であるエルヴィーラとの会話を。

ちょこっと Memo

第三部Ｖ特典ＳＳが長くなりすぎたので、切り捨てた部分の再利用ＳＳです。特典ＳＳの前編とも言えますね。

「すまないと思うのならば、ローゼマインを害した者を捕まえろ」

フェルディナンド様の言葉に頷き、私はローゼマインを害した犯人を捕らえるためにおじい様に同行した。アンゲリカがジョイソターク子爵《ししゃく》を発見した現場へ急行し、アウブや父上に犯人捕縛《ほばく》の連絡をした私は、襲撃犯《しゅうげきはん》の捕縛が終わったことに安堵の息を吐いていた。フェルディナンド様の言葉を実行し、ローゼマインに対するわずかな贖罪《しょくざい》ができたからだ。

だが、それは間違いだった。アウブ・エーレンフェストによる尋問《じんもん》の結果、ジョイソターク子爵は本館の北側の襲撃およびシャルロッテ様の誘拐犯であることが確定したが、ローゼマインを襲った犯人とは別人だったのだ。

……つまり、私は未だに犯人を捕らえることができていないではないか。

その事実は、時間が経てば経つほど重くなってくる。何度も寝返りを打ったが、真っ暗な寝台にいても全く眠くならない。不寝番の側仕えがこちらを気にかけている気配が伝わってきた。

眠らなければと思うのに眠れない暗闇の中、私の脳裏に思い浮かぶのは、フェルディナンド様の腕の中で意識を失っていたローゼマインの姿ばかりだ。ほぼ全身を布に包まれていたが、布から覗く顔の横側には引きずられたような土汚れと擦《す》り傷《きず》が見えた。薬を含んだ布が口に突っ込まれているのに何の反応もない。普段から白い顔は生気のない土気色で、嫌でも洗礼式の日に血溜まりに伏していたローゼマインを思い出させた。あの時も、今日も、私はローゼマインを守る立場にいながら全く守れていない。

……ローゼマインは大丈夫だろうか。

それればかりを考えている。ジョイソターク子爵の尋問の場で「命に別状はない」とフェルディナンド様はおっしゃったが、意味ありげに周囲を見回していた様子から私はあまり良くない事態を想像してしまった。ジョイソターク子爵の口からゲルラッハ子爵という言葉が出たため、アウブを始め、騎士団の者達は皆そちらに意識が向いてしまい、ローゼマインの容態については話が聞けずじまいで、私はまだ詳しい状態を知らない。

……あの時、シャルロッテ様ではなく、ローゼマインに付いていれば……。

シャルロッテ様とアンゲリカを救出することに全力を向けていた私は、ローゼマインの騎獣が捕らわれた瞬間を目にしていない。二人の救出に間に合ったという安堵と達成感を覚えながら、森の上空を大きく迂回していたらローゼマインの悲鳴が響いたのだ。慌てて周囲を見回すと、光の網の絡まった騎獣が森に引きずり込まれていき、すぐに木々の揺れが遠くに見えるだけになった。

……護衛騎士は如何《いか》なる時も自分の主から目を離してはならないと言われていたのに……。

だが、私はローゼマインではなく、シャルロッテ様とアンゲリカに全神経を向けていたのだ。十秒にも満たないほんの少しの時間に、ローゼマインは危機に陥《おちい》った。何が起こっているのか咄嗟《とっさ》には理解できず、全身の血が凍りつくような恐怖に全身を縛られた。一瞬で喉《のど》が干上がり、頭は真っ白だ。

すぐにでもローゼマインのところへ向かわねば、と思ったが、救出した二人を放り出すこともできない。私はアンゲリカに身体強化とシュティンルークへの魔力供給を止めさせ、騎獣でシャルロッテ様を送るように命じてからローゼマインを捜しに向かったのだが、それでは遅すぎた。いくら呼んでもローゼマインから答えは返らなかったのである。

……せめて、犯人がわかれば私が捕らえるのに……。

ローゼマインをひどい目に遭《あ》わせた犯人を許せない。ジョイソターク子爵が挙げたゲルラッハ子爵は犯人なのだろうか。

……一刻も早くこの手で捕らえたい。

無力感と後悔と犯人への怒りが渦巻《うずま》く中、私は少しでも早く眠れるようにきつく目を閉じた。

側仕えに起こされたものの、ひどい寝不足だった。深い眠りは訪れず、夜中に何度も目が覚めた。私は寝不足のまま身支度を調え、朝食を摂るために食堂へ向かう。今日はゲルラッハ子爵の尋問がある。精神的な決着を付けるためにも行かなければならない。

食堂では母上がすでに朝食を終えていた。

「あら、今朝はずいぶんと早いのですね、コルネリウス」

「あまりよく眠れなかったのです」

側仕えが淹れてくれた茶器を手元に寄せれば、ゆらりと揺れる波紋が見えた。一口飲めば体がふっと温かくなる。運ばれてきた朝食は、私が最も好んでいるタニエのクリームがパンに添えられていた。母上は素知らぬ顔でお茶を飲んでいるけれど、タニエのクリームは秋になってから私が食べすぎたせいで母上の許可なしに食べることを先日禁じられた物だ。私を心配してわざわざ好物を出してくれたのだろう。

程よい甘さがタニエの風味を引き立てているクリームをパンに塗って口に入れる。少しだけ気分が解《ほぐ》れると同時に、このレシピを教えてくれたローゼマインのことが思い浮かび、昨夜からずっと胸の中で渦巻いていた言葉が口をついて出た。

「母上、私はローゼマインの護衛騎士見習いなのに、肝心の主を守れませんでした。……あの時、私はシャルロッテ様を救うのではなく、ローゼマインに付いていなければならなかったのに……」

「……コルネリウス、落ち込む気持ちはわかります。けれど、シャルロッテ様を救うことを、他の誰でもないローゼマインが望んだのでしょう?」

母上の言う通り、ローゼマインが飛び出したのでなければ、私はシャルロッテ様を救うことを彼女の護衛騎士と騎士団に任せ、ローゼマインの守りに専念していただろう。薄情に見えても、自分の主を守ることが護衛騎士の仕事だ。私が頷くと、母上は漆黒《しっこく》の瞳を少し厳しく光らせた。

「ならば、シャルロッテ様が助けられたことを負い目に思うような言動は慎みなさい。貴方以上に反省すべきなのは、黒ずくめに対応仕切れずに主の危機を救えなかったシャルロッテ様の護衛騎士なのですから」

母上の言葉は騎士団長の第一夫人らしいキッパリとした言葉だった。だが、現場を知らないから言える言葉だ。敵の人数や強襲を受けた状況を思い返すと、シャルロッテ様の護衛騎士だけでの対応は難しかった。

私は訓練された黒ずくめの動きを思い出しながら、頭の中でゲヴィンネンの駒を動かす。仮に、シャルロッテ様を襲った黒ずくめ三人が私達を襲っていれば、アンゲリカと私が一人ずつ相手にしたとしても、もう一人はローゼマインのところへたどり着いたはずだ。

……ローゼマインは騎獣に乗っていたから、シャルロッテ様のように抱えられてさらわれることはなかっただろうけれど。

「母上の言葉は決して間違いではありませんが、あの現場にいた私にとっては完全に正解でもありません。決してシャルロッテ様の護衛騎士が手を抜いていたわけではなかったのです」

「そのように冷静に考えられるならば、過ぎたことを後悔するより、これから先のことを考えなさい、コルネリウス。ローゼマインは時間がかかっても目覚めると、命が失われることはないと、フェルディナンド様が請け負ってくださったのですから大丈夫ですよ」

お茶を飲みながら悠然《ゆうぜん》とした様子でそう言った母上にムッとして、私は給仕された朝食のベーコンをやや乱暴にフォークで突き刺した。

「ローゼマインについてフェルディナンド様は詳しく説明しなかったではありませんか。そのように素直に信じるなど、母上らしくありませんね」

エックハルト兄上と母上はフェルディナンド様を信用しすぎだと思う。私が不満を口にすると、母上は「あら」と口元を押さえてクスと笑った。

「フェルディナンド様は言質を取られないように何事も曖昧《あいまい》にしておく方ですよ。その方がローゼマインの命は助かったと明言されたのです。お任せしておけば問題ありません」

お言葉を濁したのですから、いつまでかかるのかわかりませんけれど……と母上が静かに付け足して、そっと息を吐いた。

「ボニファティウス様は神殿で治療を行うことに怒っていらっしゃいましたが、わたくしはフェルディナンド様の判断を評価します」

「何故ですか？　容態が安定したならば、もっと守りの強化できる場所へローゼマインの身柄を移した方が良いのでは？　神殿は灰色神官が多く、守りが薄いと思われます」

ローゼマインの護衛騎士で神殿へ入れるのはダームエルとブリギッテだけだ。フェルディナンド様の護衛騎士で神殿への立ち入りを許されているのはエックハルト兄上だけだと聞いている。たったそれだけの人数しかいないのに、再び襲撃を受けたらどうするつもりなのか。

「あそこは貴族が立ち入らない場所です。ローゼマインとフェルディナンド様の側近以外の貴族の出入りを禁じれば、見舞いと称してローゼマインを害しようと考える者の出入りも容易にはできなくなるでしょう？」

母上がエックハルト兄上から聞いた情報によると、神殿にはフェルディナンド様の隠し部屋もあるので、下手にローゼマインを移動させる方が危険らしい。冷静な母上の指摘が、昨晩悩みに悩んで寝不足の私には何だか面白くなかった。

「ローゼマインが襲われたというのに、母上はずいぶんと落ち着いているのですね」

「落ち着いてはいませんよ。ライゼガングの希望の光と言われていたローゼマインが命の危機に陥ったのです。あの方達を抑えなければならないことを考えると、今から頭が痛い思いです」

ローゼマインはヴェローニカ様に押さえつけられていたライゼガング系貴族から出た領主の養女だ。一族から絶大な期待がかけられている。今まではローゼマインが虚弱な上に、神殿育ちで貴族社会に慣れていないため、貴族との面会を最小限に絞っていた。

だが、少し社交に慣れてきたこの冬は、社交の練習として親戚のギーベ達と面会を行い、製紙業や印刷業を広げていく話をする予定だったそうだ。新しい産業への関わり、ライゼガング系貴族の結束、旧ヴェローニカ派に対する優位性……。色々な意味で親族の貴族達の希望が潰《つい》えたのである。

私は激昂《げきこう》しそうな親族の顔ぶれを思い浮かべた。

「それは……後始末が大変そうですね」

「何を他人事のような顔をしているのです、コルネリウス？　子供部屋や貴族院で彼等の子供達から貴方にも接触があるはずです。秘匿《ひとく》すべき情報と、拡散すべき情報を予《あらかじ》めアウブやカルステッド様と摺《す》り合わせておくようになさい」

そう言われた瞬間、問い詰めてきそうなライゼガング系貴族の子供達の顔がいくつか浮かんだ。去年の子供部屋の様子からローゼマインに注目が集まっていたことは知っている。

「このような状況で騎士団長が城を離れられるとは思えません。カルステッド様はしばらく騎士寮で過ごすことになるでしょう。情報の摺り合わせのために騎士団へ顔を出すならば、次のギーベ・ジョイソタークの候補について質問してくれるかしら？　ジョイソタークはゲルラッハと隣接しているので、今後の社交にとても重要でしょう？」

「母上、さすがに騎士団へ顔を出しても、このような事態で父上と個人的な話をする時間が与えられるとは思えません」

護衛騎士見習いとして一年以上過ごせば、騎士団長の仕事振りも見えるようになる。領地内の貴族が全て集う冬の社交界の始まりと同時に、領地内の貴族から領主一族が襲われたのだ。とても個人的な面会が叶う状況だとは思えない。

「できれば、で構いませんよ。情報を得るための伝手は多い方が良いですからね。……ひとまず今日はエックハルトとランプレヒトに夕食は家へ帰ってくるように言いましょう」

……やっぱり母上は冷静じゃないか。

領主一族周辺の情報を得るために誰から話を聞くのが適当か思案している母上を見て、私はまだまだ貴族としても、護衛騎士としても未熟だと感じずにはいられなかった。

コルネリウス視点

妹を守るために

Kazuki Miya's commentary

第三部Ⅴの特典ＳＳ

コルネリウス視点。

ローゼマインを守れなかった護衛騎士達の会話。

そして、貴族院での親族達との様子を少し。

ちょこっと Memo

ローゼマインからは見えないコルネリウスの交友関係も書きたいと思っていました。後の側近達が出ています。

私の希望でちょっと幼い側近達のイラストを入れてもらいました。

皆、可愛いです。

「……ひどい顔だな、コルネリウス。眠れなかったのか？」

ジョイソターク子爵による騒動が起こった翌日、城にある騎士団の部屋へ到着すると、ダームエルが私の顔を覗き込んで心配そうに声をかけてきた。何と答えたら良いのか、と考えながら私が見上げれば、ダームエルも顔色が悪い。どうやら眠れなかったのはお互い様らしい。自責の念に駆られる夜を過ごしたのは自分だけではなかったとわかって、私は少し胸が軽くなった。

「シャルロッテ様を救出するのではなく、私がローゼマイン様に付いていたらあのような目に遭わせず、守れたのではないか。……昨夜は寝台でずっとそんなことを考えていた」

「コルネリウス、それは……」

「わかっている、ブリギッテ。あそこで私が救わなければ、シャルロッテ様もアンゲリカも無事に済まなかった。私ではなく、シャルロッテ様の護衛騎士の落ち度だ、と朝食の席で母上に指摘されてから少しは気が楽になったが、それでも、ローゼマインを危険にさらさないように何かできたのではないかと未だに考えてしまう」

二人を救ったことが間違いだとは思いたくない。だが、私はローゼマインの護衛騎士なのだから、最優先にすべきだったのは自分の主だったという思いは消えずに残っている。

「コルネリウスにとってローゼマイン様は大事な妹君ですから、尚更、後悔と自責の念が強いのでしょう。けれど、思い詰めすぎると体に毒ですし、周囲に余計な心配をかけることになりますよ」

ブリギッテが優しく慰《なぐさ》めるように私の肩を軽く叩いた。彼女が婚約を解消したことでイルクナーが窮地《きゅうち》に立たされた事情を私は母上から聞いている。思い詰めすぎて周囲に心配をかけたことがあったのだろう。

「わたくしには飛び出そうとするローゼマイン様をお止めするコルネリウスの声が聞こえました。護衛騎士が主を最優先に守るためには、主にもそれに合わせた行動が求められます。あの時点においてコルネリウスはローゼマイン様のお言葉に従い、最善の行動を取りました」

「本当にそうだろうか……」

「えぇ。ローゼマイン様はコルネリウスが救出に間に合った時、どのようにおっしゃいましたか？　わたくしが知る限り、ローゼマイン様はご自分よりも周囲を優先される方です。シャルロッテ様を放り出した方が悲しまれたでしょう」

ブリギッテの言葉に、シャルロッテ様を救うために飛び出した騎獣の姿、空中に放り出された二人を助けてほしいと願ったローゼマインの声、二人が助けられたことを喜ぶあまり「コルネリウス兄様」になっていた呼び方、ローゼマインの望みを叶えられたことを誇らしく思っていた自分自身が瞬時に思い浮かんだ。

……あぁ、そうだ。ローゼマインは救出を望んでいた。

「ブリギッテの言う通りです。コルネリウスが自分を責める必要はありません」

「アンゲリカ……」

「わたくしが強化しながら騎獣を扱うことができれば、ローゼマイン様が危険な目に遭うことはなかったでしょう」

少し目を伏せて哀しげにそう言ったアンゲリカもまた私と同じように自責の念に駆られていたの

だろう。もしかしたら私の言葉が彼女を更に追い詰めたかもしれない。何と慰めれば良いのか一瞬悩んだが、顔を上げたアンゲリカは私と違って全てを吹っ切ったような顔をしていた。

「最初からできないことを嘆いても仕方がないし、いつかできるように努力すれば良いのですよ。ボニファティウス様がそうおっしゃいました。わたくしは強くなるためにボニファティウス様の弟子となったので、次は必ずローゼマイン様を守ります」

おじい様に弟子入りなど何を考えているのかと思っていたが、彼女なりの考えがあったらしい。一晩中悩んで、碌な答えが出なかった私よりよほど前向きで建設的だ。

「護衛騎士として己を鍛え、ローゼマインを守るためにできることを増やすというのは良い考えだと思う。私も見習わなければならないな」

妹を守るためにはもっと力が必要だ。ローゼマインが目覚めた時に、私より強くなったアンゲリカに頼るようなことがあっては、兄としての沽券《こけん》に関わる。同じ失態を二度と犯すつもりはない。

「……コルネリウスも落ち着いたようですね」

ブリギッテがホッとしたように微笑んで、ダームエルに視線を向ける。

「ならば、リヒャルダのところへ行こうか。今日の予定を確認しなければならない」

「今日はゲルラッハ子爵の尋問があるはずだ。彼がローゼマイン様を襲った犯人だとわかれば良いのだが……」

ダームエルに頷き、私達は揃ってローゼマインの筆頭側仕えリヒャルダのところへ向かう。ゲルラッハ子爵が犯人だったら尋問の場で私が捕らえてやるのだと考えて、私はグッと拳を握った。

「本日の尋問への同席は認められていません」

「ちょっと待ってください、リヒャルダ。何故わたくし達が尋問の場に同席できないのですか⁉　ローゼマイン様の護衛騎士ですよ」

ブリギッテの抗議に私も大きく頷いた。ジョイソターク子爵の尋問には同席が許されたのだ。ゲルラッハ子爵の尋問に同席できない理由がわからない。

「ギーベ・ジョイソタークはシャルロッテ姫様を誘拐した現場で捕らえられたため、領主一族の護衛騎士は同席が許されました。けれど、ギーベ・ゲルラッハは尋問の途中に名前が出てきただけで、事件当時は騎士団によって大広間で存在が確認されています。犯人ではない可能性が高いので、領主一族の護衛騎士の同席は認められていません」

「リヒャルダ、ですが……」

食い下がろうとするブリギッテをリヒャルダが手を挙げて、押しとどめる。

「もう少しわかりやすく説明しましょう。若い貴方達が自分を抑えきれずにギーベ・ゲルラッハを頭から犯人と決めつけた言動をとった場合、余計な問題が起こるかもしれません」

ブリギッテに落ち着いたのかどうか尋ねられたくらいだ。今日の私は頭に血が上りやすい自覚がある。反論できずに私は唇を引き結んだ。

「では、我々の予定は？」

「子供部屋の運営のお手伝いをお願いします。朝食後にアウブやフェルディナンド坊ちゃまが北の離れにいらっしゃって、ヴィルフリート坊ちゃまとシャルロッテ姫様に、去年と同じように子供部屋の運営をするように命じていらっしゃいました」

お二人に命じられたことを、主の違う私達が手伝わなければならない理由がわからない。私が眉《み》間《けん》に力を入れると、リヒャルダは仕方がなさそうに微笑んで私を見た。

「子供部屋に入ること自体が初めてのシャルロッテ様や、去年は運営に目を向けていなかったヴィルフリート様だけでは荷が重いでしょう。それに、姫様が色々と子供部屋の運営方法を変えました。子供部屋に付けられている側仕え達も姫様のやり方に馴染んでいるとはいえません」

そのため、間近で見ていて、様々な準備や後始末を手伝っていたローゼマインの側近の力が必要らしい。私とアンゲリカは貴族院で大半を過ごしていたので、大して役に立たないだろうが。

「子供部屋の運営は姫様がとても気にかけていらっしゃったようで、お手紙が届けられました。眠っている期間も恙《つつが》なく進めることが姫様のお望みだそうです」

「かしこまりました。私達に命じる主がいなくても、主の望みが書かれた手紙があるならば、これは任務です。やりましょう」


子供部屋に行き、シャルロッテ様からローゼマインの手紙を見せてもらった。いくつかの指示や子供部屋でやりたいことがつらつらと書かれている。ローゼマインがいなくなった穴を埋めるために頑張ろうと決意しているヴィルフリート様やシャルロッテ様を見ていると、自分もできるだけのことをしなければならないと自然に思えた。

……ローゼマインの護衛騎士として、せめて、ローゼマインが進めた子供部屋の改革を逆戻りさせないようにしなければ。

だが、そう決意したところで、私とアンゲリカは冬のほとんどを貴族院で過ごすことになる。子供部屋の運営にはあまり役に立たないだろう。私はそう思っていたが、貴族院の学生に他領の情報を集めること、講義内容をまとめた参考書の作製を行うことを頼む文面があった。

私達は貴族院での活動を担当することになったのだが、アンゲリカはさりげなく、しかし、確実に少しずつ会話の輪から外れようとしている。できるだけ気配を殺す騎士として優秀な技能をこんなところで使わないでほしい。

……情報収集に関してはアンゲリカに期待してはダメだな。

頭を使うことを期待する方が間違っている。「アンゲリカの成績を上げ隊」で苦労した私は早々にアンゲリカとの協力を諦め、ヴィルフリート様やシャルロッテ様の未成年側近と協力することにした。

「わたくし達が最終的に主へ報告するのは構いませんが、情報収集は本来騎士ではなく、文官の領域でしょう？　文官コースの者達に声をかけた方が良いのではありませんか？」

「エルネスタの言い分は正しいと思うが、幅広い情報を得るのであれば、文官見習いに限らず、全員で情報収集に当たる方が良いと思う」

「そうだな。有益な情報に報酬《ほうしゅう》が付くのであれば、文官以外も協力を申し出る者はいるだろう」

私達がそんなことを話している間、シャルロッテ様は子供部屋の者達から初対面の挨拶を受けていた。長い列を見れば、しばらく時間はかかりそうだ。成人済みの側近達は先生や楽師達と様々な打ち合わせをしている。運営準備などの手助けはリヒャルダとオティーリエが、絵本の準備など神殿との連携はダームエルとブリギッテが中心になって行うことに決まったらしい。

そんな中、ヴィルフリート様は昨夜の出来事を公開が許されている範囲で子供達に説明していた。騎士団によって大広間が封鎖《ふうさ》された後、貴族達は様々な確認をして速《すみ》やかに帰宅するように命じられた。そのため、彼等は襲撃を受けたということ以外に全く状況を知らされていないようだ。

「そして、ボニファティウス様はコルネリウスとアンゲリカを連れて犯人を捕らえた。なんとシャルロッテをさらった黒ずくめはジョイソターク子爵だったのだ」

「えぇっ!?」

興奮しながら話を聞いている子供達を私は見回した。ジョイソターク子爵が実行犯として捕まり、自白したのだ。すでに一族も連座で捕らえられているのだろう。去年はこの場にいた彼の子供達の姿はない。

「シャルロッテ様を救い出したのはアンゲリカ様とコルネリウス様ですか。私も騎士の活躍をぜひこの目で見てみたかったな」

「わたくしも騎士となってそのように活躍をしてみたいです」

「あら、ユーディット様は騎士志望なのですか？」

「はい！　アンゲリカ様のような騎士になって、キルンベルガの国境門を守ります。リーゼレータ様はアンゲリカ様の妹でしょう？　やはり騎士を目指すのですか？」

「わたくしの一族は側仕えを多く輩出《はいしゅつ》する家柄です。わたくしは側仕えになり、お姉様と一緒にローゼマイン様にお仕えできれば……と思っています」

「素敵ですね」

騎士の活躍話に熱狂する子供達の中で、私が注目したのは今まさに尋問を受けているゲルラッハ子爵の息子だった。だが、彼はヴィルフリート様の話に聞き入り、犯人が捕らえられたことに安堵の表情を浮かべ、ヴィルトル子爵の息子と騎士の強さについて話し合っている。周囲の子供達と変わった様子は見られない。ゲルラッハ子爵は事件に全く関与していないのか、息子には何も知らされていないのか、彼の様子だけではわからなかった。

「何を難しい顔をしているのだ、コルネリウス？」

「ハルトムート……」

「貴族院で情報収集をするならば、私を頼れば良いではないか。水くさい」

母親同士の仲が良く、貴族院で同学年であるためハルトムートは一番交流が多い友人だ。朱色の髪に橙《だいだい》の明るい瞳なので、第一印象は何となく赤くて目立つ。いつもにこやかな笑顔を浮かべていて、腹の内を読ませない貴族らしい少年だ。少々面倒くさがりというか、何事にも冷めた顔をしてあまり興味を見せない彼が、貴族院での情報収集に自分から首を突っ込んでくるとは珍しい。

私が少しばかり驚きながらハルトムートを見れば、彼の背後にライゼガング系貴族のブリュンヒルデとレオノーレがいた。少し離れた場所にも同じようにこちらを見ている貴族の顔がちらほら見える。どうやらローゼマインの詳しい情報を得るために活動し始めたらしい。

「今はまだ側近だけで話を詰めているから、其方に頼むのは後でいいか？」

「あぁ、昼食はエルヴィーラ様から招待を受けているからちょうどいいな」

……それは聞いていないぞ。

朝食の席で母上は「この冬は大変」と言っていたが、「今日の昼食時に来客がある」とは言わなかった。どうやら自分の知らないところで色々と動いているようだ。貴族院へ行ってしまうと、親に相談したくても連絡が簡単には取れなくなる。親族がどのように動くのか、貴族院へ向かう前に知っておく必要があるだろう。

「コルネリウス、昼食時に話をするので構わないか？　ここで話をするよりゆっくりできる」

「あぁ、構わない」

私が了承《りょうしょう》すると、ハルトムートはブリュンヒルデやレオノーレを伴って距離を取る。その後、何人かで話し込んでいる様子を見る限りでは、質問事項の摺り合わせをしているように見えた。

……面倒なことになりそうだ。

四の鐘が鳴った。昼食は四の鐘から五の鐘の間に摂ることになる。普段よりずっと長めに時間が取られているのは、自宅へ戻って昼食を摂る者がほとんどだからだ。私は給仕をしなければならない側仕えではないので、護衛任務がない時は城で食べることも、家へ帰ることも可能である。

城から騎獣で帰宅する。今日はオティーリエとハルトムートが一緒だ。

「ごめんなさいね、コルネリウス。突然の昼食会で驚いたでしょう？」

「驚きましたよ、本当に」

「ローゼマイン様が襲われ、すぐには目覚めないことがわかった以上、親族達が動き出す前にエルヴィーラ様と早急に話し合う必要があったのです。……けれど」

そう言ってオティーリエはハルトムートへ視線を向けた。困った息子を見る表情に、ハルトムートが無理を言ってついてきたことを知った。

「貴族院ではライゼガング系貴族から追及が厳しくなる。打ち合わせは必須だろう？」

オティーリエの視線を意にも介さず、ハルトムートはニコリと笑った。

「……其方に私を助ける気があるのか？」

「ふむ。私が気になっているのは貴族院で情報収集を行うことだが、気が乗れば多少は助けても構わない」

助けてくれる気が全くしない回答を得た時、家に到着した。母上が苦笑気味の笑顔で「結局、コルネリウスはハルトムートに押し切られたのですね」と出迎えてくれる。

「本日の昼食は決定事項だったのでは……？」

「いいえ。わたくしはオティーリエとゆっくり話をしたいので、ハルトムートの話し相手としてコルネリウスが帰宅するのであれば、と条件を付けたのです。もう少し周囲をよく見て、情報を得てから回答しなければなりませんよ、コルネリウス」

貴族としての甘さを指摘され、私はひくっと頬を引きつらせながら昼食の席に着いた。

側仕え達が給仕に動く昼食の席では公開しても良い情報が交わされる。ローゼマインがユレーヴエで一年以上眠ることについてオティーリエが報告すると、母上が額に手を当てて軽く頭を振った。

「尋問の場でフェルディナンド様は、命は助かったとおっしゃいましたが、目覚めるまでに一年以上ですか……」

ローゼマインの治療にかかる時間はあまりにも長い。城で最初に聞いた時は目の前が暗くなるのを感じた。普通、ユレーヴェを使う期間は長くても五日くらいだと聞いている。

「一年以上とは……。ローゼマインは一体どのような薬を使われたのですか？」

「同じ物を再び使用されることを懸念して、薬の種類は教えていただけませんでした。ただ、ローゼマイン様にとっては非常に危険な物だったようです。あと少し救出が遅れていたら、はるか高みに続く階段を上がっていたかもしれないとフェルディナンド様はおっしゃいました」

他の者にとっては命の危機に陥るような薬ではないけれど、元々虚弱なローゼマインには非常に相性が悪くて致死量だったそうだ。オティーリエの説明に、犯人への怒りがどんどんと積み重なっていく。苛立ちを増していく私と違って、母上は冷静だった。

「ライゼガングの希望の光と言われていたローゼマインが命の危機に陥ったのです。あの方達を抑えなければならないことを考えると、今から頭が痛い思いですね」

食事を口に運びながら悠然とした様子でそう言った母上に、私はムッとした。

「母上は少々冷静過ぎると思います。ローゼマインについてフェルディナンド様は詳しく説明しませんでした。疑《うたぐ》り深い母上らしくありませんね」

「あら、フェルディナンド様は言質を取られないように何事も曖昧にしておく方ですよ。その方がローゼマインの命は助かったとおっしゃったのです。お任せしておけば問題ありません」

……母上もエックハルト兄上もフェルディナンド様を信用しすぎだ。洗礼式でローゼマインをひどい目に遭わせた人だぞ！

「今まではローゼマインが虚弱な上に、神殿育ちで貴族社会に慣れていないため、貴族との面会を最小限に絞っていたでしょう？　この冬は社交の練習として親戚のギーベ達と面会を行い、イルクナーで成功した製紙業や印刷業を広げていく話をする予定だったのですよ」

母上と打ち合わせをしていたのか、オティーリエも少しばかり遠い目になった。

「正式な顔合わせを楽しみにしていた方々が多いですから、この冬は収拾《しゅうしゅう》が大変ですね」

ローゼマインはヴェローニカ様にずっと押さえつけられていたライゼガング系貴族から出た領主の養女だ。一族から絶大な期待がかけられている。ローゼマインが襲われてユレーヴェに浸かったことで、親族の貴族達の希望は潰えてしまった。領主一族との伝手を得るという意味でも、新たな産業を自分の土地に取り入れるという意味でも、将来的な後援を約束するという意味でも、ローゼマインが目覚めるまで停滞《ていたい》するのだ。

私は旧ヴェローニカ派を排除しようと息巻いていた親族の顔ぶれを思い浮かべ、母上が口にした「頭が痛い」という言葉に心の底から同意した。

……ひいおじい様あたりは絶望のあまりはるか高みへ向かうかもしれないな。

「ところで、オティーリエ。ジョイソタークの次期ギーベ候補は挙がっていますか？」

「一族が捕らえられたと伺いましたが、後釜《あとがま》に関してはまだ情報がありませんね。この冬の社交の中で選定を行い、決定すると思われます。……けれど、ジョイソタークは旧ヴェローニカ派が集まる地域ですから、周囲との関係を考えるとライゼガング派の貴族を付けるのも難しいと首脳陣が頭を悩ませているようです」

母親二人が情報を交わす内に食事は終わった。二人はもっと込み入った話をするために、場所を移して盗聴防止の魔術具を使うらしい。「コルネリウスのお部屋で五の鐘まで仲良く過ごしなさい」と私はハルトムートと一緒に追い出される。

……仲良くと言われても、仲良くできるような相手か？

何か企《たくら》んでいそうな笑顔のハルトムートに顔をしかめつつ、私は自室へ向かった。

部屋に入った途端、ハルトムートはニコリと笑って盗聴防止の魔術具を差し出した。昔から飄々《ひょうひょう》としているというか、周囲を馬鹿にしたような目で見ていることがあるハルトムートが大人に内緒の話をする時は碌でもない相談が多い。私が盗聴防止の魔術具と彼の顔を交互に睨んでいると、ハルトムートがおどけたように両方の眉を上げる。

「ローゼマイン様に関する話だが、魔術具なしが好みかい？」

私が仕方なく盗聴防止の魔術具を手に取ると、ハルトムートはとてもにこやかな笑顔になって窓辺に向かって歩き出した。窓からどこかを見た後、くるりと振り返る。ハルトムートの橙の瞳が糾《きゅう》弾《だん》するような鋭さで私を見た。

「コルネリウスとアンゲリカはシャルロッテ様を救出するより、ローゼマイン様に付いているべきだっただろう？　護衛騎士としては失格ではないのか？」

　同じ内容を朝に言われたら、私は言葉に詰まっただろう。自分の無力感に押し潰されながらハルトムートの意見を肯定《こうてい》しただろう。だが、すでにその部分については心の整理がついている。

「シャルロッテ様を救うことがローゼマインの望みだったし、シャルロッテ様を助けられたことに大喜びしていた。アンゲリカも私も主の願いに従って、あの時点での最善を尽くしたのだ。私はもう自分達を護衛騎士失格だとは思っていない。……おそらくローゼマインを知らぬ者には理解できないだろうが……」

　私がそう言うと、ハルトムートがものすごく不愉快そうな顔をした。いきなり「護衛騎士として失格では？」などと失礼極まりないことを口にしたくせに、何故私よりもハルトムートの方が不愉快そうな顔をしているのだろうか。

「コルネリウス、ローゼマイン様がシャルロッテ様を救いたがったのかい？」

「あぁ、そうだ。私の制止を振り切り、騎獣にアンゲリカを乗せて飛び出していった。ローゼマインが自分の立場を弁《わきま》えている領主一族だったら、私はたとえ騎士団の救出が間に合わずにシャルロッテ様が失われたとしても、ローゼマインだけを守ることに注力していたと思う」

　護衛騎士の仕事は自分の主を最優先で守ることだ。他の領主一族にもそれぞれの護衛騎士がいる。私達の仕事はシャルロッテ様を救うことではなかった。だが、主が望めば全力を尽くす。

「……ローゼマイン様とシャルロッテ様は洗礼式前から交流があったのかい？」

「いや、秋の終わり、北の離れの自室を整えている時に初対面の挨拶を交わしていた」

「それだけの交流しかないのに、危険を顧《かえり》みず救助に向かった、と？」

ハルトムートが不可解そうな顔で椅子へ移動し、座って足を組んだ。私が椅子を勧めることさえしていなかったことも悪いが、ハルトムートにはもう少し客らしい振る舞いをしてほしいものである。

「ローゼマインが神殿育ちだからだろう。領主の養女として恥ずかしくない仕草や立ち居振る舞いを身につけ、本を読んで知識を得ていても、根本的なところで少々貴族らしさに欠けている部分がある。オティーリエから話を聞いていないか？」

私が向かいの椅子に座りながらそう言うと、ハルトムートはゆっくりと首を横に振った。

「城における日常の部分では全く問題ない。神殿育ちと思わせる部分が見当たらないと……。だが、咄嗟の時には神殿育ちの部分がそのような形で現れるのか」

どのような教育が必要なのか、とハルトムートが何やら考え込み始めた。自分の中で結論が出るまでこのままの状態が続くことは知っている。私は立ち上がって木札とペンを手に取ると、貴族院における情報収集について午前中に決まったことを書き込んでいく。

「コルネリウス、其方は実の兄であり、側近であるにもかかわらず、ローゼマイン様をアウブにするための気概《きがい》が足りないのではないか？」

「は？」

思索から戻ってきたかと思えば、唐突に一体何を言い出すのか。目が点になった私に構わず、ハルトムートはローゼマインをアウブにする筋道について持論を展開し始めた。

「ヴェローニカ様に育てられ、次期領主と目されていたヴィルフリート様は、時の女神ドレッファングーアの祝福を受けていると言わざるを得ない時期に汚点が付いて次期領主の座を下された。ローゼマイン様の魔力量、新しい産業から得られる利益、いくつもの流行を考えても、一つ学年が下で同性のシャルロッテ様では相手にもならぬ。今こそローゼマイン様を次期領主として盛り立て……」

盗聴防止の魔術具が必要なはずだ。とても側仕え達には聞かせられない。もしかしたら、親族全員が同じように考えているのだろうか。想像しただけで頭が痛い。

「ハルトムート。残念だが、ローゼマインはアウブになるつもりがないよ。父上や母上もフロレンツィア様の御子を押しのけてアウブにするつもりはないと思う。フロレンツィア様との仲立ち以外では母親としての接触を極力控えているからね」

母上がでしゃばりすぎると、領主一族の間で無用な対立を生むことになる。ローゼマイン本人が望んでいるならばまだしも、洗礼式を終えてからも嬉々として神殿で過ごす娘を次期領主にしようとはジルヴェスター様も考えないだろう。

「だが、ライゼガングの姫である以上、後援する貴族の意見を全て無視することはできまい。一族の後援を受けたローゼマイン様がアウブになるのは時間の問題だ」

「……いや、そうでもないぞ。ライゼガング一族がいくら騒いだところでローゼマインは神殿に入るか、もしくは、他領へ嫁に出されるだろう。少なくとも、アウブがフロレンツィア様の御子以外を次期領主にすることは考えられない。我が家はフロレンツィア様を立てるつもりだからな」

フェルディナンド様がヴェローニカ派貴族の干渉《かんしょう》を厭って神殿に入ったように、次期領主になるつもりがないことを内外に示すためにローゼマインは今も神殿で過ごす時間を取っているのだと私は思っている。

「洗礼式を機にせっかく神殿から出てきた子供をまた神殿に入れるのか？」

ハルトムートが非常に嫌な顔をして私を見たが、私は神殿の様子を思い浮かべて苦笑した。

「ローゼマインにとって神殿は忌避《きひ》する場所ではないよ。私は父上と行ったことがあるけれど、話で聞いているほど嫌な場所ではなかったな」

おいしい物が色々と出てくるし、灰色神官や巫女の側仕え達もよく教育されていた。周囲に貴族が少ないせいか、ローゼマインが比較的伸び伸びしているようにも見えたものだ。

「……ふぅん。ならば、私もローゼマイン様が育った神殿へ行ってみたいものだ。洗礼式で大広間全体に広がるような規格外の魔力量が生まれる土壌《どじょう》が神殿にはあるのかもしれない」

「何を考えているのか知らないが、しばらくの間、神殿はフェルディナンド様とローゼマインの護衛騎士以外の貴族は立ち入り禁止だ」

見舞いと称する貴族の出入りが増えれば、犯人の関係者の出入りも容易になる。それを防ぐために、神殿へ立ち入っても良い貴族は制限された。青色神官の家族も、領主一族も、両親である父上や母上も、おじい様も禁止だ。

「いや、待て。私はローゼマイン様の側近になることを決意し、既に一年以上が経っている。この冬からお仕えする予定だったので、もう側近扱いでも良いのではないか？」

……は？　ローゼマインの側近になる？

ハルトムートは真面目な顔で何を言っているのだろうか。長年の付き合いだが、ハルトムートがこんなふうに支離滅裂《しりめつれつ》なことを言うところは見たことがない。

「その主張には全く論理性が見当たらないと思うが、仮に其方が側近扱いされたとしても未成年だから神殿へは行けないぞ。私やアンゲリカも禁じられている」

「それは厳しいな。ならば、どのようにしてローゼマイン様の役に立てばいいのか……」

真剣な眼差《まなざ》しで朱色の前髪を掻き上げながらハルトムートが考え込んでいるが、よくよく確認しておかなければならないだろう。

「ハルトムート、其方……。本気で側近としてローゼマインに仕えるつもりなのか？　オティーリエが側近になることに反対していたのに？」

「あの頃はローゼマイン様のことを全く知らなかったからな」

何を思い出したのか、機嫌の良さそうな顔でハルトムートがフッと笑った。上級貴族の文官見習いである彼を側近にすれば、貴族院はもちろん、女性と違って結婚で離職することもないので、これから先ずっとローゼマインに深く関わってくる。私は思わず顔をしかめた。

「其方はランプレヒト兄上からヴィルフリート様の側近に誘われていたではないか。あちらにしておけ」

「私は夏の眷属だから春の眷属にはなれない、とすでに断った。……それにしても、コルネリウス。其方はローゼマイン様がご自分で側近を選ぶ頃には護衛騎士を辞めると言っていただろう？　いくら実の妹のこととはいえ、少々口出しが過ぎるのではないか？　アウブの件もローゼマイン様の意思とは思えない」

ハルトムートに睨まれたところで、引けるわけがない。私はローゼマインを二度と危険な目に遭わせないように守ると決めたのだ。襲撃犯以外の危険に気付いた今、護衛騎士を辞められようか。

「其方のような者が側近入りを狙っているのに、辞められるわけがないだろう？　ローゼマインは私の妹だ。私が守る。其方こそ、ローゼマインに選ばれなかった時のことを考えておいた方が良いのではないか？」

「ローゼマイン様の兄という割には成績も、騎士としての強さも今ひとつの其方が何を言うか……」

にこやかに作り上げた笑顔で罵《ののし》り合った結果、私は危険人物をローゼマインに二度と近寄らせないように強くなることを改めて決意した。それから、今までのように「上級貴族としての及第点《きゅうだいてん》」ではなく、ハルトムートを黙らせる成績を取らなければならない。幸いにも、アンゲリカの成績を上げるために一緒に勉強しているので、今年の講義は楽勝だ。

……見ていろ、ハルトムートめ。


ローゼマインをあらゆる危険から守るため、私の挑戦は始まった。

ヒルシュール視点

特別措置の申請

Kazuki Miya's commentary

第四部Ⅰの特典SS
第三部Ⅴから第四部Ⅰの初めにかけて。
ヒルシュール視点。
貴族院へ特別措置の申請がされた様子。
ヒルシュールとエーレンフェスト、
ヒルシュールとフェルディナンドの関係。

ちょこっとMemo

ローゼマインの長期の静養が領地外からはどのように見られていたのか。寮にいない寮監の事情についても少し書いてみました。寮生であるローゼマインから見たヒルシュールとはまた少し違った一面が見られると思います。

調合に必要な魔法陣を描くために、まず、わたくしは下書きの木札と白い紙を準備しました。下書き用の木札は何度も描き直したので、あちらこちらが削られて表面はボコボコしています。その魔法陣に問題はないか、と最後の確認をした後でわたくしは木札と紙の位置を調節しました。頭の中に魔法陣の形は入っていますが、気休めとわたくしの調合の手順として必要なのです。

紙を押さえる左手の親指と人差し指を広げて、これから描く円の大きさを決めました。美しく歪《ゆが》みのない線で魔法陣を描くことは成否に関わります。その範囲を睨むように見つめながらシュタープを変化させたペンを構え、わたくしはゆっくりと息を吸い込みました。

ペン先の動きに全神経を集中させて一気に、しかし、丁寧にいくつもの大小の円を描きます。

「……ふぅ、今日はいい流れが来ていますね」

集中できていたようで、迷いなくペンが動きました。体調が良いからでしょう。魔力の流れも良く、描かれた線の太さが均等で、自分の予想以上に美しい形になりました。わたくしは満足感に浸りながら一度ペンを置きます。描きかけの魔法陣を見つめたまま、集中が切れないくらい短い時間ですが、手を振ったり肩を回したりして体を解しました。

再びペンを手に取ると、次は記号を書き込んでいきます。パサパサとオルドナンツが翼を動かす音がしました。今、自分の腕に降り立たれると困ります。わたくしは一つ記号を書き終わると、手早く左手で机を叩いて降り立つ場所を指示し、再び記号を書き始めました。

「エーレンフェスト寮です。ヒルシュール先生、寮の解錠をお願いします」

寮の転移の間に交代で詰めている騎士から送られてきたオルドナンツでした。わたくしは記号を書き続けながら、「後で伺いますから、しばらくお待ちくださいませ」と口だけで返事をします。今は手が離せないので、オルドナンツを返すのは後回しです。

……あぁ、いつの間にか領主会議が近付いていたのですね。

どうやらエーレンフェストから城の側仕え達がやってきて寮を整え始める領主会議の準備期間に入ったようです。今年はわたくしが受け持たなければならない補講の学生がいないため、全く季節の移り変わりを意識していませんでしたが、今は春の終わりが近付いています。

……アンゲリカの補講に煩《わずら》わされた春に比べると、学生がほとんどおらず研究に没頭できる今はなんて素晴らしい環境でしょう。

「エーレンフェスト寮です。ヒルシュール先生、どちらにいらっしゃいますか？　寮の解錠をお願いします」

しばらくすると、再びオルドナンツが飛んできました。どちらも何も、わたくしがいるのは文官棟の研究室だと知っているはずです。オルドナンツの返事がない時は調合中で手が離せない時だと言ってあるにもかかわらず、何を言っているのでしょうか。

「まったく……。エーレンフェストは転移の間に詰める騎士の教育がなっていないのではありませんか？」

オルドナンツの返事は後回しにして口だけで文句を言いながら、わたくしは魔法陣を描き続けました。寮やお茶会室の解錠と施錠は寮監《りょうかん》の仕事ですが、今すぐに解錠をしなくても下働きを入れて厨《ちゅう》房《ぼう》を整えさせたり、側仕え達が領主夫妻の部屋を掃除したりすることはできるでしょう。今日はせっかく魔力の状態が良いのですから、このまま魔法陣を描き終えて調合まで済ませてしまいたいものです。

「……ふぅ」

我ながらよく描けた魔法陣を見て満足の息を吐いていると、またもやオルドナンツが飛んできました。

「ノルベルトです。ヒルシュール、いい加減に寮とお茶会室の解錠をお願いします」

とうとう転移の間に詰めている騎士ではなく、エーレンフェストからやって来た筆頭側仕えのノルベルトのオルドナンツが来てしまいました。非常に怒っている姿が容易に想像できます。

……やっと魔法陣が仕上がったので、これから調合に取りかかるつもりだったのですが、これ以上怒らせると厄介なことになりそうですね。

「気が重くて面倒ですけれど、最低限こなさなければならない寮監の仕事ですから仕方がないのかしら。……ハァ」

未練がましく仕上がった魔法陣を見ながら渋々立ち上がると、わたくしは研究室内の隠し部屋に保管してある鍵束を手に取りました。

……中央棟に繋がる扉とお茶会室の鍵を開けるだけなのですけれど……。

ノルベルトと顔を合わせると長いお小言が始まるので、わたくしは解錠だけしたらすぐに研究室へ戻るつもりでエーレンフェスト寮に繋がる扉の鍵を開けます。鍵を差し込んで魔力を流し、解錠した瞬間、寮側から扉が開きました。

「ヒルシュール、オルドナンツの返事はどうしたのですか？」

ニコリとした笑顔を貼り付けていますが、全く笑っていないノルベルトがそこにいました。領主の筆頭側仕えに相応しいビシッと整ったお仕着せで、こげ茶より白い方が多くなってきた頭髪を整髪料でピタリと撫《な》でつけています。まさか扉の前で待ち構えているとは思いませんでした。内心の動揺をなるべく顔に出さないようにしながら、わたくしも何とか笑顔を貼り付けます。

「あら、叔父様。ごきげんよう。わたくし、お茶会室の鍵も開けてまいりますね」

さりげなく扉を閉めて移動しようとしましたが、「待ちなさい、ヒルシュール」と呼び止められてしまいました。

「今年も元気そうで何よりですが、その恰好は何とかならないものですか？　貴族院教師として、それ以前に、貴族女性として……」

……こうなることがわかっていたから顔を合わせたくなかったのですよ。

本気で顔を合わせたくないならば、最初に騎士からオルドナンツが送られてきた時に動いておけば良いと心の中の自分に指摘されましたが、その指摘は聞かなかったことにしておきます。

「あら、嫌だ。研究途中にオルドナンツで呼び出したのはどなたでしょう？　急いで開ける必要があると思ったから、わたくしは研究を中断してわざわざこちらへ来たのですよ。戻ったら続きに取りかかりますし、誰かと面会予定があるわけでもないのですから、わたくしの恰好など構わないではありませんか」

わたくしは戻ったら調合の続きに取りかかるので、着替える時間が惜しいのです。わたくしの主張にノルベルトは少しだけ眉を動かしました。一緒に紫の目が少し動いて、わたくしを睨んでいます。

「寮の騎士が最初に送ったオルドナンツから一体どれだけの時間が経ったと思っているのですか？身なりを整える時間はいくらでもあったはずです……。違いますか？」

「残念ながら、調合にキリを付ける時間しかございませんでした。身なりを整える時間が必要ならばオルドナンツによる急な呼び出しでなく、正式に面会予約をお願いします。そうすれば、ご希望に添うこともできましてよ」

いくらわたくしが研究に没頭していても、三日から四日もあれば都合をつけることはできます。面会予定の入った日は側仕えが研究をさせてくれませんから。

「この恰好が気に入らないのであれば、叔父様がこれ以上わたくしの姿を見なくて済むように施錠して一旦研究に戻るので、正式な面会予約を出してくださいませ。領主夫妻が到着する頃には解錠できると存じます」

畳みかけるように言葉を重ね、小言を遮《さえぎ》るように扉を閉めようとしたところでノルベルトが呆れ顔で扉を押さえました。

「鍵は開けていきなさい。……ヒルシュール、本来ならば寮監は寮で生活をするものです。そろそろ思い出してもいいのではありませんか？」

領主会議中にヴェローニカ様が寮でわたくしと顔を合わせるとご機嫌を損ねるという理由で「領

主会議の間は研究室で過ごしてほしい」と言われたことが、そもそもわたくしが研究室に居住空間を作る発端でした。親族だからという理由であっても、わたくしに寮から出ているように伝言してきたノルベルトに「寮で生活しろ」とは言われたくありません。わたくしは首を傾げてニコリと微笑みました。

「ごめんなさいね、叔父様。わたくし、あまりにも長いこと寮で生活をしていないので、寮生活の仕方を忘れてしまったみたいです」

「……次の冬にはジルヴェスター様の御子様が入学されます。寮監には寮にいてほしいと思います」

「ジルヴェスター様の御子様……?」

確かジルヴェスター様の最初の御子様はあのヴェローニカ様に育てられることになった次期領主のはずです。思わず頬が引きつりました。ジルヴェスター様が在学していた時と同じような厄介事の予感しかしません。

「アウブ・エーレンフェストから直々に命じられることがない限り、いくら叔父様のお願いでもお断りいたします。わたくし、お茶会室の鍵を開けてまいりますね」

スパッと断ると、わたくしはお茶会室の扉へ向かいました。「まだ話は終わっていません」という声が聞こえたような気がしましたが、気のせいだと思うことにします。

……本当に必要な用事ならばお茶会室に来るでしょうし……。

ゆっくりとした足取りでお茶会室の扉の前に移動します。エーレンフェストの番号は十四です。

……もしかすると、今年は一つ順位が上がるかもしれませんね。

わたくしは扉の番号を見ながらそう思いました。エーレンフェストの低学年の成績は先生達の噂になるほど上がっています。ノルベルトが言っていたように、領主候補生の入学が近付いていることで側近入りを目指して切磋琢磨《せっさたくま》している学生達が増えているのでしょう。

鍵を開け、ガチャリと扉を開けて間違いなく解錠できていることを確認しようとすると、そこには予想通りに先回りしていたノルベルトの顔がありました。

「では、領主会議が終わって片付けが終了した時に、また声をかけてくださいませ。施錠に参りますから」

「ヒルシュール、今回の領主会議の仕事はこれで終わりではありません。寮監に頼まなければならないことがあります」

わたくしが例年通りに背を向けようとした途端、呼び止められました。ノルベルトが出てくるくらいです。重要な用件かもしれませんが、エーレンフェストから任されている寮監の仕事はもう終わったはずです。

「……何でしょう？」

「領主候補生であるローゼマイン様の特別措置の申請をお願いします。アウブ・エーレンフェストからのお手紙と、手続きに必要だからとローゼマイン様の主治医が準備した資料です。こちらをお持ちくださいませ」

……領主候補生のローゼマイン様？　噂の聖女のことかしら？

数年前から「エーレンフェストの聖女が洗礼式を終えたとハルトムートが何やら語っているが

……」「神々に愛された聖女が誕生したそうだが、エーレンフェストでは何が起こっているのか？」

と面白がっている先生方に噂の真偽を問われることがありました。聖女に関しては馬鹿馬鹿しくて本気で受け取っている者はいませんが、カルステッド様とエルヴィーラ様のお嬢様で、コルネリウスの実妹が領主の養女となったことは事実のようです。

……とてもヴェローニカ様が許すとは思えませんが、よくそのような難しい立場の子供を養女にしたものですね。……ジルヴェスター様が御自分の立場を守るための新たな生贄《いけにえ》かしら？

意地の悪い見方をしているのはわかっていますが、どうしてもジルヴェスター様を好意的に見ることはできません。フェルディナンド様が期待していたように、わたくしもジルヴェスター様に代替わりすればヴェローニカ様の横暴《おうぼう》を抑えてくれるのではないか、少しはエーレンフェストを変えてくれるのではないか、と期待していたのです。全く何の変化もありませんでしたけれど。

ノルベルトに渡された木箱を抱え、わたくしは研究室に戻りました。特別措置の申請は、理由があって貴族院に十歳の冬に入学できない者や十五の冬に卒業できない者のために行われます。政変の後の貴族不足を補うために、神殿へ入っていた大勢の青色神官見習いや巫女見習い達が還俗《げんぞく》した時期によく使われていました。今は神殿出身者に対する措置期間は終了しています。領主候補生が特別措置の申請など、一体何があったのでしょうか。

……冬の社交界のために領地内の貴族が全て集まった城で、領主候補生が自領の貴族に襲われてユレーヴェに浸かり、早一年半ですって？

アウブ・エーレンフェストからの手紙を読んで、眩暈がするような心地になりました。城で領主一族が自領の貴族に襲われるなど、エーレンフェストは一体どれほど荒れているのでしょうか。

……もしかしたら、やっとジルヴェスター様が領主としての自覚を持ったことで、ヴェローニカ様との対立が深刻化してきたのかしら？

そう考えたところで頭を軽く振りました。希望による無駄な期待は止《よ》しましょう。後で更に落胆することになります。

……それにしても、一年半は長過ぎではありませんか？

ユレーヴェに浸かっていれば、普通は三日から十日ほどで目覚めるはずです。一年半でも目覚めないというのはあまりにも長すぎます。

「……あぁ。ローゼマイン様はまだ御自身のユレーヴェがないのですね」

長期化した理由に気が付きました。貴族院入学前の子供です。自分のユレーヴェを持っているはずがありません。両親どちらか、もしくは、結婚していない同腹の兄姉がいるならば彼等のユレーヴェを使うことになったため、薬が完全には彼女に合わないのでしょう。

事情を説明するジルヴェスター様の手紙だけではなく、第一夫人であるフロレンツィア様の手紙も入っていました。

「ローゼマインはわたくしの子供達を救ってくれた大事な子なのです。神殿出身者に対する特別措置の期間が終了してからそれほど日数が経っていないので、新たに特別措置を適用していただくためには少々面倒が多いでしょう。ヒルシュール先生にはお手数ですが、あの子の貴族としての将来が潰されないように御力添えをお願いします」

領主の実子であるシャルロッテ様がさらわれ、それを助けるために飛び出したローゼマイン様が深手を負ったようです。相変わらずエーレンフェストは第一夫人の子を最優先にするように、と傍《ぼう》系《けい》や養子には言い聞かせているのでしょう。

……まったく腹立たしいこと。ですが、特別措置の申請はわたくしが必ず通しましょう。

「ところで、本当に資料は揃っているのかしら？」

何かにつけ穴の多かったジルヴェスター様が揃えた資料です。必要な部分が抜けていても何の不思議もありません。わたくしは疑いの目で木箱を見下ろし、資料を取り出しました。木札に細かい字で書かれたローゼマイン様の症状に目を通していきます。

「……これはフェルディナンド様の字ではありませんか？　あの方がローゼマイン様の主治医の真似事を？」

主治医としてであっても、神殿ではなく城で仕事ができるようになっているならば、少しはフェルディナンド様を取り巻く状況が改善しているのでしょうか。それとも、養女であるローゼマイン様もヴェローニカ様に迫害されているために主治医さえ信用ならず、表だって味方できる者がフェルディナンド様しかいないのでしょうか。

エーレンフェストの状況はこの資料からは読み取れません。一文字たりとも自分のことが書かれていない愛弟子《まなでし》の資料に、わたくしは溜息を吐きました。

「申請には必要ないほど資料が詳細なのは結構ですけれど、わたくしの手に渡ることがわかっているならば、少しくらいは御自身の近況を知らせるくらいの心配りはないのでしょうか。まったく……」

貴族院時代のフェルディナンド様への当たりの強さを考えると、エルヴィーラ様のお嬢様が養女になったところでヴェローニカ様からの扱いは優しいものではないでしょう。幼い養女を庇《かば》って矢面に立とうとするフェルディナンド様の姿が思い浮かび、わたくしは思わず顔をしかめました。

特別措置の申請は領主会議中に王族の承認を得なければなりません。わたくしは教師達に連絡を入れて、緊急会議を開きました。会議は中央棟の会議室で行われます。後日、領主会議で使用できるように中央の側仕え達が整えているので普段よりずっと綺麗です。

「ヒルシュールが招集をかけるなど珍しいではないか。領主会議が近付いているので、我等と違って研究に没頭している頃かと思ったが……」

「グンドルフの言う通り、できることでしたら研究していたいと常々思っています。けれど、最低限の義務は果たさなければならないでしょう?……それに、今回は教師として見過ごせませんから」

どこの寮監も今は領主会議に向けて領地から人がやってきている準備期間のため、寮で生活していないわたくしと違って忙しいのです。

「ほぅほぅ、何が起こったのか知らぬが、ずいぶんと教師らしい顔をしているではないか」

「あら、わたくしは常に教師らしい顔をしていますよ」

わたくしは集まった教師達にエーレンフェストからの資料と領主の手紙の一部を書き写した木札

を見せて、特別措置の申請の話をしました。

「特別措置の申請の対象者であるローゼマイン様は、神殿出身の元青色神官や青色巫女ではなく領主の養女です」

「領主一族が特別措置の申請を行うなど一体何があったというのでしょう？」

プリムヴェールが不思議そうに目を瞬かせながら首を傾げます。領主一族には幼い頃から側近が付けられ、護衛騎士が常に周囲を守っています。厳重に守られた彼等が特別措置の申請を行うことなど、まずありません。

「城で自領の貴族に襲われた領主の実子を庇ったことによる負傷だったようです。貴族院に入学前の子供なので、当然自分のユレーヴェがなく、家族のユレーヴェを使用したと資料にはありました。一年半を経過しても目覚めないのですから、ローゼマイン様に合わなかったのでしょう」

「家族のユレーヴェが合わないというだけで、それだけ長期化するものか？　他にも理由があるのではないか？」

ルーフェンの言う通り、自分でユレーヴェを準備できていない子供が両親のユレーヴェを使用することは珍しくありません。また、婚姻などで他者の魔力の影響を受けていない兄弟のユレーヴェならばそれほど合わないということはないのです。

「エーレンフェストの主治医から届いた資料によると、長期化した原因はいくつも考えられるようです。城内で襲われたため、非常にその場は混乱していたことは想像できるでしょう？　ローゼマイン様は応急処置として領主一族の護衛騎士をしている兄弟のユレーヴェを使用したそうです。ただ、それが婚姻歴のある兄の物であった、と……。しかも、ローゼマイン様は洗礼式の母親と生みの母親が別人だそうです。そのため、兄のユレーヴェがローゼマイン様には本当に合わなかったのでしょう」

「何故そのようなユレーヴェを使用したのだ？……すぐに父親の……。そうか、養女だから城内に親のユレーヴェがないのか」

領主の実子であれば、城に両親のユレーヴェがあります。けれど、ローゼマイン様の実の親のユレーヴェは近くにありません。実家へ移動している間にはるか高みへ続く階段を上っていくかもしれません。それを防ぐためにはユレーヴェが必要だけれど、手元にあるのは婚姻歴のある兄のユレーヴェだけ。応急手当てとして使用するのは苦渋の判断だったでしょう。

「ローゼマイン様の父親であるカルステッド様は、エーレンフェストの騎士団長です。城内で領主一族が襲われたとなれば、真っ先に動かなければなりません。そのため、隠し部屋に置かれた彼のユレーヴェの準備にかなり時間がかかったようです。また、短期間に別人の二種類のユレーヴェを使用したため、一時は拒否反応も出ていたようです」

何とも言えない溜息が会議の場に漏れました。当時の混乱していた現場の様子や命を救うためには仕方がないと下された判断、それによって長期間眠りにつくことになった幼い子供。

「でも、もう一年半でしょう？　魔力の塊が溶かしきれず、はるか高みへ向かうということも考えられるのではなくて？」

フラウレルムの言葉にわたくしは一度頷きました。

「そうかもしれません、けれど、未だに目覚めの兆候《ちょうこう》は見えなくとも、じわじわと魔力が溶け出しているようです。まだ彼女は生きていて、ゆっくりと回復しようとしています。領主の実子を守るために立ち回った養女が毒に倒れ、長い眠りから目覚めた時には彼女の将来が潰されているなど起こってはなりません。学生の将来を守るのが貴族院の教師の役目ではありませんか。彼女の将来が守られるように、特別措置の許可に賛同をお願いします」

特別措置に全ての教師が賛同の意を示してくれました。後は領主会議で王族の承認を得るだけです。教師達のサインがある木札をエーレンフェストに渡せば、わたくしの役目は終了します。

……せっかく中央棟にいるのですもの。寮へ寄って木札を届けてから部屋へ戻りましょう。

わたくしは会議を終えると、エーレンフェストの寮へオルドナンツで連絡を入れました。貴族院の教師からは許可が出たので、サインの入った木札を持っていくというものです。そのまま寮へ向かうと、寮の玄関ホールではノルベルトが待ち構えていました。

「ヒルシュール先生、貴族院の許可が出たと伺いました。恐れ入ります」

わたくしへの小言を口にする叔父ではなく、城の側仕えを束ねる筆頭側仕えの振る舞いで迎えられました。わたくしは少し面食らいましたが、ノルベルトに合わせて態度を改めます。

「こちらです、ノルベルト。どのような背景からローゼマイン様の襲撃が起こったのか、中央の文官から領主へ問い合わせがあるかもしれません。そちらはエーレンフェスト側で対応をお願いします」

貴族院の教師の許可を得ることはわたくしの仕事ですけれど、王族の承認を受けるのは領主の仕事です。

その後、無事に領主会議で承認を受けたというオルドナンツが届き、労《ねぎら》いの食事会に誘われました。けれど、領主の会食には良い思い出がありません。わたくしはきっぱりと断り、調合に没頭するうちに領主会議は終わりました。

貴族院で研究するうちに夏になり、秋になりました。夏や秋は貴族院の教師達が地元へ帰ったり、中央へ向かったりして貴族院が閑散《かんさん》とする季節です。けれど、薬草などがよく成長し、いくつもの魔木に実が生って、研究素材の採集が簡単になる時期でもあります。わたくしはこの時期を薬草園で過ごすのが好きです。

秋の終わりが近付くと、貴族院を離れていた教師達が戻ってきます。貴族院の準備のために下働きの者達の人数も増えて、少しずつ賑《にぎ》わいを見せるようになった頃、オルドナンツが飛んできました。普段は全く連絡のない時期です。一体何が起こったのでしょうか。

「エーレンフェスト寮です。ヒルシュール先生にお手紙が届いています。貴族院が始まるまでに取りに来てください」

転移の間に常駐している騎士からです。貴族院が始まるまでに、という注意があったので、わたくしは自分の調合を終えてから手紙を受け取りに行きました。

「フェルディナンド様から？」

手紙を開くと、ローゼマイン様が目覚めたことが一番に書かれていました。貴族院へ入学するので、特別措置は必要ないということでした。将来への影響を考えると、特別措置はできるだけ使わない方が良いので、準備が間に合うならば皆と同じように入学した方が良いでしょう。

「待ってくださいませ。以前の手紙にはこのようなこと、書かれていませんでしたよ⁉」

エルヴィーラ様の御子様ではないことは以前の手紙に書かれていましたが、ローゼマイン様が神殿育ちであることは書かれていませんでした。そのうえ、二年近く眠っていたため、貴族としての常識におそろしく疎いそうです。魔力量を認められて養子縁組したので、普通の領主候補生より魔力量が多いのですが、ユレーヴェに浸かっていたことで魔力の流れが少し不安定になっていて、身体活動を補助する魔術具を使っているために魔力の扱いにはかなり不安があると書かれています。実技の際には気を付けて見ていてほしいけれど、その分、座学の方は全く問題ないようにフェルディナンド様御自身がみっちり教え込んでいることなどが細かく延々と書かれていました。

「ローゼマインは発想が突飛《とっぴ》で興味深い思考回路をしているので、研究の役に立つでしょう。よろしくお願いします……ではなく、御自身の近況を少しは知らせてくださいませ。これだけローゼマイン様について詳しく説明を書く余裕があるのでしたら、御自分の近況について一文くらい記してもよろしいでしょう？」

手紙に向けて文句を言ってみました。けれど、領主会議前に受け取ったローゼマイン様の症状が淡々と書かれただけの資料よりは、こちらの手紙の方がずいぶんと筆が乗っているように見えます。興味のある研究の話になると饒舌《じょうぜつ》になっていた昔を思い出し、何だか小さく笑いがこみ上げてきました。

……こんな手紙に時間を割《さ》けるということは、そのうちヴェローニカ様に殺されるのではないか

と心配していた頃に比べるとかなり元気なのでしょう。

「それにしても、ローゼマイン様のことばかりですね。あのフェルディナンド様が他者のことをこれだけ気遣うなんて珍しいこと。発想が突飛で興味深い領主候補生ですか……。一体何を起こしてくれるのでしょうか？」

座学は全く問題がないように教育している、と書かれているのに、それ以外のローゼマイン様の現状や講義における注意事項が細かくて長くて多いのです。どうやら扱いに困るけれど、可愛がっている弟子のように思えます。何となく優秀な成績を収めていても、日常生活の中で色々なことをしていた彼のことを思い出しました。

「……フェルディナンド様にも少しは師匠の苦労がわかったかしら？」

学生時代の彼がやらかした様々な功績と厄介事を思い出しながら、わたくしはフフッと笑いました。

ローゼマイン様が貴族院へやってくる冬はすぐそこに迫っています。全く現状が記されていない手紙と違って、少しはフェルディナンド様の状況を知ることもできるでしょう。愛弟子の愛弟子に会えるのが非常に楽しみになりました。

ローデリヒ視点

私の心を救うもの

Kazuki Miya's commentary

第四部Ⅱの特典SS

ローデリヒ視点。

旧ヴェローニカ派の中級貴族ローデリヒから見た

貴族院と派閥でのやりとり。

それから、苦しい現状。

ちょこっと Memo

旧ヴェローニカ派の貴族達が貴族院や寮でどのように過ごしているのかわからないというリクエストがあったので書いてみました。

「前ジョイソタ－ク子爵の独断と暴走だと聞いていたが、まさか領主一族を襲撃した者がアーレンスバッハの貴族の所有する私兵だったとは……」

旧ヴェローニカ派の子供達だけが十数人集まった会議室で、やりきれないような溜息と共にそんな言葉が漏れた。静まった空気は重い。けれど、皆の声からは納得が感じられる。先程、私達がローゼマイン様から教えられたのは、エーレンフェストの領主一族がアーレンスバッハから距離を置きたいと考えている理由だ。

「ローデリヒ、よく質問してくれたな。アウブがアーレンスバッハを警戒する理由を知っているかどうかで、これからの対応もずいぶんと変わってくる」

三年生の騎士見習いのマティアス様が少し笑って私を労ってくれた。ヴィルフリート様に疎まれている私が、皆の集まっている食堂で声を上げることは非常に畏《おそ》れ多いことだ。できることならば誰かに代わってもらいたい。だが、どれほど怖いと思っていても質問するしかなかった。

皆がローゼマイン様の答えに納得したならば、私の役目は終わりだ。会議室内を見回し、私は少し肩の力を抜く。この後は息を潜めて、話し合いが終わるのを待っていればいい。

私は二年前の狩猟《しゅりょう》大会で父上に指示された通りにヴィルフリート様と遊んでいた結果、ヴィルフリート様を罪に誘導することになった。あれ以来、私は「旧ヴェローニカ派が次期領主として戴《いただ》いていたヴィルフリート様を陥れた」と自派閥内でも疎外《そがい》され、冷たい目で見られている。

……これで少しは派閥内での居心地が良くなるだろうか。

皆が旧ヴェローニカ派としてどのように動いていくか真剣に話している中、私はそんなことを考えていた。

「ヴェローニカ様を罪に導いたアーレンスバッハ貴族の影響が年月と共に薄れたら、派閥が少しは盛り返すと思われていたが……。領主一族襲撃事件にアーレンスバッハが関わっていたとなれば、これからも領主一族から警戒されるということか。先は暗いな」

この派閥ではアーレンスバッハ貴族と繋がりを持っている者が多い。元々アーレンスバッハから嫁がれたガブリエーレ様に同行した側近達の子や孫によって形成された派閥であること、ヴェローニカ様からアーレンスバッハとの繋がりを強くするように言われていたこと、アウブの姉君であるゲオルギーネ様が嫁がれていることなどがその理由だ。

「フロイデン兄上がアーレンスバッハ貴族との婚姻を却下されるのも当然ということか。父親の許可があれば、領主から却下されることは珍しいだろう？　どういうことか、とずいぶん訝《いぶか》っていたのだが……」

二年生のラウレンツ様がそう言って深緑の頭を左右に振った。彼の兄の結婚はアウブによって退けられたらしい。

「貴族院へ来る前のお茶会で、ヴィルフリート様の護衛騎士であるランプレヒト様の申し出も却下されたと伺いました。その時はランプレヒト様が貴族街で住んでいる貴族だから、と考えていましたが、ギーベでも却下されたなんて……。きっとわたくしも却下されるのでしょうね」

アーレンスバッハ貴族と恋仲にあるパトリシア様が落胆した顔でそう言った。パトリシア様は五年生だ。どうやら結婚相手として彼を想定して動き始めていたらしい。私は一年生なので結婚などまだまだ先の話だが、まさかアウブから許可が得られない状況になっていると知らなかった者は多いようで動揺が広がっている。

ゲオルギーネ様の来訪があってから、派閥では少しでもライゼガング系の貴族を抑えて勢いを取り戻すために大人達からはアーレンスバッハと親密になるように言われているのだ。

……すでにアーレンスバッハに相手がいる人は大変だな。私には結婚自体が関係ないが……。

私は第二夫人の子で、跡継ぎではない。ヴィルフリート様の側近になることができれば結婚できる可能性もあったが、白の塔の一件以来、完全に消えた。領主一族に疎まれた貴族と縁を持ちたい者などいるはずがない。

……ヴィルフリート様を白の塔に誘うように命じたのは父上なのに、それが罪だったとわかった途端、殴ってくるようになったのだ。結婚して分家を作る許可など出るはずがない。

「領主一族が警戒する理由はわかるが、アーレンスバッハとの境界線を有していれば全く交流を持たずにいることは不可能だ。商人の出入りさえ厳しい目で見られるようになると、エーレンフェストの商業的にも良くない。……アウブはギーベにどうしろとおっしゃるのか」

項垂れてそう言うラウレンツ様はアーレンスバッハと隣接するヴィルトル子爵の息子だ。今の時点ではエーレンフェストの貴族街に他領の貴族を入れてはならないという命令が出ているが、それが領地内に拡大される日も遠くないかもしれないと懸念している。

「ゲルラッハも境界を有しているし、アーレンスバッハ貴族と親交が深い。詳しくは知らされなかったが、私の父上はずいぶんと疑われたようだよ。前ジョイソターク子爵とも親交があったから……」

ゲルラッハ子爵の息子であるマティアス様も苦い笑みを浮かべている。私と一、二歳しか違わないのに、ギーベの息子はずいぶんと色々なことを考えているものだとぼんやり思う。貴族街に住んでいる私にはアーレンスバッハに接する土地の貴族達の苦労は思い付かなかった。

「ハァ、ヴェローニカ様さえいらっしゃれば、このようなことは起こらなかっただろう。あの時にお救いすることができていれば……」

最上級生のルーベルト様の不愉快そうで攻撃的な視線が私を捉えた。自然と体が硬くなる。ローゼマイン様のお言葉を聞いて前向きで明るくなっていた気分がまた暗く沈んでいく。この二年間で狩猟大会の失敗を詰られることには慣れているが、惨《みじ》めな気分になることは避けられない。

私の人生を大きく変えたあの日、私は数人の子供達と一緒に呼ばれて「ヴィルフリート様を遊びに誘い出してヴェローニカ様がいらっしゃる白の塔へお連れするように」と父上達に言われていた。ただし、領主一族しか開けられず、入ってはいけない塔なので、私達が入ることは禁じられて……。

友人達と遊ぶのは楽しくて、楽しくて仕方がなかった。私の遊び友達は母上の友人の娘ばかりで子供部屋に行くまで男友達がいなかったし、家庭の環境によっては子供同士の仲が良くても頻繁に行き来はできないからだ。

私達は貴族達に教えられた通り、森の奥にある白の塔を探して探検し、目的地を見つけた。ヴィルフリート様を促せば本当に扉は開き、領主一族しか入れない塔へ入っていく。「中はどんなふうになっているのだろう？　私も中に入ってみたいな」などと呑気《のんき》なことを言い合いながら、私達はヴィルフリート様が出てくるのを待っていた。

塔から出てきたヴィルフリート様は難しい顔をしていて「他人に漏らしてはならぬとおばあ様に言われたのだ」と中で何があったのか教えてくれない。何やら色々と考え込んでいるようなので邪魔しない方が良いかと相談していると、「其方等と遊べる機会は多くないから」とヴィルフリート様がおっしゃって、遊びを再開することになった。私達は父上達に言われたことをやり遂げた。

楽しかった狩猟大会が終わり、冬の社交界が始まる。そこでヴィルフリート様が白の塔に入った罪で次期領主の座を下ろされたことが発表され、白の塔の場所を教えた貴族達が軽い罰を受けた。アウブが何を言っているのかわからなくて、自分が首を傾げながら聞いていたことしか覚えていない。ただ、私の世界が平和だったのは、この日までだ。

その夜に領主一族の襲撃があり、私達は次の日から子供部屋でヴィルフリート様から睨まれるようになった。一緒に遊んでいた子供達から「白の塔へ行こうと言い出したのはローデリヒだ」と罪をなすりつけられ、初日の社交で何があったのか、父上に「計画が失敗したのは其方が失敗したからだ」と殴られた。

たった一日で私の世界は軽蔑《けいべつ》と嘲《あざけ》りと暴力に支配されるようになり、爪弾《つまはじ》きにされたり詰られたりするようになったのだ。あまりにも理不尽で本当に意味がわからなかった。わかったことは、身分の低い私が全ての理不尽を受けるしかないということだけだ。

ヴィルフリート様は「白の塔へ入ってはならないことを知らなかっただけなのに、次期領主のお立場を剥奪《はくだつ》されるなどお可哀想に」と庇われ、私は「無知は罪だ」と叩かれる。ヴィルフリート様は次期領主から外されたとはいえ、領主一族として普通に生活をしていて皆に敬《うやま》われている。周囲の貴族達の態度はシャルロッテ様に対するものと変わらない。私のように父上から「其方が悪い」と殴られては傷が残らないように回復薬で癒されたり、同じ派閥の者からも詰られて身の置き所がなくなったりしているようには見えないのだ。

……知らなかったことは同じなのに、その後はこれほど違う……。身分の差は大きいな。

「止めよ、ルーベルト。見苦しい。あの一件は元側近やヴィルフリート様御自身が領主一族の禁止事項を正確にご存じなかったことが原因で失敗したのだ」

終わるまで聞き流すつもりで身を硬くしていた私は、耳慣れない制止の声に顔を上げた。マティアス様の兄であるヤンリック様が不快そうに手を振っている。ルーベルト様は口を閉ざしたけれど、憎々しそうに私を睨むことは止めないし、周囲の視線も変わらない。

「ヤンリック様の言う通りだ。それに、彼は父親に言われた通りにやっただけだと言っていた」

ラウレンツ様が声を上げると、マティアス様も同意して頷く。

「今年の貴族院はローゼマイン様が目覚め、寮内での派閥争いを禁じたおかげでずいぶんと居心地が良くなっている。終わったことを何度も掘り返すより、これから先のことを考えた方が良い」

私は今年入学したので以前の寮内の雰囲気を知らない。けれど、去年や一昨年はライゼガング系の貴族が幅をきかせていて、とてもひどいものだったらしい。子供部屋の居心地の悪さがそのまま寮にもあったのだと思う。

「確かに去年よりは居心地が良くなったが、私が入学した頃はもっと雰囲気が良かった。今のようにライゼガング系の貴族の顔色を窺うようなこともなく、対等に話ができていたのだから。ハァ、ヴェローニカ様さえいらっしゃれば……」

ルーベルト様の昔語りを聞くと、もっと昔に生まれていればよかったという気分になる。きっとヴェローニカ様が捕らわれるようなことがなければ、もっと私達は生きやすかっただろう。

「だが、これからはゲオルギーネ様が訪れてくださる。ヴィルフリート様もアーレンスバッハの後押しがあれば、次期領主に返り咲くことも難しくはないだろう。ディートリンデ様との仲は良好だそうだ。それほど悲観的になることはない。ガブリエーレ様、ヴェローニカ様が築いたアーレンスバッハとの関係はゲオルギーネ様とヴィルフリート様が更に盛り上げてくださるはずだ」

ヤンリック様はそう言って皆を見回した。最終学年で、寮内の変化を見てきた方の言葉には不思議な説得力があった。ルーベルト様も納得したように見える。

「うむ。ヴィルフリート様はゲオルギーネ様との親交をお望みだったと聞いている。早くそうなれば良い。その頃にはきっとヴェローニカ様も恩赦《おんしゃ》を受けて白の塔を出られるだろう」

「いや、ヴェローニカ様は息子であるアウブにさえ庇えないような罪を犯したのだ。塔を出るのは難しいだろう」

ヤンリック様が肩を竦めてそう言った。ヤンリック様はヴェローニカ様にさほど重きを置いていないようだが、ルーベルト様にとって派閥の希望はヴェローニカ様にあるようだ。

「いや、あれはヴェローニカ様に疎まれていたフェルディナンド様の陰謀《いんぼう》だったではないか。神殿に入ったと皆を油断させて機を窺っていたのだ。だから、父上は神殿へ入れるのではなく、ヴェローニカ様のお望み通りにした方が良いとアウブに進言したのに……」

「ルーベルト、アウブの批判はほどほどにしておけ」

ヤンリック様に止められたルーベルト様が周囲を見回し、一つ息を吐く。それから、おもむろに口を開いた。

「批判ではない。陰謀とはいえ、アウブが罪を定めなければならなかったことは理解している。だが、アウブに定められた罪は、ヴィルフリート様がアウブに就任された時に恩赦を与えることができるだろう」

「あぁ。ヴェローニカ様に育てられていたヴィルフリート様が、陰謀にはめられたことを知ったならば、祖母の現状を見て放置しておくはずがない」

ルーベルト様の言葉に、派閥の者達が賛同する。ほのかに見えている希望に縋《すが》るため、彼等は血の繋がりや育てられた恩について力説し始めた。けれど、私は「そんなものが何の役に立つのか」と冷めた目でしか見られない。私は血の繋がりも育てられた恩も投げ出そうと思えば簡単に投げ出せる。父上によく殴られる頬を軽く撫でた。

……それに、次期領主にはヴィルフリート様よりローゼマイン様の方が相応しいではないか。

私の子供部屋一年目と二年目では大きな違いがあった。ヴィルフリート様やシャルロッテ様は子供部屋を統率するのではなく、皆を率いて一緒に遊んでいる。ローゼマイン様は共に遊ぶのではなく、一歩離れたところから過不足がないように目を光らせていた。根から違うのだ。

「……しかし、本当にヴィルフリート様は次期領主に返り咲くことができるのでしょうか？」

「マティアス」

ヤンリック様が咎めるように名を呼んだけれど、マティアス様は静かな口調で続けた。

「罪に問われた者が次期領主に返り咲くことは難しいのではないか、と思ったのです、兄上。派閥の違う私から見てもローゼマイン様の優秀さは明らかです。ヴィルフリート様も貴族院で優秀な成績を収めていますが、同学年では比べられるでしょう」

静かで冷静なマティアス様の言葉に、熱を込めて語っていた者達からすっと熱が引いていく。私も同意見だった。おそらくローゼマイン様が腕を振るった子供部屋を経験している三年生以下の学生はマティアス様と同じように感じていると思う。けれど、ヤンリック様は苦笑気味に頭を横に振って否定した。

「ローゼマイン様の優秀さは認めよう。だが、其方は少しローゼマイン様贔屓が過ぎるのではないか、マティアス？　アウブになるために必要なのは優秀さだけではない。いくら優秀でライゼガング系の貴族の後押しがあったとしても、ローゼマイン様はアウブの寵愛を一身に受けるフロレンツィア様の実子ではない。そのうえ、女性の領主候補生だ。アウブが次期領主に指名するとは、とても考えられぬ」

「ですが、兄上……」

「アウブ・エーレンフェストは完全に我等の派閥を切り捨てられぬ。また、現在の派閥の関係を考えればヴィルフリート様を切り捨てることもできないだろう。ヴィルフリート様が次期領主に返り咲く確率は高く、ライゼガング系の貴族を納得させるためにローゼマイン様を第一夫人にするのではないか、と私や父上は予想している」

ヤンリック様が示した道はとても現実的に思えた。だが、アウブが本当に旧ヴェローニカ派を切り捨てることはないのだろうか。ライゼガング系の貴族が台頭している今の状況を思えば、そんな希望を持ちたくても信じられない。

「ヤンリック様、アウブが我等を切り捨てることはないという根拠はあるのですか？」

「一つ、アウブの側近にはまだ派閥の貴族が多く残されている。二つ、ローゼマイン様に会わせる貴族はライゼガング系の貴族でも制限を受けている。三つ、全てをいきなり切り捨てれば執務が立ちゆかなくなるのに、非のない貴族を入れ替えて余計な恨みを買う意味がない」

ヤンリック様が指折り数える理由は、どれもこれも納得できるものだった。なるほど、と私も思わず頷いてしまう。

「アウブはヴェローニカ様が権力を握っていた頃からフロレンツィア様の側近にはライゼガング系の貴族を入れ、領主一族の側近に就く貴族の派閥をなるべく平等にするように気を遣われていた。以前はそれを不満に思ったが、今はよほどのことがない限り、旧ヴェローニカ派が切り捨てられることはないと信じられる」

これから先のことはそれほど悲観することもないだろう、という雰囲気の結論が出たところで話し合いは終わった。どうせここにいるのは自分の意思では親の派閥から抜けられない年齢の子供ばかりだ。明確な結果は必要ない。ただ、この閉ざされた寮の中で一冬を過ごすために少しでも安心できる意見があれば良いのだ。

翌日からローゼマイン様の図書館通いが始まった。これで一年生も図書館解禁だ。利用者登録は終わっているのだから本来は自由だが、お預け中のローゼマイン様の前で「図書館へ行きます」と言える一年生はいなかったのである。

毎日ローゼマイン様は満足そうな笑顔で一冊の本を借りて六の鐘が鳴る寸前に帰ってくる。食後は自室で読書をするのか、多目的ホールで姿を見かける回数が減った。

ローゼマイン様のいない多目的ホールは、当然のことながらヴィルフリート様とその側近達が幅をきかせることになる。旧ヴェローニカ派がヴィルフリート様にまた何かするのでは、と側近達がこちらを監視する目を強めるため、ほんの数日で私にとっては居心地の悪い場所になってしまった。ローゼマイン様が図書館へ行ってから午後の実技が始まるまでの時間を潰せる安息の地が必要だ。

「どこか良い逃げ場所はないかな……」

私は風呂の中で何気なく呟《つぶや》いた。中級貴族はほとんどが個室ではなく、複数人で使う大部屋だ。他の学生達の目がない空間は、寝台、お風呂、トイレだけで隠し部屋はない。隠し部屋を作る魔力を講義に回さなければならないのが中級貴族だからだ。

「逃げ場所ですか？」

私の呟きを耳にした側仕えのカシミールが憐《あわ》れむようにしばらく私を見つめる。ローゼマイン様が寮に来てからは平和な時間を過ごしていたせいだろう。

「図書館はどうですか？　ローゼマイン様のいらっしゃる図書館で騒ぎを起こせる方はいません。それに、写本は紋章付きの課題です。悪くない逃げ場所だと思いますが……」

派閥争いは領地に戻ってから、と寮内での争いを禁じ、派閥に関係なく評価するのがローゼマイン様だ。確かにローゼマイン様がいらっしゃる図書館で騒ぎを起こせる者はいない。おまけに、写本でお金を稼ぐことができるならば、父上に疎まれている私にとっては非常にありがたいことだ。稼いだお金で下働きに仕事を頼むことができればカシミールも助かるだろう。

「だが、カシミール。私が向かうと、側近達に疎ましく思われるのではないだろうか？……ヴィルフリート様も、ご本人より側近の方が態度や視線が厳しいのだ」

「ローゼマイン様は写本を推奨《すいしょう》していらっしゃいましたから、側近を刺激しないようにできるだけ近付かなければ問題ないと思います」


カシミールの助言を聞き入れ、私は図書館へ行くことにした。ローゼマイン様達が出かける準備をしている様子を確認し、少しだけ先に出発する。私が図書館の閲覧室に到着すると、シュミルの魔術具は「ひめさま、きた」と閲覧室から出て行った。ローゼマイン様はどうやら魔術具達の出迎えを受けるようだ。

魔術具が戻ってこなければキャレルを借りることができない。私がぼんやりと待っていると、ローゼマイン様達が到着した。目的の本が決まっているのか、ローゼマイン様は閲覧室に入ってくるなり、階段を上がっていく。

「あら、ローデリヒ様。貴方も図書館で写本ですか？」

筆記用具を抱えた下級貴族のフィリーネがキャレルへ向かう途中で私に気付いた。ローゼマイン様の一発合格を勝ち抜くために共に戦い、地理と歴史の座学を一緒に受けているせいか、フィリーネは詰ったり距離を置いたりすることなく、普通に話しかけてくれる。

「ローゼマイン様が必要としている本を写そうと思うのだが、フィリーネはどの本が良いか知っているかい？」

「えぇ、こちらに一覧表がございます。わたくしは今この本を写していますから、ローデリヒ様はこちらを写すのはいかがでしょう？」

フィリーネは一覧表を示しながらシュバルツとヴァイスを呼んで、本とキャレルの準備を手配してくれる。言動が何となくぎこちないのは、他人に本を紹介することに慣れていないからだろう。

フィリーネが準備する様子を見ていた私は、誰かの視線を感じて振り返った。少し離れた場所からハルトムート様がこちらを見ている。橙の目はこちらを値踏みするような鋭いもので、私の体が一瞬で強張った。

「ローデリヒ様、キャレルの準備が整いま……どうかなさいまして？」

「……ハルトムート様に睨まれているが、私は警戒されているのだろうか？」

「ハルトムートはわたくしが失敗しないか、教えた通りにできているのか見ているだけです。わたくしも側近になった当初はとても緊張したのですけれど、ローゼマイン様の側近は皆優しくてホッとしています」

フィリーネがはにかむように笑った。「それはよかったね」と言うつもりだったのに、声にならない。ローゼマイン様の側近となり、ハルトムート様を呼び捨てにできる関係になっているフィリーネが何だか無性に腹立たしい。

……下級貴族のくせに！

ただの僻《ひが》みだとわかっている。それでも、ローゼマイン様の側近に召し上げられたフィリーネに対する妬《ねた》ましい気持ちが次から次へと湧き上がってくる。止めることができない。奥歯を噛み締めてこめかみに力を入れる。

「フィリーネ、案内の内容は問題ないけれど、まだぎこちなさが残っているかな？　他領の学生に弱気なところを見せると侮《あなど》られる。もう少し練習が必要だ」

近付いてきたハルトムート様の声に、私はビクリと体を震わせた。フィリーネに本や紙を準備してくれたお礼を言って、急いでキャレルに入る。カチリと鍵を閉めて、椅子に座ることでフィリーネ達に背を向けた。

キャレル内の机にはフィリーネが選んだ本と写本をするために必要な紙やインク、ペンが並んでいる。私は手を伸ばして本を捲った。騎士の戦いを描いた物語だ。それを見た瞬間、私は自分がローゼマイン様に語った話を思い出して目の奥が熱くなってきた。

……私もフィリーネと同じようにローゼマイン様へお話を語り、本に載せていただいたのだ。それなのに、こんなに差がある。

ここは図書館のキャレルで隠し部屋ではない。涙が零れないように歯を食いしばり、私は本を睨んだ。

……派閥さえ、派閥さえ違えば、もしかしたらフィリーネの位置にいたのは私だったかもしれない。フィリーネを妬むのは、私がローゼマイン様に認められたいからだ。

お披露目を行った三年前の冬の終わり、ローゼマイン様は購入する費用がない者でもトランプやカルタを借りられるように考えてくださった。それらを保護者から買ってもらう皆の様子を羨ましく見ていた私は、お話と引き換えに貸していただけることがとても嬉しかった。

失敗することはできない、と張り切って話をした。母上から聞いた勇ましい騎士の話だ。けれど、話をしている内に、だんだん頭がこんがらがってきた。どこまで話をしたのかわからなくなって、洗浄の魔術をかけられたように頭の中から綺麗さっぱり話の内容が流れていった。まずいと焦れば焦るほど、頭は真っ白になっていく。

話を途切れさせるわけにはいかない。私は思い付くままに喋《しゃべ》り続けた。ローゼマイン様は笑いながら私のでたらめな作り話を聞き、書き留めていく。その時はただトランプを借りられることになってよかったとしか思わなかった。

だが、その翌年。ローゼマイン様が襲われて眠りにつき、私が皆に爪弾きにされるようになった冬の終わり。またプランタン商会の販売会が開催された。そこでは子供部屋で私達が話をした内容が本になっていた。

あの感動を何と表現すれば良いのかわからない。爪弾きにした皆が私の話も読んでいて、面白いと笑っている人さえいたのだ。父上に「不要だ」と言われた私が必要とされている場所があるように感じられて、そこでならば生きられると思った。けれど、私の話を聞いてくださるローゼマイン様はいなかった。

白の塔の事件から二年が経ち、私は虐げられることに慣れた。私には本当は生きている価値さえなく、家の恥さらしだと言われ続け、そういうものだと自分でも思うようになったこの冬。

ローゼマイン様は当然の顔で評価してくださった。ヴィルフリート様に遠ざけられ、父親に暴力を振るわれるようになり、派閥内でも私が余計なことをしたと言われるようになり、子供部屋でも家でも居場所がなかった。そんな私をローゼマイン様は皆と同じように扱ってくださった。二年前に書いた話を評価して、それに相応しいお金をくださった。

……まだ、認めてくださるのか。

家族にさえ無価値だと言われる私を評価していただけたことに、寮で派閥争いをすることなく生活できるように目を光らせてくださることにどれだけ心が救われているのか、私以外の誰にもわかるまい。

「……お話を書こう」

身の置き所がなくて書くことを止めたのに、不意にそう思った。何でもいい。何かお話を書きたい。誰でもできる写本ではなく、私でなければ書けない物語を、トランプを借りるためではなく、ローゼマイン様に捧げるために。

私はペンを手に取り、インクに浸けた。

フィリーネ視点　貴族院からの帰宅

Kazuki Miya's commentary

ＳＳ置き場に掲載されている未収録ＳＳ
フィリーネ視点。
一年生の課程を終えて貴族院から
戻ってきたフィリーネ。
城を出ると、厳しい現実と
向き合わなければなりません。
下級貴族の辛い生活について。

ちょこっと Memo

第四部Ⅲ特典ＳＳが長すぎてはみ出た部分をＳＳにしたものです。特典ＳＳの情報と重複しますが、自宅へ帰る側近達の様子やイズベルガとの関係が少し詳しくわかるかもしれません。

「本来は主である姫様が行うのですが、今はあの状態ですから、わたくしから側近達を紹介させていただきますね」

貴族院から城へ戻ったその日、ボニファティウス様に放り投げられて目を回しているローゼマイン様は自室へ戻るなり寝台へ入りました。ちらりと心配そうに寝台の方へ視線を向けた後、筆頭側仕えのリヒャルダから城で留守をしていた成人側近の紹介が行われます。

「こちらの二人が城に残っていたローゼマイン様の側近です。側仕えのオティーリエはハルトムートの母親ですから見知っている者も多いでしょう？　護衛騎士のダームエルは下級騎士ですが、神殿時代の姫様を支えてきたことで信頼も厚いです。それから、こちらに並んでいるのが貴族院で新たに姫様の側近になった者です。側仕え見習いの……」

わたくしはダームエルのことをよく知っています。ローゼマイン様が二年間の眠りについている間、フェルディナンド様との連絡役をしたり、子供部屋で本の貸し出しを請け負ったりしていたからです。わたくしは子供部屋で彼のお手伝いをしていたので話をしたことも多く、親しみを感じます。

「フィリーネ、側近入りおめでとう。下級貴族では大変なことも多いと思うが、他の者に相談しにくいことが何かあれば相談してほしい」

「恐れ入ります。何かあった時はぜひ……」

ローゼマイン様のためにお話を書いていたことを知っているダームエルが、灰色の目を柔らかく細めてわたくしの側近入りを祝ってくれました。何だか胸の奥が温かくなったような気がします。これから同じローゼマイン様の側近として、わたくしもダームエルに負けないくらい頑張ろうと思いました。

「わたくしも相談に乗りますよ、フィリーネ。ハルトムートが無茶な要求をした時はすぐに言ってくださいね」

ニコリと微笑んでオティーリエが優しく声をかけてくれました。橙の瞳がハルトムートとよく似ています。下級貴族という理由で冷たく当たられたらどうしようかという心配はすぐに薄れました。

「ハルトムートはとても丁寧に指導してくれています。わたくしが貴族院で胸を張ってローゼマイン様の側近としてお仕えできたのはハルトムートのおかげなのです」

「それならば良いのですけれど、あの子に何かされた時は本当にすぐ教えてくださいませ」

あれほど真面目で優秀なハルトムートでも親としては心配なようです。表情や口調に母親らしい包容力を感じて、わたくしは亡くなった自分のお母様を思い出しました。

……お母様が生きていたら、わたくしもこんなふうに心配されたのでしょうか。

少しハルトムートが羨ましいけれど、心の奥は久し振りにお母様を思い出した優しい気持ちでいっぱいになってきます。


それぞれの自己紹介と城でのお仕事について簡単な説明が終わると、貴族院から戻ったばかりの見習い達は少し早めに帰ることを許されました。

「ローゼマイン様の夕食に同行する者は成人側近にします。皆は帰ってゆっくりと過ごしてくださいませ」

「では、御前を失礼いたします」

側近達が出入りする時はローゼマイン様のお部屋にある側近部屋を通ることになっています。言われていた通り、わたくし達は側近部屋から廊下へ出ました。階段を下り、北の離れと本館を繋ぐ渡り廊下を歩きます。領主の子とその側近しか出入りできないところを、わたくしが歩いているのだと考えると、ひどく不思議な気分になりました。

「この後は明日からの登城について説明するよ」

護衛騎士を何年も務めているコルネリウスが、北の離れから本館北側の一階へ先導しながら説明を始めました。

「通いの者達は二の鐘が鳴ってから登城だ。本館北側の一階にある側近の出入り口を使うので、明日も同じところから入ってくれ」

本館北側の一階は城に勤めている側仕え達が使う場所だそうです。そこに立ち入ると、コルネリウスは「ノルベルト」と声をかけました。ノルベルトは領主の筆頭側仕えで、領主一族の側近達を束ねる存在だそうです。

「新たにローゼマイン様の側近になった者達です。明日からはこちらの扉を使用します」

「リヒャルダから連絡を受けました。こちらも準備は整っていますよ」

そう言いながらノルベルトはわたくし達の顔を一人一人見ていきました。

「領主一族が馬車を使用する場合、手配はこの部屋に控えている側仕えが承《うけたまわ》ります。其方等が使用する場合はここに申し出てください」

ノルベルトが関わるのは領主一族が出入りする時だけで、それ以外の時には城付きの側仕え達が対応するようです。いくつかの注意事項を言い終えると、ノルベルトはわたくし達を一つの部屋に案内しました。

「皆様の側仕えが帰宅用の馬車の準備を整え、こちらで待機中です」

その部屋から貴族院へ供をしてくれたわたくし達の側仕えが出てきて、それぞれの家紋がついた馬車へ案内してくれます。もちろん身分順なので、下級貴族であるわたくしは最後まで待つことになります。

「お先に失礼いたします。また明日、光の女神の訪れと共に」

「はい、コルネリウス、ブリュンヒルデ、ハルトムート、レオノーレ。光の女神の訪れと共に」

先に上級貴族の四人が、その次に中級貴族のリーゼレータとユーディットが馬車に乗り込みました。アンゲリカは夕食が終わるまで護衛騎士として仕事をして騎獣で帰宅するため、荷物を積んだ馬車だけが妹のリーゼレータの采配で帰るように指示されています。

「フィリーネ様、こちらですよ」

皆を見送った後、わたくしは側仕えとして付いてきてくれたイズベルガと一緒に馬車に乗り込みました。イズベルガはわたくしの亡くなったお母様の従姉《いとこ》です。昨年、自分の子供が成人したことで余裕ができたため、貴族院へ同行してくださいました。わたくしがローゼマイン様の側近に選ばれたことを一番に喜んでくれたのは彼女です。

イズベルガが「よろしくお願いしますね」と御者に声をかけると、荷物をたくさん積んだ馬車はゆっくりと動き出しました。

「大きな失敗や叱責がなく貴族院を終えられてよかったこと」

貴族院で突然側近に任命されたため、わたくしだけではなくイズベルガもとても大変だったのです。金銭的な面で本当に……。けれど、個人部屋ではなくユーディットと同室になれたことで少し助かりましたし、リヒャルダに相談して側近の支度金を前借りすることもできました。貴族院にいる間はハルトムートと一緒に情報収集やお話集めでお金を稼ぐことができたので、数日後にはまとまったお金が入ってきます。一安心です。

「本当に鼻が高いですよ、フィリーネ様。下級貴族から領主一族の側近に選ばれたのですから。わたくしも誇りに思います。ローゼマイン様はお優しい主ですし、同僚の方々も下級貴族だからと爪弾きにしない親切な方ばかりで安心いたしました。わたくし、来年からも貴族院の側仕えとして同行いたしますから、家族の引き立てをよろしくお願いしますね」

今年の冬に頼んだ時は渋々引き受けてくれたイズベルガが、上機嫌で来年以降の約束をしてくれました。現金な反応だと思いますが、イズベルガとの繋がりにはわたくしにも利があります。お母様の死後、少しずつ疎遠になりつつあった親戚とのお付き合いが戻れば、家の中で少しずつ居場所がなくなっているわたくしと弟のコンラートの守りになるでしょう。

「ヨナサーラ様は子ができてから、人が変わったようにわたくし達を邪険《じゃけん》にするようになりました。わたくし、コンラートが心配なのです。……お父様もヨナサーラ様の言葉を尊重する傾向が強いですから」

お父様がしっかりとヨナサーラ様を止めてくれるならばこのような心配はしませんが、お父様は家の中のことをヨナサーラ様に全て任せています。わたくし達の意見は聞き流されることが多いのです。

「子を得れば、女は母として我が子を一番大事にしようとするものです。子の立場が安定していれば少しは余裕もできるでしょうけれど、入り婿《むこ》の後妻であるヨナサーラ様のお立場は難しいですからね。我が子を守ろうと必死になるでしょう。それは本能的なことですから、仕方ありません」

わたくしにとってはあまりにも突然で理不尽に思えるような理解できない不快な変化ですが、イズベルガは仕方がないことだと言います。わたくしが子を持つ頃になれば理解できると言いますが、ヨナサーラ様から邪険にされている今は理解したいと思えません。

「でも、こうなることがわかっていたからカッシーク様には何度も忠告したのですよ。それなのに、後妻に子を産ませるなど、何を考えているのでしょうね？」

「せめて、コンラートが貴族院へ入るまでは待ってくれれば、こんな心配はしなくて済んだのですけれど……」

わたくしのお母様が亡くなったのは、コンラートが生まれて季節が一つ過ぎたかどうかくらいのことでした。周囲からの情報によると、お父様は長期間住み込みで働いてくれる乳母を雇うか、後妻を娶るか考えた結果、後妻を選びました。金銭的な面を考えたそうです。

「たまたま御自身の親族に身寄りが亡くなって生活が困窮しているヨナサーラ様がいらっしゃいましたからね。ヨナサーラ様を後妻に、その伯母《おば》のエイネイラを側仕えとしてカッシーク様が引き取ったことは、人道的な面からも責められることではありません。けれど、後妻に子を産ませて、貴女とコンラートの養育を放り出しては意味がないでしょう。そこは非常に考えが足りませんでしたね。ヨナサーラ様達は恩知らずにも程がありますよ」

イズベルガが嘆息する姿に、わたくしはそっと胸を撫で下ろします。家ではわたくしが責められるので、自分と同じようにヨナサーラ様とお父様に憤《いきどお》りを感じている人がいることに安心したのです。

「わたくしがお父様に同じことを訴えた時にひどく叱られました。恩知らずはわたくしで、子を生したヨナサーラ様に対する思いやりがない、と。でも、わたくしはお父様の叱責を受け入れることがどうしてもできませんでした」

「まぁ……」

「わたくし、コンラートをよろしくね、とお母様が亡くなる前に頼まれたのです。今の生活がコンラートにとって良いとは、とても思えません」

赤子の世話が忙しくて食事の手配を忘れたり、ちょっとしたことで金切り声を上げて怒り出したり、躾《しつけ》と称して手を上げたりするヨナサーラ様の姿を思い出すだけで気分が沈んでいきます。食事の手配を忘れるならば、わたくしが直接下働きに指示を出すことに文句を言わないでほしいですし、「それは女主人の役目だ」と言い張るならば、役目を果たしてほしいです。

「わたくし、ヨナサーラ様に離れへ移っていただきたいのですけれど、イズベルガはどう思いますか?」

普通、第二夫人には離れが与えられます。第一夫人やその子供との間に起こりうる確執や争いを避けるためです。けれど、ヨナサーラ様はわたくし達の養育を目的にした後妻だったため、ずっと本館に住んでいます。子を産んだ今もそのままです。

わたくしは別にお父様達に離婚してほしいとか、ヨナサーラ様達が路頭に迷うことを知っているのに家から出て行けと言うつもりはありません。けれど、コンラートの養育を放棄するならば、ヨナサーラ様とエイネイラには本館から離れに移ってもらいたいとは思っています。

「わたくし、ローゼマイン様の側近になれましたから、普通の見習いとはお給金が違います。コンラートも食事の世話などにそれほど手がかからなくなってきましたし、下働きを雇って貴族院で貯《た》めたお金を大事に使っていけば……」

できればお父様に提案する時にはイズベルガに援護してもらいたいと考えて話を切り出しましたが、彼女は少し考えて首を横に振りました。

「貴女の気持ちはとてもよくわかりますが、すぐには不可能でしょうね。領主一族の側近として生活していく上で揃えなければならない物にどのくらいお金がかかるのか、今の時点ではわかりません。それに、離れを整え、両方に生活費がかかる状態をカッシーク様が選択すると思いますか？それができるならば、最初から後妻を娶らずに乳母を雇ったでしょう」

イズベルガの的確で冷静な指摘にわたくしは項垂れました。わたくしは自分でお金を稼げるようになりましたし、魔力圧縮の方法を教えてもらえることになっています。できるだけの努力をすれば、家計に迷惑をかけずにコンラートを守ることもできると思ったのですが、まだまだ力不足のようです。

「そのように落ち込むことはありませんよ。カッシーク様は婿です。あの家を継ぎ、守っていくのはコンラートと貴女です。貴女はローゼマイン様の側近に選ばれたのですから、今後はあの二人も粗雑な扱いはできません。コンラートが貴族院へ入る頃には貴女も成人します。領主一族の側近としてコンラートの後ろ盾になることは可能でしょう。今は焦ってはなりません」

丁寧に諭されて、わたくしは頷きました。ローゼマイン様の側近として、お父様達がわたくし達を尊重してくれるようになれば、今のような息苦しい生活が続くことはないでしょう。

……わたくしがローゼマイン様に忠誠を捧げたことは間違っていませんね。

お母様のお話を忘れないように書き留めなさいと言ってくれた時も、側近に召し上げてくださった今も、ローゼマイン様はいつでもわたくしを救ってくださるのです。自分にできる限り、真摯《しんし》にお仕えしたいと決意した時、馬車が自宅に到着しました。

「おかえりなさいませ、フィリーネ様」

「あら、わたくし、連絡を入れたはずですけれど、ヨナサーラ様はどちらにいらっしゃるのかしら？」

出迎えた者が側仕えのエイネイラと下働きの男だけだったことに、イズベルガが眉をひそめました。エイネイラは一度家の中を振り返り、静かな口調で答えます。

「大変申し訳ございませんが、ヴィーゲンミッヒェのお招きで手が離せません」

ヨナサーラ様が赤子の世話で何かができない時に使われる言葉です。ローゼマイン様の聖典絵本によると、ヴィーゲンミッヒェは洗礼式前の子供を守り育てる女神です。

「そうですか。ご挨拶したかったのですけれど、仕方ありませんね。では、下働きに荷物を運ばせてくださいませ。その後、馬車にはわたくしが乗って帰りますから。あぁ、久し振りにコンラートにも会いたいですね。呼んでくださいませ」

イズベルガがそう言うと、エイネイラは「コンラート様は洗礼式を終えていませんから」と少し困った顔になりました。

「わたくしは同母系の親戚ですから問題ありません。少し顔を見たいのです」

引こうとしないイズベルガの言葉に、エイネイラがわたくしを見ました。「止めろ」と訴えられていることはわかります。けれど、これから先イズベルガにはわたくし達の援護をしてもらおうと思っているのです。彼女と顔を合わせておくのは、コンラートのためになるでしょう。

「エイネイラが忙しいのでしたら、わたくしがコンラートを呼んできます」

「いいえ、わたくしが行ってまいります。申し訳ございませんが、フィリーネ様はイズベルガ様にお茶を……」

「わかりました」

わたくしはイズベルガを応接室に案内して、できるだけ丁寧にお茶を淹れます。お茶を飲んだイズベルガが少し顔をしかめました。どうやらあまりおいしくなかったようです。

「わたくしのお茶で申し訳ございません。我が家はエイネイラしか側仕えがいないのです」

「……これでは不足が多そうですね。神殿では側仕えとして教育された者が安く買えるそうですよ。

魔術具は使えませんが、魔術具が少ない下級貴族の家では十分な働きをしてくれるようです。ローゼマイン様を通せば融通《ゆうずう》してくださるかもしれません。相談してみてはいかが？」

イズベルガが口元を拭って、そう言いました。自分のお給料をいただけるようになったらローゼマイン様に相談してみても良いかもしれません。できることならば、わたくしとコンラートの身の回りを整える側仕えだけでも新しく雇いたいものです。

「コンラート様をお連れしました」

「姉上、おかえりなさいませ。帰ってきてくれて嬉しいです」

エイネイラに手を引かれたコンラートが応接室に入ってきました。何だかコンラートが痩《や》せたように見えます。気になりましたが、エイネイラに教えられたらしい挨拶を一生懸命にしているコンラートを遮ることもできませんし、イズベルガの前でエイネイラを問い詰めるのも失礼なことです。少し考えた結果、わたくしは口を噤《つぐ》みました。

「とても上手に挨拶できましたね、コンラート。……それにしても、何だか少し痩せていませんか？　食事が足りていないのではなくて？」

わたくしが気にしていたことをイズベルガはずばりと切り込んで尋ねました。エイネイラは困ったように微笑みます。

「コンラート様は元々食の細い子供なのです。それなのに、フィリーネ様がいらっしゃらなくて、更に食欲がわかなかったようで食事の量が減りました。これからフィリーネ様と一緒に食べることができればすぐに食欲も回復するでしょう」

エイネイラの言葉にコンラートが何度も頷き、「お姉様と一緒にご飯を食べたいです」と言いました。これほど帰宅を楽しみにしてくれていたなんて嬉しいことです。

「コンラート、これから朝食と夕食は一緒に摂りましょうね」

「……お昼は？　これからはずっと姉上と一緒にいられるのでしょう？」

きょとんとした顔でコンラートにそう言われて、わたくしは何とも言えない罪悪感がこみ上げてきます。

「ごめんなさいね。明日からわたくしはお父様と同じようにお城で働くことになりました。六の鐘まではお城へ行くのです。去年も子供部屋へ行っていたでしょう？　同じような……」

「嫌です。行かないでください」

「そういうわけにはいかないのよ、コンラート。大事なお仕事なのです」

イズベルガという客人がいる前で泣きそうになっているコンラートに驚いて、わたくしは必死に宥めようとしましたが、ここで「一緒にいられる」と嘘を吐くことはできません。

「フィリーネ様を困らせてはなりませんよ、コンラート様。良い子にするとお約束したではありませんか。それに、お客様の前ですよ」

エイネイラが肩を押さえると、コンラートがハッとしたようにエイネイラを見上げ、それから、すぐに項垂れて頷きました。

「我儘を言って申し訳ございません」

「コンラートはお姉様が大好きなだけでしょう。わたくしは気にしていませんよ」

イズベルガが優しく微笑んだところで下働きが戸口に立ちました。どうやら荷運びが終わったようです。わたくしはイズベルガを労い、別れの挨拶をします。

「ありがとう存じます。イズベルガのおかげでとても快適な貴族院生活を送ることができました。ここで貴族院における主従契約を解除いたします」

「フィリーネ様の成長をこの目で見届けることができたことが何よりの収穫でした。来年も声がかかることを待っております。……わたくしはこれで失礼いたしますね」

わたくしはコンラートやエイネイラと共にイズベルガを見送りました。馬車が角を曲がると、途端にエイネイラは側仕えらしい笑みを消して、わたくしをギロリと睨みます。

「フィリーネ様、お帰りが遅すぎます。もう六の鐘が鳴っているではありませんか。下働きに余計なお金を渡して待機してもらわなければならないなんて……」

「……わたくしにそのような文句を言われても困ります。城からの帰宅は身分順ですもの。それより、コンラート。一緒に夕食を……」

「フィリーネ様のお帰りが遅いので、コンラート様の夕食は終わりました。わたくしがお風呂に入れるので、フィリーネ様は早く夕食を終えてくださいませ」

エイネイラは厳しい声でそう言うと、コンラートの腕を引いて歩き始めました。自然と「お風呂に入れる」という言葉が出たことからもわかるように、どうやらわたくしが貴族院に行っている間、エイネイラはコンラートの世話をずっとしてくれていたようです。

「ありがとう存じます、エイネイラ。コンラートのお風呂は任せますね。でも、その前にわたくしの着替えを手伝ってほしいのですけれど……」

貴族院用の黒の衣装は側仕えが着せることを前提に作られています。一人で脱ぎ着はできません。それを見て、エイネイラが面倒くさそうに眉を寄せました。

「コンラート様、先にお部屋に戻っていてくださいませ」

そう言われたコンラートが何だかすがるような目でわたくしを見ましたが、着替えの場に来られても困ります。わたくしが貴族院に行っている間よほど寂しかったのでしょうけれど、コンラートには自分の部屋に戻ってもらわなければなりません。わたくしはそっとコンラートを抱き寄せて、就寝の挨拶をします。

「コンラート、シュラートラウムの祝福と共に良き眠りが訪れますように。……明日の朝は一緒に朝食を摂りましょうね」

「はい、姉上」

コンラートが嬉しそうに微笑んで、自分の部屋へ歩いていきます。聞き分けがよかったことにホッとしながら、わたくしはエイネイラを伴って自室へ入りました。

下働きによって運び込まれただけで、適当に積み上げられている貴族院の荷物が部屋を狭く見せています。荷物の木箱を横目で見ながら、わたくしは部屋のクローゼットを開けました。そこには一人で脱ぎ着できる平民用の服が入っています。貴族院では着ることのない自宅用の服です。

「ヨナサーラ様は赤子の世話で忙しいようですけれど、夕食の準備はできているのですか？」

「えぇ、わたくしはこれからヨナサーラ様の様子を見に行くので給仕はできませんけれど、準備は終わっていますよ」

「そうですか。明日は二の鐘に城へ行くことになっています。朝食を終えたら、衣装の支度をお願いしますね」

むっつりと不機嫌そうなエイネイラに手伝ってもらって貴族院用の服を脱ぎました。脱がせ終わると、エイネイラはさっさと部屋を出て行きます。

……コンラートのお風呂を手伝ってもらえるだけでもありがたいもの。

わたくしは一人で平民用の服を着ると、食堂へ行って自分で給仕をし、一人で質素な夕食を終えました。貴族院の食事があまりにもおいしかったせいでしょうか。静かで寂しいせいでしょうか。ローゼマイン様を中心に側近の皆と一緒に囲んだ賑やかな食事を思い出し、自宅に帰ってきたばかりなのに貴族院へ戻りたくなりました。

食事を終えて自室に戻る途中で赤子の泣き声が聞こえてきました。赤子が生まれてからヨナサーラ様だけではなく、エイネイラも赤子に付きっきりです。お父様とヨナサーラ様以外の用事をすることはほとんどなくなりました。エイネイラがわたくしの荷物の片付けを手伝ってくれたり、寝支度を整えてくれたりすることはないでしょう。

……いつになったら眠れるかしら？

貴族院へ行っている冬の間、ずっと放置されていたらしい自室を見回してわたくしは溜息を吐きました。まずは軽く部屋の掃除をして、シーツを取り替え、明日の仕事の準備をしなければ眠ることもできないようです。

他の家庭ならばきっと母親が貴族院からの帰りを心待ちにしてくれているでしょうし、仮に母親がいなくても側仕えが部屋を整えてくれているでしょう。貴族院から戻った途端に平民の服に着替え、部屋を自分で整えなければ眠ることもできない貴族がどれだけいるでしょうか。情けなさに泣きたくなりますが、泣いたところで事態が好転しないことは嫌と言うほど知っています。わたくしは深呼吸して気分を切り替えると、ぐいっと腕まくりをして、掃除道具を取りに行きました。

フィリーネ視点　わたくしの騎士様

Kazuki Miya's commentary

第四部Ⅲ特典ＳＳ

フィリーネ視点。

魔力圧縮の日に休むことになったフィリーネ。

その日、助け出されるまでの間に何があったのか。

ローゼマインには見えない部分を書いてみました。

ちょこっと Memo

下級貴族の苦しい生活ぶりですが、フィリーネの家庭は下級貴族の中でも下の方です。同じ下級貴族でもオトマール商会からの援助を受けるダームエルの実家はもう少し裕福です。

今日はローゼマイン様が魔力圧縮を教えてくださる日です。あまりにも心待ちにしていたせいでしょうか。わたくしは一の鐘ですぐに目が覚めました。飛び起きるようにして寝台から降りると、手早く身支度を終わらせます。

貴族院では側仕えがいましたが、我が家にいる側仕えは、お父様の後妻であるヨナサーラ様の伯母エイネイラ一人です。エイネイラはお父様とヨナサーラ様の身の回りを整えますが、外出用の貴族服を着る時以外でわたくしの支度を手伝ってくれることはありません。

そのため、自宅では側仕えがいなくても一人で着られる平民用の服を着ていますし、コンラートの着替えも貴族院へ行く以前はほとんどわたくしが担当していました。貴族院の間はエイネイラがコンラートの世話を担当していたようで、今も毎朝の着替えをしてくれています。わたくしは朝の時間が増えて大助かりです。

側近として城へ行くのですから、朝の時間は貴重です。わたくしは軽く自室の掃除をして、城へ持っていく荷物や衣装の確認をしてから足早に食堂へ向かいました。コンラートが着替えている間に朝食の支度を終えたいものです。

食堂へ行くと、まず竈に火を点けました。料理人が前日のうちに作り置きしているスープを温めるのです。その間に食料棚からパンを取ってきて、薄く切るとチーズと一緒に軽く焼きます。今のわたくしを見て、貴族だと思う者はいないでしょう。

我が家では少しでも下働きへのお給料を節約するために、料理人は二の鐘から六の鐘の間しか仕事をさせません。また、給仕をする側仕えもいないので、食事の準備は自分で行います。おそらく裕福な平民の方が、わたくしよりよほど貴族らしい生活をしているでしょう。

……このような姿、他の誰にも見られたくありません。

焼けたパンをお皿に載せ、温まったスープをお皿に入れ、氷室《ひむろ》に保存されているミルクをカップに注げば朝食の支度は終わりです。この数日間は、準備が終わる頃にコンラートが食堂へ到着していたのですが、今日はまだ姿が見えません。貴族院から戻ってきても毎日わたくしが城へ行くため、朝食と夕食は必ず一緒に摂るのだと言っていたのにどうしたのでしょうか。

……もしかしたら、エイネイラはヨナサーラ様に呼ばれているのかしら？

そうであればコンラートは後回しにされます。様子を見に行った方が良いかもしれません。わたくしが食堂から出ようとしたら、エイネイラが一人で食堂へ現れました。

「あら、エイネイラ。コンラートは……？」

「いつも通りに起こしに参りましたが、調子が良くないようです。今日はもう少しお休みしておくように言いつけました。仮に、フィリーネ様が本当にローゼマイン様の側近であれば、病弱と噂の主に病気をうつすわけにはいかないですからね」

エイネイラが意地悪く笑いました。「ローゼマイン様の側近に選ばれた」と言ったことを、まだ信用していないことがわかります。悔しいと思いますが、別に構いません。お城で情報収集をしているお父様が戻れば事実がわかるでしょう。わざわざエイネイラとヨナサーラ様を説得しようという気分にはなれません。

「そうですか。では、朝食を終えたら城へ向かう支度をお願いしますね」

「ハァ……。春を寿《ことほ》ぐ宴《うたげ》までは城の子供部屋で過ごすことも貴族として必要でしょうけれど、全く家にいようとしないところはカッシーク様とそっくりでございますね」

そんな嫌みを言いながらエイネイラが食堂を出て行きます。腹立たしいけれど、城へ向かうための衣装は自分一人で着付けられません。ここは我慢です。

わたくしは一人で朝食を摂りました。コンラートがいなくて静かで寂しいせいか、質素で味気ない食事のせいか、貴族院の賑やかでおいしい食事を思い出します。

……昼食は城で側近の皆と下げ渡しをいただくので、ずっと家にいるコンラートに比べればずいぶんと恵まれているのですけれど。

わたくしは食べ終えた食器を片付けると、自室へ戻る前にコンラートの部屋へ寄ることにしました。少しだけ様子を見ようと思ったのです。

……ヨナサーラ様が以前のようであれば、ここまで心配しなかったのですけれどね。

後妻であるヨナサーラ様がこの家に来たのは、わたくしのお母様が亡くなってからあまり時間が経っていない頃でした。お母様が亡くなったのは、コンラートが生まれて季節が一つ過ぎた頃のことです。わたくし達を育てるため、お父様は長期間住み込みで働いてくれる乳母を雇うか、後妻を娶るか選択しなければなりませんでした。

その当時、たまたま身寄りが亡くなって生活が困窮している女性が自分の親族にいたので、お父様は金銭的な面から乳母を雇うより後妻を娶った方が良いと判断したようです。ヨナサーラ様を後妻に、その伯母のエイネイラを側仕えとして引き取りました。

……初めは上手くいっていたのです。ヨナサーラ様もお優しかったですし、エイネイラもわたくし達をお父様の子として尊重してくれていましたから。

けれど、ヨナサーラ様は妊娠してからというもの、人が変わったようにわたくし達を邪険にするようになりました。お父様がしっかり止めてくだされればよかったのですが、わたくし達の意見は聞き流されることが多くて真剣に取り合ってくれません。また、お父様は家の中のことを妻の仕事としてヨナサーラ様に全て任せていたので、増長した彼女の態度はどんどんひどくなりました。今はコンラートが病気になれば「我が子にうつっては大変」と放っておかれます。

……「子を得れば、女は母として我が子を一番大事にするものです」とイズベルガが言っていましたけれど……。

イズベルガは貴族院へ側仕えとして付いてきてくれた母方の親族です。彼女は「我が子の立場が安定していれば、少しは余裕もできる」とも言いました。けれど、ヨナサーラ様は入り婿であるお父様の後妻で、身寄りもありません。当時二十代前半で貴族としては嫁ぎ遅れだった彼女は、ほぼ着の身着のままで嫁いできました。子供用の魔術具も持っていなかったので、彼女の子供が貴族として生きていくことは難しいでしょう。そのような状況では先妻の子であるわたくし達に攻撃的になるのは避けられないそうです。わたくしが子を持てば理解できるでしょうと言われましたが、邪険にされている今は理解したいと思えません。

……でも、全ての原因はお父様です。コンラートが貴族院へ入るまで子供を作るのは控えるべきだと親族から忠告されていたのに無視しましたし、わたくしが訴えてもヨナサーラ様達に離れを与えないのですから……。

本来、このような確執や争いを最低限にするために貴族の館には離れがあり、後妻や第二夫人などは最初から別に住むのです。けれど、ヨナサーラ様はわたくし達の養育を目的にした後妻だったため、本館に入りました。子供を産んだ今も本館にいます。けれど、本能的に我が子を最優先して、わたくしやコンラートの養育を放棄することが避けられないならば、険悪な雰囲気になってまで本館で一緒に住む必要があるでしょうか。

わたくしは別にお父様に離婚してほしいとか、ヨナサーラ様達に我が家から出て行ってほしいと言うつもりはありません。ただ、普通の後妻として本館から離れに生活の場を移してもらいたいだけなのです。

……お父様としては金銭的な問題で離れを使いたくないのかもしれませんが、今のままではコンラートに良くありませんもの。

亡くなる前にお母様が「コンラートをお願い」と何度も言っていた声が頭を過《よぎ》って、わたくしはそっと息を吐きました。

「コンラート、調子が良くないと聞きましたが、様子はどうですか？」

わたくしが部屋に入って寝台を覗くと、青ざめたコンラートは強張った顔でわたくしを見上げました。皮膚に薄《うっす》らとブツブツが出始めていて、少し苦しそうな表情には覚えがあります。体の中に魔力が満ちているに違いありません。幼い時は数カ月に一度腕輪の魔力を移せば十分なので、魔力の移し方を忘れてしまったのでしょう。わたくしは腕輪が付いている弟の右手の袖を捲りながら説明します。

「腕輪に魔力が満ちたら寝台の横にある魔石の魔術具に魔力を移すように、と教えたでしょう？

……コンラート、腕輪は？　魔術具はどこに置いたのですか⁉」

右の手首に腕輪がなく、寝台の隣の台に魔術具が見当たりません。コンラートはまるで絶対に言うなと誰かに命令されたような恐怖に強張った顔でわたくしを見つめています。

「黙っていてもわかります。ヨナサーラ様しかいないではありませんか。この家で子供用の魔術具を必要としているのは、あの赤子だけなのですから」

わたくしが断定すると、コンラートがどっと涙を溢れさせながら何度も頷きました。黙っていても、わたくしが察したことに安堵したのでしょうか、コンラートの表情と体から強張りが取れていきます。

……魔術具を取り上げたばかりか、怯えさせて何も言わないように脅しつけるなんて許せません。

魔術具は絶対に取り戻します！

コンラートの子供用の魔術具は、お母様が亡くなった後、お母様の魔石と残されていた財産の大半を使って新しく作っていただいた物です。生まれてすぐにお母様を亡くし、顔さえ覚えていない弟にとっては、母親の愛情そのもの。それを後妻が我が子のために取り上げるなど、最低の所業ではありませんか。

わたくしは怒りにまかせて走り出すと、ヨナサーラ様の寝室へ飛び込みました。何の前触れもなく入ってきたわたくしを見て、彼女は目を吊《つ》り上げて怒鳴ります。

「なんて無作法な！　すぐに出てお行きなさい！」

彼女の腕に抱かれている赤子がその怒鳴り声に驚いたのか泣き始めました。子供が泣き出すとヨナサーラ様の機嫌が悪くなるので、いつものわたくしならばその剣幕に逆らわなかったでしょう。けれど、赤子の腕にコンラートの腕輪があるのを見て、部屋を出られるわけがありません。

赤子の泣き声もヨナサーラ様の怒声も無視して部屋の中へ視線を巡らせました。暖炉の上に魔石の入ったコンラートの魔術具が置かれています。それを見つけるや否や、わたくしはできるだけ速く暖炉へ駆け寄って魔術具を取り返しました。

「無作法で横暴な泥棒はヨナサーラ様ではありませんか！　これはわたくしのお母様の魔術具です。コンラートのための物で、その赤子の魔術具ではありません。自分の子供を貴族として生かしたければ、嫁入りの時に準備して持ってくれば良かったのです。コンラートの物を奪うなんて許せません！　立場を弁えてくださいませ」

顔色を変えたヨナサーラ様が「それはもうこの子の物です！」と叫びながら体を捻《ひね》り、呼び鈴を鳴らします。エイネイラが来てしまえば、わたくしに勝ち目はないでしょう。睨み合っていると、ヨナサーラ様が何かに気付いたように少し視線の向きを変えました。

「姉上……」

わたくしの後を追ってきたらしいコンラートの声が背後から聞こえました。わたくしは弟を庇うようにしてヨナサーラ様と睨み合います。わたくしが弟を守る姿勢を見せたことで、余裕を持ったように彼女が意地悪く唇の端を吊り上げました。

「魔術具を今更取り戻したところで遅いですわ。コンラートのように魔力の少ない子供では貴族院へ行くまでに魔力を溜め直すことができませんもの」

その一言で、魔術具を取り上げただけではなく、今まで溜めてきたコンラートの魔力を全て使われてしまったことがわかりました。背筋が冷たくなります。もしかしたら本当にコンラートが貴族として生きていくことは難しくなったのかもしれません。

「ですから、もう諦めなさいませ」

「……コンラートの将来とお母様の魔術具を奪われることは別問題です。それは譲りません」

わたくしは魔術具をコンラートに渡し、赤子の腕輪に狙いを定めました。ヨナサーラ様はシュタープを出して、わたくしを阻止しようとします。その瞬間、コンラートが悲鳴を上げてその場にうずくまりました。恐怖に震える姿は、ヨナサーラ様にシュタープを向けられた経験があることを雄弁に語っています。

「貴女はコンラートに何をしたのです⁉」

頭が沸騰《ふっとう》したように怒りで熱くなり、わたくしもシュタープを取り出しました。そこにエイネイラが急ぎ足で入ってきます。

「奥様、大変です！　フィリーネ様がこのような大金を！」

魔力圧縮の講義料が入った革袋を手にしているエイネイラに、わたくしは眩暈を感じました。

「主だけではなく、側仕えまで泥棒だったなんて……。それはわたくしのお金です！　勝手に盗《と》らないでくださいませ！」

魔力圧縮を教えてもらうために貯めたわたくしのお金です。コンラートが貴族として生きていくために必要な魔術具を奪い、今度はわたくしが側近として生きていくために必要なお金を奪おうというのでしょうか。

「きゃっ⁉」

革袋に気を取られた瞬間、あっという間にシュタープから出た魔力の帯が巻き付き、わたくしはヨナサーラ様に囚《とら》われました。ドッと倒れたわたくしをヨナサーラ様が見下ろします。

「この家の女主人はわたくしで、この家を継ぐのはこの子です。貴女こそ立場を弁えなさい」

うずくまって震えているコンラートの手から魔術具が奪われました。ヨナサーラ様が卑《いや》しい笑みを浮かべて革袋を開けると、わたくしのお金を数え始めます。革袋を閉じると、わたくしに視線を向けました。

「エイネイラ、そこの物置でいいわ。二人を閉じ込めておいてちょうだい。目の前でコンラートの魔力が暴走して死にかければ、少しはフィリーネもわたくしに素直に従うようになるでしょう」

わたくしはできるだけ強くヨナサーラ様を睨み上げました。

「閉じ込めておける時間はそれほど長くありませんよ。側近のわたくしが無断欠勤すればリヒャルダやオティーリエが不審《ふしん》に思いますし、城にいるお父様に様子を尋ねるでしょう。質問されたお父様は返答を正確にするためにわたくしの様子を知ろうと家に帰ってきます」

ハッタリです。リヒャルダ達は不審に思っても、すぐに助けが必要とは考えないでしょう。無断欠勤の理由を問われれば、お父様はわたくしの様子を知ろうとすると思います。けれど、ヨナサーラ様にオルドナンツを飛ばすだけで、誤魔化されて終わるに違いありません。

それがわかっていても強気な態度に出られるのは、ハルトムートの教育の賜《たまもの》です。貴族院で他領の貴族達と取り引きする時に気弱な態度ではローゼマイン様までなめられると何度も注意されました。下級貴族の側近だからこそ、身分差を弁えて引く時と絶対に引いてはならない時を覚えるように、と言われたのです。

ハッタリにも少しは効果があったのでしょうか。エイネイラは心配そうな顔になり、ヨナサーラ様は不快そうに顔をしかめました。

「強がっても無駄です。エイネイラ、二人を物置へ」

命じられたエイネイラは、わたくしを転がすようにしてヨナサーラ様の寝室から一番近い物置に入れました。その後、背中から突き飛ばされたコンラートがわたくしの上に覆い被《かぶ》さってきます。

「うぐっ……」

「姉上、大丈夫ですか？」

大丈夫ではありません。成人しているヨナサーラ様の方が、まだ子供のわたくしより魔力が多くて強いのです。わたくしにはこの縛《いまし》めを解くことができません。

「わたくしは大丈夫です。お父様が戻ってくるまでの辛抱《しんぼう》ですからね」

バタリと扉が閉められました。視界は真っ暗になり、ガチャリと鍵がかかる音が無情にも響いてきます。エイネイラが急ぎ足で寝室へ向かってヨナサーラ様に何やら報告している声が聞こえました。

「コンラートこそ大丈夫ですか？」

「私は……姉上が一緒なので暗くても大丈夫です」

魔力の様子を尋ねたつもりでしたが、違う答えがきました。けれど、落ち着いているならば安静にしておくのが一番でしょう。感情を揺さぶられた方が魔力は体の中で暴れます。余計なことを言わないように、わたくしは口を閉ざしました。

少し経つと、二の鐘が鳴りました。本来ならば城へ出発する時間です。「休みの連絡を入れた方が……」というエイネイラの声が微《かす》かに聞こえました。子供の無断欠勤は親がきちんと監督していないという評価に繋がります。お父様の評価が下がることは、ヨナサーラ様にとっても避けたいことでしょう。静かにして耳を集中させると、二人の声が何となく聞こえました。

「リヒャルダやオティーリエは呼び捨てですから子供部屋のお友達でしょうか？　文官見習いの仲間かもしれませんね」

「どちらでもいいわ。一報を入れておいてちょうだい」

「畏《かしこ》まりました。……オルドナンツ」

もっともらしい言葉で体調不良についてエイネイラがオルドナンツに声を吹き込んでいます。わたくしは思い切り息を吸い込みました。

「わたくしのお金を返してくださいませ！」

精一杯に叫んだ途端、ガチャガチャと乱暴に鍵を開ける音がして、魔物のような形相のヨナサーラ様が物置へ入ってきました。そのまま力任せにわたくしの頬をぶちます。わたくしが痛みと屈《くつ》辱《じょく》を感じるより先に、コンラートが悲鳴を上げました。

「子供が泣き出してしまったではありませんか！　いつもうるさいと言っているでしょう！」

「ごめ……ごめんなさい！　ごめんなさい！　もうしません！」

「お止めなさい！　このようなこと、お父様はご存じなのですか⁉」

「フィリーネ、わたくしに命令するのではありません！」

わたくしに標的を変え、何度か手を上げると気が済んだのか、ヨナサーラ様が物置を出て行きます。ガチャリと再び鍵を閉めて。

「……ヨナサーラ様はいつもこのような仕打ちをしていたのですか？」

真っ暗になった物置の中、わたくしは小さな声で尋ねました。コンラートはしばらく躊躇った後、幼くて拙い言葉でゆっくりと、わたくしが貴族院にいた間の話を始めました。満足に世話をされず、ヨナサーラ様やエイネイラの機嫌の良し悪しで暴力を受けていたようです。

「朝食はなくて……。だから、姉上が帰ってきてくれて嬉しかったです」

わたくしは息を呑みました。コンラートが冬の間に痩せていたことを心配した時、エイネイラは「お姉様がいないと食欲が出なかったようですね」と言ったのです。真実は全く違うではありませんか。

「着替えも……。この痣《あざ》を姉上に見せてはダメだって……」

コンラートは自分の服を捲り上げました。暗くて見えませんが、お腹には痣がいくつも残っているようです。エイネイラがコンラートの着替えを担当していたのは、虐待の跡をわたくしに見せないためだったのでしょう。

「ごめんなさい、コンラート。わたくし、貴族院から戻って何日も経っているのに気付いていませんでした」

「姉上がいる時は、痛くされなかったから……うぐっ……」

魔力が暴れ始めたのか、コンラートが苦しそうに呻《うめ》きました。このまま放置していると、本当にヨナサーラ様の言った通りになってしまいます。

……どうしてわたくしはこんなに無力な子供なのでしょう？

わたくしが大人ならばヨナサーラ様から魔術具を取り返すことができたかもしれません。この魔力の帯を破ることができたかもしれません。大人でなくても、こんなふうに縛られていなければ家の中にある魔術具を弟に使用させて命に危険がない程度に魔力を減らせたでしょう。せめて、城へ向かう時の服に着替えていれば革帯に携帯しているオルドナンツの魔石で助けを呼ぶことも可能でしたし、魔力を吸収する黒の魔石もありました。

「……姉上、お話をして。そうしたら、少しだけ楽になるから」

ぜいぜいと苦しそうな息の中、コンラートがそうねだります。辛い時や痛い時にお母様が話してくれていた物語を思い出せば少しだけ楽になるそうです。わたくしは、ローゼマイン様が本にしてくださった騎士様のお話を始めました。

「……其方が助けを欲する時は必ず私が助けると、光の女神に誓う。だから、其方も困った時には助言の女神アンハルトゥングに頼るより先に私を呼んでくれないか？」

「姉上、騎士様は私達も助けてくれるでしょうか？」

「ええ。きっと……。きっと助けてくれますよ」

わたくしは弟を少しでも安心させたくてそう言いましたが、本当に助けが来るとは思っていません。そんな都合の良い存在がいれば、わたくし達が今このような目に遭っているはずがないのです。

コンラートが「早く助けに来てほしいですね」と言いながら、わたくしに寄りかかってうとうとし始めました。縛られたままで頭を撫でてやることも、背中を擦ってやることもできません。

弟が眠ってしばらく経つと、三の鐘が聞こえてきました。魔力圧縮の講義が始まる時間です。お金を奪われ、ここに閉じ込められているわたくしが参加することはできません。冬の間、貴族院で努力した全てが崩れていく音と一緒に、心が折れていきます。虚勢が剥《は》がれ落ち、堪《こら》えようがない嗚咽《おえつ》と涙が出てきました。

物置に閉じ込められてからどれだけの時間が経ったでしょうか。不意に複数人の足音と「フィリーネの部屋はこちらです」と誰かを案内するヨナサーラ様の声が聞こえてきました。面会予約が入っていなくても案内しなければならない緊急のお客様のようです。

「コンラート、少し退《ど》いてくださいませ」

わたくしは芋虫のように動いて扉に近付くと、できるだけ反動を付けて物置の扉を蹴りました。ドン、ドンと二回、三回と蹴っていると、不審に思ったらしい足音がいくつかこちらへ向かってきます。

「そちらは物置です。積み上げていた何かが落ちたのでしょう」

取り繕おうとするヨナサーラ様の声に反抗して、「わたくしはこの物置です！」と訴えながら必死で扉を蹴り続けました。

「止めてくださいませ！　何をなさるのですか!?」

ヨナサーラ様の叫び声と共に物置の扉に一筋の光が走りました。直後、廊下側に向かって扉が倒れていきます。明るい光が差している廊下には剣を構えたダームエルがいました。その剣で扉を切ったに違いありません。

「……フィリーネは病気で臥《ふ》せっている、だと？」

問い詰める声は、普段温厚なダームエルから想像もできないほど厳しいものでした。ヨナサーラ様が悲鳴を呑み込んだことがわかりました。

「どう見てもここにはお金がなさそうですね」

軽い口調と共に顔を覗かせたのはハルトムートです。その背後には顔をしかめたリーゼレータとユーディットもいます。

「フィリーネが見つかったので、次はお金だな。ほら、ユーディット。行くよ」

「でも、男性のダームエルより同性のわたくしがここに残った方が……」

ユーディットはわたくしとダームエルを見ながらそう言いましたが、ハルトムートは「いや」と首を横に振りました。

「長時間縛られていたらフィリーネが満足に動けない可能性は高い。ユーディットでは運べないだろう？」

ハルトムートはそう説明すると、今度は「領地間の問題になれば、使用した者の命で贖《あがな》ってもらうことになります」と薄笑いでヨナサーラ様を脅しながらお金を出すように命じました。言葉の端々から察するに、お金を渡し間違えたという建前《たてまえ》を作って様子を見に来てくれたようです。

青ざめたヨナサーラ様はハルトムートとユーディットを連れて自分の寝室へ入っていきました。その方向は本来お金を持っているはずのわたくしの部屋ではありません。そのことに皮肉を言っているハルトムートの声が聞こえます。

「私がフィリーネの縛めを切る。リーゼレータは弟を頼む」

ダームエルが指示を出しながら物置に入ってきました。わたくしの背後のコンラートは見知らぬ者が何人も現れたことに驚き、魔力が激しく暴れ始めたようで息を乱しています。

「リーゼレータ、黒の魔石を持っていたらコンラートの魔力を少し吸い出してやってください。魔力が溢れそうで……」

「持っています。フィリーネは自分の心配をしてくださいませ」

リーゼレータがわたくしを安心させるように微笑んで、黒の魔石をコンラートの額に押しつけました。魔力が吸い出されて楽になっているのでしょう。苦しそうだった呼吸が少しずつ変わっていきます。

「フィリーネ、これを外すから動かないでくれ」

ダームエルがシュタープを大きな剣からナイフに変えて、わたくしを縛り上げていた魔力の縛めを切り落としていきます。ナイフを持つ手に迷いはなく、わたくしの肌に一筋の傷さえ作ることはありません。

下級貴族の彼に中級貴族並みの魔力があるという噂は、誇張でも何でもなかったようです。ヨナサーラ様の魔力で形作られた縛めはあっという間に切り落とされて、光の粉になって消えました。

「ダームエル、ありがとう存じます」

「……あ」

小さくダームエルが声を上げました。その視線の先が自分の服であることに気付いて、わたくしは顔を強張らせます。一人で着替えられるようにボタンが前に付いている平民の服を着せられ、縛られた状態で物置に閉じ込められていたのです。貴族女性に見えないわたくしを領主一族の側近に相応しくないと判断するには十分でしょう。

わたくしはボタンを隠そうと手を上げようとしました。けれど、長時間縛られていたせいか、腕がしびれていてすぐに動きません。ひどく惨めで泣きたい気持ちになりました。

「リーゼレータ、弟の方は自分で立てそうかい？　やはりフィリーネは自力では動けないようだ」

ダームエルはリーゼレータの注意を弟へ向けさせると、手早く自分のマントを外してわたくしを包みました。何も言わず、他の者には平民の服が見えないようにしてくれた優しい心遣いに、今度は嬉しくて目が潤んできます。

「あの……ダームエル、これは……」

「ん？」

軽く眉を上げた後、ダームエルは人差し指を唇に当てて「何も言わなくても大丈夫だ」と示しました。わたくしを見ている灰色の目は優しく、貴族らしくないことを嘲るような色は全く見当たりません。

……あ。

急に温度が上がって氷にひびが入る時のように、キンと高くて透明で澄んだ音が聞こえた気がしました。まるで水の女神と雷の女神によって、わたくしの心が春に塗り替えられていくようです。芽生えの女神が微笑み、腕を振ったのでしょう。今、まさにこの瞬間、わたくしの心に小さな恋が芽生えたことがわかりました。

「コンラートといったかしら？　立てますか？」

リーゼレータの声にハッと我に返ります。人見知りの弟は優しく声をかけられても、小さく頷くだけで声を発しません。それでも、リーゼレータ達が助けに来てくれたことはわかっているのでしょう。差し出された手をおずおずと取ってゆっくりと立ち上がりました。

「弟は自分で歩けるようだな。フィリーネ、ちょっと失礼するよ」

ダームエルは声をかけると、わたくしを軽々と抱き上げました。全く揺るぎのない力強い腕と、あまりにも距離の近い顔を意識してしまったせいか、わたくしの鼓動《こどう》はダームエルに聞こえそうなくらいにうるさく全身に響いています。恋を自覚した直後のわたくしにはあまりにも刺激が強すぎて眩暈がしてきました。

ダームエルは廊下を塞いでいた扉を蹴って通り道を作り、後ろを歩く弟達を気遣って歩きます。

「ローゼマイン様は子供の不遇を許さない方だ。助けを求めてみれば良い。……フィリーネが助けを求めてくれなければ我々には助けられないから……」

まるで騎士様のようなことを言いながら階段を下りていくダームエルに、わたくしの心臓は激しく鳴り続けます。

「フィリーネ、父君だ」

そう言われて視線を向けると、応接室から出てきたお父様がダームエル様に抱き上げられて階段を下りてきたわたくしの姿を見つけました。すぐさま別の者を探すように上へ視線を向けます。

娘のわたくしよりも後妻の心配をしているお父様を見て、不意に絶望感が湧き上がってきました。物置からは出られましたが、ヨナサーラ様からコンラートの魔術具を取り返し、生活の場所を分けなければ同じことの繰り返しです。

……本当にできるかしら？

不安と絶望感が顔に出たのでしょうか。ダームエルがわたくしを安心させるように笑い、それから、お父様をきつく睨んで言いました。

「退いてください」

ローゼマイン様に助けを求めた結果、コンラートは孤児院で、わたくしは城で生活をすることになりました。城で生活をすると、北の離れだけで活動するわけではなくなるため、すれ違いざまに嫌みを耳にする回数も多くなります。

「下級貴族がローゼマイン様の側近か。一体何の功績を立てたというのだ？」

「貴族街に家のある下級貴族が城住みとは……」

わたくしが肩を震わせ、少しでも早く彼等から離れようと足早に歩いていると、突然エーレンフェストの色のマントが視界に入ってきました。顔を上げると、ダームエルがいつの間にかわたくしの隣を歩いてくれています。

「堂々としているしかない。魔力圧縮で魔力を伸ばしていけば、文句を言える者は減ってくるから」

自分の体験を交えて励ましてくれるダームエルのおかげで、わたくしは肩の力を抜いて笑顔を浮かべることができました。こういうことが重なるせいで、辛い時に手を差し伸べてくれるわたくしの騎士様はダームエルだという思いが強くなっていきます。

けれど、わたくしは自分の想いが叶うとは思っていません。彼とブリギッテ様の恋を知っていますし、子供のわたくしに大人のダームエルが振り向いてくれることはないでしょう。

……それでも、芽生えた想いを大事にしたいので、子供のわたくしに許される時間くらいはもう少し……。

「もう少し、隣を歩いていても良いですか？」

「あぁ、構わないよ。それに、あまりひどい時はローゼマイン様に言えば良い。私と違って確実にフィリーネを助けられるから」

ダームエルの少しずれた答えにわたくしは苦笑します。こちらの恋心に気付かないところがダームエルらしいのだと、最近少しわかってきました。

小さな発見が多い城での毎日は、忙しいけれど楽しいものです。

シャルロッテ視点

新しい一歩

Kazuki Miya's commentary

ＳＳ置き場に掲載されている未収録ＳＳ
第四部Ⅳの初め。
シャルロッテ視点。
ヴィルフリートとローゼマインの婚約が決まったことで
次期領主になる道を断たれたシャルロッテ。
そんな彼女と母親である
フロレンツィアの母娘のお茶会。

ちょこっと Memo

第四部Ⅳの特典ＳＳに入らなかった部分をＳＳにしたものです。領主一族の親子の交流、シャルロッテの思いなどを中心に書いてみました。

予想していた通りです。今年の春を寿ぐ宴は、お兄様とお姉様の婚約が発表されて大騒ぎに終わりました。中心人物であるお姉様が早々に神殿へ行ってしまったせいか、更に騒ぎは大きくなっています。お兄様は面会依頼が集中して大変なようですが、次期領主の候補ではなくなったわたくしの周囲は静かなものです。

そんな騒ぎの中、わたくしはお母様からお茶会にお招きを受けました。本館にあるお母様の自室は、洗礼式まで過ごしていた子供部屋のすぐ近くです。わたくしは少し懐かしい気分になりながら廊下を歩きました。わたくしが洗礼式を終えていなくなってから、メルヒオールが以前より甘えん坊になったと側仕え達は口を揃えて言っています。元気にしているでしょうか。冬は子供部屋の運営に忙しく、本館へ立ち入ることが滅多になかったので寂しがっているでしょう。

「ねぇ、ヴァネッサ。お母様とのお茶会が終わったら、メルヒオールに会えるかしら？」

「……急なことですから、本日は無理でしょう。後日の訪問を依頼しておきます」

筆頭側仕えのヴァネッサにそう言われました。以前は自分が生活していた子供部屋に入ることにも許可が必要になるのですから、領主一族というのは面倒な立場です。側近達の幼い頃の生活を聞くと、そう思わずにはいられません。わたくしは子供部屋の扉を懐かしく見つめながら通り過ぎ、お母様のお部屋に入りました。

「ようこそ、シャルロッテ。こうして二人でお話をするのは久し振りですね。……今日は隠し部屋でお話をしましょうか」

今日はわたくしが感情を乱すような話題が上がるに違いありません。今から緊張しつつ、わたくしはお母様に招待のお礼を述べて隠し部屋に入ります。お母様の隠し部屋に入ったのは、いつ以来でしょうか。席に着けば、側仕え達がお茶の準備をしてくれます。領主会議に向けて料理人達が新しいお菓子に挑戦しているのでしょうか。食べたことがないお菓子が目に付きました。

「領主会議に向けて、ジルヴェスター様がローゼマインから新しいレシピを買ったのです」

「……本当に、お姉様は次から次へと……。よく思い付きますね」

普通は専属料理人が新しいレシピを作り出し、主が自分の物として周知するのですが、お姉様の場合は違います。お姉様が自分の料理人に作ってほしいレシピを教えると聞いています。

「お母様、最近のメルヒオールはどのように過ごしていますか？　先程お部屋の前を通って懐かしくなったので、近いうちに訪問しようと思っています」

「ヴィルフリートやシャルロッテが顔を見せればメルヒオールは喜ぶでしょう。早く洗礼式をしたいと最近はそればかりですもの。どのような家具をお部屋に入れるのか、側仕え達と考えていますよ」

「まぁ。メルヒオールの洗礼式は来年でしょう？　気が早いこと」

気が早いとは言っても、職人の選定は始まっているでしょう。わたくしは自分の洗礼式前の準備を思い出します。

「冬の間は子供部屋の運営が忙しくて訪問が少なくなるでしょう？　シャルロッテが北の離れに移ってから、とても寂しいのだと思いますよ」

「わたくしも早くメルヒオールに北の離れへ来てほしいと思っています」

最近のメルヒオールの話を聞いて和《なご》やかな雰囲気になったところで、お茶の支度は終わり、お母様は側仕え達を退室させました。隠し部屋の中にいるのは、二人だけです。お母様はニコリと微笑みました。

「シャルロッテはヴィルフリートやローゼマインから貴族院の話を聞いていて？」

「えぇ。お姉様は専《もっぱ》ら図書館のお話ばかりでした。大きなシュミルの魔術具があって、その衣装を作ることになったのでしょう？　わたくしの側近達も参加することを楽しみにしています」

どれだけ蔵書があるのか、司書がソランジュ先生でとても尊敬していらっしゃるとか、シュバルツとヴァイスがどれだけ有能なのか……。お姉様のお話は側仕えによって軌道修正されても、最終的に図書館へ行き着きます。途中からは側仕え達も軌道修正を諦めたようでした。金色の瞳を輝かせて熱弁を振るうお姉様は、普段よりずっと愛らしく、年相応のお姿に見えます。

「ヴィルフリートは何と言っていたかしら？」

「お姉様に振り回されて大変だったという苦労話と、優秀者に選ばれたという自慢話、それから、ゲヴィンネンのお話がほとんどですね。ゲヴィンネンでドレヴァンヒェルのオルトヴィーン様に一度勝ったことが殊の外嬉しかったようで、何度もそのお話をしていらっしゃいました」

「……それについて、貴族院へ行っていた貴女の側近見習い達はどのような反応をしたのです？」

お母様が探るようにそう尋ねました。お二人の貴族院生活についてお母様に届いている報告の裏が取りたいのでしょう。側近ぐるみで嘘を吐かれると、離れている親にはなかなか真実が伝わりにくいものです。

「お兄様のお言葉は少々大袈裟なようですけれど、一年生全員に試験の初日合格を強要するお姉様を宥めなければならなかったり、女性ばかりのお茶会に何度も出席したり、宝盗りディッターの再戦を申し込まれたり……お兄様が奮闘していたことは間違いないようですよ」

「そうですか」

お母様が安堵したように息を吐きました。お母様のところに届いている報告とそれほど大きな乖《かい》離《り》はなかったのでしょう。お母様はとてもお兄様の貴族院生活を心配していたようです。

「ただ、ダンケルフェルガー相手にディッターで勝利したり、いくつもの流行を発信したり、王族や上位領地と個人的な交流を得たり、紋章付きの課題をこなす他領の学生が多かったりと、お姉様の方が様々な面で影響は大きいようですね。大半の期間、お姉様は貴族院にいなかったのに、常に噂に名前が挙がっていて存在感はあったそうです」

「ジルヴェスター様から届けられる情報は、ローゼマインに振り回されているヴィルフリートの報告ばかりでしたから、ヴィルフリート自身の言動はよくわからなかったのです」

お母様がそう言った後、お茶を飲み、じっとわたくしを見つめます。こちらの様子を探っている藍色の目で、これから本題が始まることに気付きました。わたくしは少し身構えながらカップを置き、お母様をじっと見返します。

「今日は、わたくし、シャルロッテにヴィルフリート達の婚約のことを謝りたいと思ったのです」

「お母様……」

「エーレンフェストの都合で振り回した上に、シャルロッテから次期領主への道を奪ってしまったことを本当に申し訳なく思っています」

おばあ様が育てるお兄様に対抗する形で、わたくしは次期領主になるように育てられてきました。おばあ様の失脚、白の塔の一件、お姉様の二年間の眠りなど、状況の変化によって次期領主の教育が止まったり再開されたりを繰り返していました。けれど、今回の婚約発表によって、わたくしは次期領主の争いから強制的に排除され、全て白紙に戻されました。

お母様から謝罪の言葉が出たことで、二人の婚約話を聞いてからずっとわたくしの胸の中に巣くっていたモヤモヤとした不快な感情が波立ち、暴れ始めます。

「シャルロッテ」

お母様が立ち上がって、わたくしの隣にやってくると、そっと肩の上に手を置きました。その温《ぬく》もりを感じた瞬間、自分の手の甲にポタリと熱い滴《しずく》が落ちてきました。きつく握った自分の手が小刻みに震えているのがわかります。

「……おばあ様の教育不足が目立っていたというのにお披露目に間に合ったことといい、白の塔の一件で汚点がついたにもかかわらず、今回の婚約で次期領主の座が戻ったことといい、お兄様には常に救いの道が準備されるのですもの。神様はよほどお兄様を好いていらっしゃるのでしょうね」

わたくしはずっと努力してきました。お兄様がおばあ様に可愛がられて気儘に遊んでいる時も、おばあ様が失脚したことでお母様がお兄様を次期領主にした方が良いと言い出した時も、白の塔の一件でお兄様に汚点がついた時も、お姉様が眠りについた二年間も……。けれど、わたくしの努力が報《むく》われる時は、やって来ませんでした。

「……あまりにも理不尽ですわ」

不快な感情をそのまま口に出すのは、優雅で美しい振る舞いではありません。けれど、それを叱ることなく、お母様は「ごめんなさいね」とわたくしの頭や背をゆっくりと撫でてくださいます。

わたくしは涙を拭いて呼吸を整えました。頭を撫でているお母様の手を取って、「もう大丈夫です」と微笑みます。

「理不尽で悔しいという感情はまだ少し胸の内に残っていますけれど、今のような機会がなければ、わたくしはこのようなことは口にしなかったのですよ」

「えぇ、そうでしょうとも。側近達は何も言わない貴女をとても心配していましたよ。すぐにでも話を聞いてあげてほしいと言われたのです」

今は婚約発表で貴族達が大騒ぎしている上に、領主会議の準備で忙しい時期です。そんな中でお母様がわざわざお茶に招いてくださったのは、側近達の尽力があったからだったようです。

……お母様も、側近達も大変ですのに……。

次期領主の候補ではなくなったにもかかわらず、側近達は今まで通り細やかに気を遣って仕えてくれています。わたくしは彼等に相応しい主でいなければなりません。

「わたくし、二人の婚約がエーレンフェストにとって最善であることは理解しているのです。ただ、お姉様が次期領主になるのであれば、わたくしは実力で完全に負けたと思えるので、不満など全く覚えなかったのですけれど……」

お姉様とは洗礼式を機に姉妹となりましたが、養女として取り込むことも当然だと皆が認める実績と魔力の持ち主です。自分が競争相手になれるとは到底思えません。わたくしにとってお姉様は

命の恩人で、尊敬の対象です。

「もちろん、お姉様の性別、健康、お血筋を考えれば、次期領主になることは難しく、第一夫人であるお母様のお顔を立てれば、他に組み合わせがないことはわかっています」

お姉様の結婚相手にメルヒオールでは幼すぎますし、わたくしは性別で無理です。

「お姉様が婚約に納得していらっしゃるようなので、反対はしません。……お兄様が婚約によって次期領主の座を得たことを不満には思っていますけれど」

「シャルロッテ……」

「それに、洗礼式前に道が閉ざされたメルヒオールの方がよほど不憫《ふびん》ですもの」

お兄様とお姉様の婚約によって、わたくしやメルヒオールが次期領主になる道は完全に閉ざされました。貴族の慣習やら思惑など、個人の努力だけではどうにもならないことが多く、本当に腹立たしいものです。

「最初から次期領主になる道がなければ、特に意識はしないものですよ。ですから、特に次期領主としての意識を持たずに育つメルヒオールより、わたくしはシャルロッテの方が心配なのです」

お母様がじっとわたくしを見下ろしてそう言いました。お母様が物心ついた時にはフレーベルタークの次期領主は決まっていて、特に次期領主を意識せずに育ったそうです。

「メルヒオールが悔しい思いをしないならば、良いのです。不満は口にしましたけれど、わたくし自身は納得しているのですから」

わたくしはゆっくりと息を吐き出しました。お母様に甘えて不満を口に出したことで、心が軽くなったような気がします。メルヒオールが、わたくしと同じような理不尽と無力感に悔しい思いをすることがないとわかって、ホッとする心の余裕ができました。

「……シャルロッテの言う通りです。ローゼマインが事業を進め、流行を広げていく今、ローゼマインと結婚できるわたくしの子は、ヴィルフリートしかいませんもの。同腹の兄妹としてシャルロッテはヴィルフリートを支えてあげてちょうだいね」

……同腹の兄妹？　確かに、お兄様はお母様の子で間違いないのでしょうけれど……。

お母様と自分ではお兄様に対する距離感に差があることに初めて気付きました。わたくしの感覚では、同腹の兄弟はメルヒオールだけなのに、お母様にとってはわたくし達三人を同列に考えているようです。

……おばあ様に取り上げられ、ご自分で育てていなくてもお母様はお兄様を我が子と思えるのかしら？

ひどく不思議な気分です。洗礼式前に一緒に暮らしたことがないお兄様は、わたくしにとって養女のお姉様と同じ感じの親しい親族であって、家族の距離感からは一つ離れています。

それに、おばあ様のことで不愉快な思いをしてきたせいでしょうか。それとも、お兄様に勝って次期領主になるように、とわたくしが育てられてきたせいでしょうか。今でも何となく協力し合う同腹の兄妹というよりは、負けられない競争相手という認識が強いのです。

……このようなことを正直に言えば、三人とも同腹の兄弟と思っているお母様は傷つくかもしれませんね。

兄妹を区別していたおばあ様がいなくなり、養女としてもう一つ距離のあるお姉様が兄妹間に入ってきたことで、お兄様との仲は今のところ良好です。同腹の兄妹より距離があるなど、わざわざ口に出す必要はないでしょう。

「そうですね。お兄様は少々危なっかしいところがありますから……」

わたくしが本当に落ち着いたことがわかったのでしょう。お母様は席に戻り、側仕え達が置いていった道具でお茶を淹れかえてくださいます。わたくしは一口飲みました。懐かしい味がします。お母様の好むお茶で、昔はわたくしもずっとこのお茶を飲んでいました。

……懐かしいけれど、わたくしの好みとは少し違うのですよね。

お姉様が開発するお菓子に合わせたり、成長による好みの変化が出てきたりしているのでしょう。少しずつわたくしのお茶は、お母様のお茶から離れているようです。

「わたくし、次期領主は最も優秀な者がなるべき、と教育されてきました。ですから、本当は今でもお姉様が一番相応しいと思っています」

どのような領地にしたいのか……。お姉様には非常に明確な目標がありました。「エーレンフェストを発展させていく」という平凡な答えしか出せなかったわたくしとは全く違う視点で領地を見ているのです。

「お姉様が新しい事業を興《おこ》し、お兄様が領主の立場で上手く補佐できればエーレンフェストは間違いなく発展するでしょう」

わたくしがそう言うと、お母様は驚いたように藍色の目を瞬かせました。

「……シャルロッテはフェルディナンド様と同じことを言うのですね」

「叔父様と？」

「えぇ。ローゼマインがヴィルフリートを支えるのではなく、ヴィルフリートがローゼマインの手綱《たづな》を握れるようにならなければならない……と言っていたのです」

その際、お姉様が「わたくしは暴れ馬か何かですか!?」と憤慨していたという話を聞いて、わたくしは思わず笑いを零してしまいました。

「お姉様は、あの叔父様にそのようなことをおっしゃるのですか？」

「えぇ、怖いもの知らずでしょう？　まるで喧嘩《けんか》でもしているのかと思うようなやりとりですけれど、あの二人にはそれが普通のようですね。側で見ているわたくしの方が肝を冷やしました」

取りなした方が良いのかどうか、お母様は内心とても困っていたようです。

「シャルロッテ」

笑いを収めて真面目な顔になったお母様につられて、わたくしも背筋を伸ばしました。

「新しいお菓子や料理の数々だけではなく、製紙業や印刷という新事業がこれからユルゲンシュミット中に周知されます。その影響力は計り知れません。エーレンフェストと繋がりを持とうとする領地は今以上に増えます」

わたくしはコクリと頷きました。お姉様に多くの婚姻話があったと聞きました。お姉様が婚約によって領地に留まることが決まれば、次に注目されるのはわたくしです。エーレンフェストとの繋がりを重視すれば、領主会議へ出席できる第一夫人として求められることは間違いありません。

「他領へ嫁ぐことを考えて、これからはヴィルフリートやローゼマインとの絆《きずな》をできるだけ深めておきなさい。自領との繋がりの深さが、将来の貴女の身を守ることになります」

「自領との繋がりの深さ、ですか？」

次期領主になるための教育から、他領へ第一夫人として嫁ぐ娘に対する教育へ、お母様が意識を切り替えたことがわかりました。

「自領からの協力や援助によって、婚家での扱いは大きく変わります。夫の愛だけで何とかなるものではありません。代替わりした後を見据え、次期領主との繋がりを持っておくことは、他領へ嫁ぐ女性にとって何より大事なことなのですよ」

……第二夫人を持たないほどお父様に愛されているお母様でもそのように感じるのですか。

おそらく実家のフレーベルタークが政変の粛清《しゅくせい》に巻き込まれたことで、お母様への対応が色々と変化したのでしょう。その言葉には実感が籠もっています。わたくしもおばあ様の冷たい目を思い出してしまい、そっと溜息を吐きました。

「では、わたくしはできるだけお姉様との絆を深めていこうと思います」

「あら、ヴィルフリートではなく、ローゼマインと？」

お母様は目を丸くしました。普通の貴族は共に育った同母の兄弟との繋がりを何よりも大事にします。お母様やお父様はフレーベルタークと繋がりを深くしていることからも、わたくしの選択が理解できないのでしょう。

「お兄様よりお姉様の方が頼りになりますもの。だって、お姉様は数回しか顔を合わせてないわたくしを救うために、夜空へ飛び出してきてくださったでしょう？」

貴族達からは神殿育ちと陰口を叩かれていますが、わたくしは普通の貴族では持ち得ないお姉様の情の深さや、咄嗟の時の決断力などを好ましく思っています。再び危機が迫った時も、お姉様はきっとわたくしを助けてくださると信じることができます。

「恩返しのためにも、わたくし、お姉様のお役に立ちたいと思っているのです。もし、わたくしが殿方であれば、お兄様を押しのけてわたくしがお姉様と婚約できるように全力を尽くしましたもの。お姉様の補佐ならば、お兄様よりわたくしの方がきっと上手でしてよ」

「まぁ、シャルロッテったら……。兄弟でローゼマインを奪い合うようなことになったらエルヴィーラが嬉々として本の題材にするでしょうよ」

お母様は楽しそうに声を上げて笑い始めました。エルヴィーラの本の題材にされるのは困りますけれど、言ったことに嘘はありません。

「わたくしは本当に少しずつでも恩返ししていきたいと思っています。わたくしがお姉様の苦手な部分を補っていければ、と思うのです」

「では、しっかり学びなさい。貴族院入学前の貴女を印刷業へ参加させることについて、貴族達が何と言っているか知っているでしょう？　貴女を参加させるように後押ししてくれたのは、ローゼマインなのですよ」

わたくしはまだ貴族院に入学していないので、印刷業に関わろうとするなんて出しゃばりだとか、他領へ嫁ぐ娘を新事業に深入りさせるのは情報漏洩《ろうえい》の観点から良くないとか貴族達に言われています。非常に悔しい思いをしていたのですが、今回もお姉様が助けてくださっていたようです。

「……知りませんでした」

「わたくしも先日ジルヴェスター様から聞いたところです。神々の寵愛がないと嘆いていましたが、貴女はローゼマインの寵愛を受けていますよ」

お母様の言葉を聞いて、わたくしは何だかひどく心強い気持ちになりました。顔を上げて「はい」と強く頷くと、お母様は笑って立ち上がり、隠し部屋の扉を開けます。

扉の近くに心配そうな顔の側近達が見えました。きっととても心配をかけているのでしょう。

エーレンフェストの次期領主ではなく、他領の第一夫人になるために。

わたくしは新しい一歩を踏み出しました。

シャルロッテ視点　わたくしの課題

Kazuki Miya's commentary

第四部Ⅳの特典ＳＳ
シャルロッテ視点。
領主一族として印刷業に
参加することになったシャルロッテ。
神殿にいるローゼマインからの依頼に対応します。

ちょこっと Memo

婚約発表によって城内の派閥や雰囲気が変化します。城にいる時間が少ないローゼマインは特に感じないというか、貴族とはそういうものだと思っているけれど、シャルロッテにとっては大きな変化です。

昼食を終えると、わたくしは自室で勉強に取りかかりました。今、わたくしの執務机には「ハルデンツェルへ向かうまでに目を通しておいてくださいませ」とエルヴィーラから届いた書類があります。

「これはまた……。ずいぶんと多いですね」

わたくしの文官マーヴィンが資料を見て、貴族院低学年の子供に要求する量ではないと言いました。マーヴィンは四十代で、わたくしの側近には珍しい男性です。元々お母様の側近でしたが、わたくしが印刷業に参加するため、文官達の指導役として異動してきました。

「多いかしら？　二年前、祈念式のために完全に覚えなさい、と叔父様に渡された資料はもっと多かったのですけれど……」

最初の年は最低限をやっとのことで覚え、次までには全て覚えようとたくさん積まれた木札と向き合っていた記憶があります。あの時に比べると、要求されていることは暗記ではなく、目を通しておくことだけです。ずいぶんと楽に思えます。

「フロレンツィア様から話には聞いていましたが、本当に幼い子供にもフェルディナンド様は容赦しないのですね」

「えぇ。お姉様の優秀さは叔父様の教育の賜と言っても過言ではないでしょうね。ユレーヴェから目覚めたばかりのお姉様に貴族院の勉強を詰め込み、最優秀を取らせるのですから」

あの叔父様の要求に応えられるお姉様を、わたくしは心から尊敬しています。叔父様がいくら優秀でも、怖いし、厳しいし、褒め言葉は全くないし、わたくしはとてもとても教えてほしいとは言えません。

「なるほど。……それにしても、これを見ればローゼマイン様が御自身の立場より、エーレンフェストの発展とジルヴェスター様の御子を立てることを優先していらっしゃることがよくわかります」

そう言ってマーヴィンが経費や収益の書かれている書類を置きました。わたくしは文官見習いマリアンネと一緒にマーヴィンの指先を覗き込みます。

「始まってたった数年でこれだけ収益が出る事業です。養子の立場や意義を考えれば、アウブの実子と一緒に事業を行うなど、普通では考えられません。事業と利益を独占し、御自分の立場の強化と派閥の形成を行うでしょう」

マーヴィンによると、お姉様は養女としての存在価値を貴族達に示し続けなければならないそうです。領主の実子にはない、別の重責を担《にな》っていると言います。思わぬところで実子と養子の立場の違いを教えられました。

「……うーん。でも、ローゼマイン様はご婚約によって揺るぎないお立場を確立することができました。もう事業の独占をする必要がないから、ヴィルフリート様やシャルロッテ様を参加させることにしたのではございませんか？」

文官見習いのマリアンネの言葉に、マーヴィンは腕を組んで皮肉な笑みを見せます。とても賛同しているとは思えない表情に、わたくしは何だか不安になりました。

「マーヴィン、お姉様は納得していましたが、婚約に何か良くないことでも？」

「養父の申し出を養女が断ることはできません。本心から納得しているかどうか……。少なくとも貴族達の噂話を耳にすれば、どちらの支持者も婚約相手を良く思っていないことは明白です。この状態で安穏《あんのん》とできると思いますか？」

お兄様を支持する旧ヴェローニカ派の貴族は、お姉様のことを神殿育ちの養女で血統が悪いと言い、お姉様を支持するライゼガング派の貴族は、お兄様のことを汚点持ちで次期領主に相応しくないと言っています。

「マーヴィンの言う通りですけれど、貴族達は誰に対しても欠点を見出すでしょう？」

お父様はおばあ様を失脚させたことで旧ヴェローニカ派に文句を言われ、失脚させるのが遅すぎたとライゼガング派の貴族に恨み言を並べられています。お母様はお父様の寵愛を独占していて嫉《しっ》妬《と》心から第二夫人を娶らせないと言われ、わたくしはお姉様が二年間の眠りにつくことになった原因だとか、貴族院へ入学していないのに事業に関わろうとするなど出しゃばりだとか言われています。領主一族は誰もが何かしら陰口を叩かれているのです。全ての意見をいちいち受け止めていては身が持ちません。

「実子は噂によって領主一族でなくなることはありませんが、養女は縁組を解消されれば、それまでです。だからこそ、私が側近であれば、立場を強化するために事業を独占するように進言します。レーベレヒトの息子が側近にいるのに、今の状況になっていることを不思議に思うくらいです」

お姉様のお立場の不安定さを突きつけられ、わたくしは目の前に積まれている資料をじっと見つめました。これらは本来、お姉様が自分のために独占し、立場を安定させるために使われるはずの利益なのに、わたくし達にも分け与えてくださったのです。

「命を救われ、利益を分け与えられ、事業への参加を後押ししてくださって……。わたくし、お姉様には良くしていただいてばかりですね」

いずれ他領へ嫁ぐ者を新事業に深く関わらせるのは情報漏洩の観点から好ましくないなどという声があり、わたくしの印刷業への参加は歓迎されていません。

けれど、わたくしは他領へ出るからこそ自領の事業に通じている必要があります。それに、貴族院へ入学した一年後では、参加する余地が残されていなかったり、側近達に任される仕事に大きな違いが出たりする可能性もありました。お姉様は「領主の子は等しく領地の新事業に関わった方が良い」とお父様に進言することで、わたくしの領主の子としての矜持《きょうじ》を守ってくださったのです。

「いつになったらお姉様に恩を返せるかしら？」

「シャルロッテ様がよく学び、ローゼマイン様の不足を補えるようになることが何よりの恩返しになるでしょう」

「……お姉様に不足なんてないでしょう？」

マーヴィンの言葉にわたくしが首を傾げると、筆頭側仕えのヴァネッサが「姫様はお姉様贔屓で見えていらっしゃらないのですね」とクスクスと笑いました。

「神殿育ちの上に、二年間眠っていたからでしょう。ローゼマイン様は社交の面で不足が目立つとアウブ達には言われていますよ」

……そういえば、お姉様はわたくしの「味方」をするという言葉の意味も取り違えていらっしゃいましたね。

洗礼式直後の宴で貴族達の嫌みから守られていた印象が強いせいでしょうか。お姉様の社交は完璧だと思っていました。けれど、よく思い返せば、その場を凌《しの》ぐために叔父様から詰め込まれたと言っていたような気がします。よく使われる言い回しを覚えただけで、全てを理解しているわけではないのかもしれません。

「それから、花嫁修業の刺繍《ししゅう》よりお仕事を優先するとオティーリエが嘆いていましたね。シャルロッテ姫様がご一緒すると張り切るので、ぜひ一緒に刺繍の練習をしてほしいそうです」

ヴァネッサが「ローゼマイン様のためですよ」と微笑みました。わたくしも決して刺繍が好きなわけではないので、これ幸いと一緒に練習させるつもりなのでしょう。すでに嫁ぎ先が決められていて領地に残るお姉様より、他領へ出るわたくしの方が刺繍の腕は求められます。

「わたくしもお姉様と一緒の方が、やる気が出ます」

「では、ローゼマイン様がお城にいらっしゃる時は、刺繍の時間を多めに取りましょうか」

うきうきとした様子でヴァネッサが予定を決めていると、窓を通り抜けて白い鳥が入ってくるのが見えました。部屋をくるりと回ったオルドナンツは、ヴァネッサの腕に降り、お姉様の声で話し始めます。

「ローゼマインです。シャルロッテに伝えてくださいませ」

「まぁ、神殿にいらっしゃるお姉様からわたくしに連絡があるなんて初めてではないかしら?」

お姉様に何かあったのでしょうか。わたくしはオルドナンツをじっと見つめ、お姉様の言葉を聞き逃さないように耳を澄まします。

「……というわけで、貴族街の改造時期や下町の改造が行われなかった理由など、当時の詳細を調べてほしいのです」

下町の商人から他領の下町についての情報が入ったので、詳細を調べてほしいというお願いでした。

「エルヴィーラ様が責任者のようですし、御自分の文官が城にいるはずなのに、何故シャルロッテ様にもお願いするのでしょう？」

マリアンネが不思議そうに呟くと、ヴァネッサが「まだマリアンネは貴族院で習っていないかしら？」とオルドナンツの黄色の魔石を手にしながら微笑みました。

「街の改造は領主一族でなければ行えません。詳しく調べるためには上級貴族では力不足になる可能性があるため、シャルロッテ姫様の協力を求めたのでしょう。了承のお返事でよろしいですか、姫様？」

確認の形を取っていますが、お姉様のお願いをわたくしが拒否するはずがないことをヴァネッサは理解しているのでしょう。わたくしが返事をするより先に、了承をオルドナンツに伝えています。同時に、マーヴィンが机の上の書類を片付け始めました。

「シャルロッテ様、急いで図書室へ向かいましょう。城の図書室に関連資料がない場合、領主専用書庫をアウブに探していただくことになります」

「あら、図書室へ向かうより先にお父様へ知らせた方が良いのではありませんか？　下町の整備は夏までに終わらせなければならない急務でしょう？」

マーヴィンは首を横に振りました。領主会議の準備で忙しい時期に新しい仕事をお願いするならば、先に城の図書室にある関連資料を調べてまとめたり、責任者のエルヴィーラと足並みを揃えたり、事前の準備を整えなければならないそうです。

「エルヴィーラ様に任せたことからも、ローゼマイン様が領主会議前のアウブに配慮されていらっしゃることがわかります。我々がその配慮を台無しにしてはなりません」

「わかりました。すぐに図書室へ行きましょう。マリアンネはお姉様のお部屋に詰めている文官達に連絡を。どのように連携することになっているのか、確認してくださいませ」

「かしこまりました」

……お姉様のお願いですもの。最優先で叶えなくては！

貴重な恩返しの機会です。わたくしは文官達を連れて、急いで図書室へ向かいました。

わたくしが城の図書室に到着すると、すぐ後にお姉様の文官見習いであるハルトムートとフィリーネが合流しました。文官達が手分けしてエントヴィッケルンについて調べ始めます。エルヴィーラと印刷関係の下級文官もやってきました。

「シャルロッテ様、この度はお世話になります」

「いいえ、本来ならば領主一族が行う調査のはずです。エルヴィーラは責任者に任命されて大変でしょうけれど、取りまとめをお願いしますね」

いくつかの資料の記述を合わせた結果、ドレヴァンヒェルの発明によるエントヴィッケルンが大々的に行われたこと、曾祖母様《ひいおばあさま》のお輿入れ《こしい》とほぼ同時期にグレッシェルが整備されたため、平民達の住む下町の改造が延期されたことなどがわかりました。

「これ以上の情報は図書室にはなさそうです。エントヴィッケルンを行った時の設計図の写しなどの詳しい資料は、やはり領主専用書庫のようですね。まとめた資料は後で届けるとしても、情報自体は少しでも早くアウブのお耳に入れた方が良いでしょう」

領主会議前は面会予約を取ることも容易ではない、とエルヴィーラが悩んでいるのを見て、わたくしは声をかけました。

「エルヴィーラ、わたくしからお父様にお願いしましょうか？　夕食時ならば、面会依頼なしに報告することができます。その辺りを考えて、お姉様はわたくしを協力者につけたと思いますから……」

「それは非常に助かります。シャルロッテ様、よろしくお願いいたしますね」

資料を集めるのも、読み込んでまとめるのも、わたくしでは文官達に敵いません。今日は邪魔にならないように印刷業の書類に目を通して時間を潰し、文官達の説明を聞いていただけです。わたくし自身が役に立っている実感がなかったため、エルヴィーラの言葉がとても嬉しく響きました。

「おや、六の鐘が……。提出用に資料をまとめるのは明日にしませんか？」

「また明日の三の鐘に集まりましょう」

六の鐘が鳴る中、文官達が急ぎ足で図書室を出て行きます。上層部に提出するためには複数の書類を作る必要があるので、おそらく一日では終わらないでしょう。数日は図書室へ通うことになりそうです。

「……そういうわけで、本日、エルヴィーラ達と手分けして城の図書室を調べました。今日の調査の結果は、後日文官に届けさせるので、お父様はそれを基に領主専用書庫を調べてくださいませ」

わたくしが夕食の席でお話をすると、エーレンフェストの下町の整備だけが数十年遅れているという事実にお父様は驚きを隠せないようでした。顎に手を当て、考え込むように難しい顔になり、何やら指折り数えています。

「今ならばまだエントヴィッケルンも間に合うだろう。助かった、シャルロッテ。よく調べてくれたな」

「恐れ入ります。でも、お礼はお姉様にお願いします。貴族街では得られない情報を得て、わたくし達に指示を出したのはお姉様ですもの」

わたくしだけの業績ではないこと、責任者はエルヴィーラであることも一緒に伝えると、お父様は二人を労うと約束してくださいました。約束をしっかり果たせたような爽快《そうかい》な気分で食事を続けていると、隣に座っているお兄様が不満そうな膨れっ面でわたくしを見ました。

「何故ローゼマインはシャルロッテだけに頼んだのだ？　私にも頼めばもっと早く終わっただろうに……」

「まぁ……。お気持ちはわかりますけれど、お兄様には勉強しなければならないことが山積みでしょう？」

お兄様は婚約によって冬の終わりに突然次期領主になることが決まりました。わたくしは次期領主候補から外れたため、お勉強時間が減りましたが、お兄様は逆にぐんと増えたはずです。それなのに、祈念式や印刷業にも参加しています。これ以上のお仕事をお兄様にお願いすることは、お姉様も躊躇ったに違いありません。

夕食を終えて自室に戻り、お風呂から出ると、側近達がテーブルのところに何やら難しい顔をして集まっていました。普段ならば文官達は下がっている時間です。

「シャルロッテ様、先程オズヴァルト様が訪れました」

夕食時にも顔を合わせたのに、お風呂に入っていて対応できないとわかっている時間に筆頭側仕えを差し向けるなど、普通ではありません。火急の用件でしょう。わたくしは表情を引き締めて、詳細を尋ねました。

「ライゼガング派の貴族の口さがない攻撃を回避するため、ヴィルフリート様には実績が必要なので、明日からヴィルフリート様も図書室へ同行させてほしいとのことです」

……え？　そ、それだけですか？

用件によっては着替えなくては、と身構えていたわたくしは、あまりにも予想外な要求に項垂れたくなりました。明日の朝食の後でも十分に間に合うことです。「勝手にしてくださいませ」と言いたい気分でマーヴィンを見ると、マリアンネが不服そうに「マーヴィン、そのような言い方は優しすぎます！」と眉を吊り上げました。

「報告は正確に行うように、とわたくしにはいつも言うではありませんか。シャルロッテ様、マーヴィンの報告は正確ではありません」

正確には、「エントヴィッケルンに関わる案件は、他領へ嫁がれるシャルロッテ様より、次期領主となるヴィルフリート様の方が相応しい仕事ではないでしょうか」と言ったそうです。それでは、要求が「同行」ではなく「仕事の譲渡」ではありませんか。側近達が集まって難しい顔になるわけです。

「ヴィルフリート様は一年生の優秀者として表彰され、貴族院で二年生の予習を済ませたので、今は勉学より実績作りが重要だそうですよ」

「同腹のご兄妹であるシャルロッテ様には、実績作りにご協力いただきたい、とのことです」

次々と出てくる言葉に、わたくしは思わず額を押さえてしまいました。確かに実績は必要でしょう。けれど、それは夕食後にわざわざ、それも、お風呂の時間に筆頭側仕えを差し向けて伝えるようなことでしょうか。

「夕食の席で実績のために参加したいと言ってくだされば、その場で終わったお話ですよね？」

命じられたオズヴァルトが気の毒でなりません。あまりにも非常識です。

「どうやらヴィルフリート様が不満を零された時に、シャルロッテ様から同行を申し出なかったことがお気に召さなかったようです。シャルロッテ様は他領へ嫁がれるのですから、もう少し周囲の状況をよく見て気を利かせられるように……ですって。オズヴァルト様の言い分に、わたくしの方が腹立たしく思いましたわ」

マリアンネがわかりやすく憤慨しています。マリアンネがわたくしの側近になってから、一年半くらいです。以前の、おばあ様がいらっしゃった頃のことを知らないので腹を立てるのでしょう。

よく言われていたことです。

「腹立たしくても事実なのですよ、マリアンネ。他領で敵をなるべく作らないようにするためには、周囲をよく見て相手の望みを察する能力が高い方が有利でしょうから」

「それに加えて、自分の将来のための取捨選択を自分で行い、選択の責任を負うことが上に立つ者にとっては大事なのですよ、シャルロッテ姫様。今回はどのように選択なさいます？」

ヴァネッサの言葉がわたくしに重くのしかかってきました。お兄様の申し出を拒絶するのか、受け入れるのか……。責任者はエルヴィーラなのに、そちらに話を通さなかったということは、わたくしの一存で参加させろということでしょう。

……エルヴィーラはライゼガング派の貴族ですものね。

正直な思いとしては、いくら次期領主として必要な実績だとしても、同腹の兄妹だとしても、わたくしが頼まれた仕事を横取りするようなやり方を好ましいとは思いません。まるでおばあ様がいらっしゃった頃のようなやり方で、少々不愉快です。けれど、同時に、お母様の言葉が頭を過りました。

「他領へ嫁ぐことを考えて、これからは次期領主になるヴィルフリートやローゼマインとの絆をできるだけ深めておきなさい」

わたくしは顔を上げました。前にはわたくしの言葉を待つ側近達がいます。

「まだ資料を探し終わっただけで、まとめ終わっていません。お勉強の予定に問題がないならば三の鐘に図書室へ来てくださいませ……とお兄様に伝えてくださいませ」

お姉様にお願いされた仕事を全て譲るようなことはしません。あくまで、お兄様の参加を認めるだけ。それがわたくしの選択です。

「かしこまりました、シャルロッテ様」

よくできました、と褒めるようにヴァネッサが微笑んで頷き、マーヴィンが連絡のために部屋を出て行きました。


翌日、わたくしは三の鐘に合わせて自室を出ました。ハルトムートとフィリーネは先に図書室へ行ったのでしょうか。お姉様のお部屋の前には誰の姿もありません。わたくしは階段を下りていきます。

「シャルロッテ」

階下でお兄様が待っているのが見えました。こちらを見上げて手を振っています。

「こっそりとオズヴァルトを呼び出して頼まなくても、夕食時に言ってくれればよかったのだぞ。父上の前で其方が私に助力を頼んだとしても、別にシャルロッテに実力がないとは思わぬからな」

……え？　何故わたくしがお兄様に助力を請うたことになっているのでしょうか？

あまりにも予想外の言葉です。呆気に取られてしまい、言葉がすぐに口から出てきません。わたくしは何度も目を瞬かせました。胸を張って恩着せがましく「妹の頼みだからな。忙しいが、手伝ってやろう」と言うお兄様が理解できません。

……一体どういうことでしょう？

わたくしは思わずオズヴァルトに視線を向けました。目の笑っていない嫌な笑みを浮かべてこちらを見ています。

……オズヴァルトの独断ですか。

ここでわたくしが昨夜の側近達とのやりとりを口にして抗議し、お兄様を貶《おとし》めるような展開になれば、「シャルロッテ様はちっとも周囲を見ることができない方です」と貴族達に言いふらすのでしょう。

……本当におばあ様の元側近達のやり方は好みません。

「お兄様には実績が必要だと言われたものですから……」

できるだけわかりやすく、かつ、お兄様に恥をかかせない程度に皮肉と情報を込めてみました。けれど、お兄様は何も気付かなかったようで「うむ。では、行くぞ」と図書室へ向かって歩き始めました。

すました顔でお兄様の側近達が付いていき、わたくしの側近達は苦いものを呑み込んだように顔を見合わせ、深い溜息を吐いて後に続きます。決してお兄様の前に出てはならないという不文律《ふぶんりつ》が存在する空気のせいで、何だか本当におばあ様がいらっしゃった頃に戻ったように思えました。

……お兄様が次期領主に内定しても、あの頃のような状態に戻したくありません。

「お兄様は側近の教育についてどう思いますか？」

わたくしは意を決し、お兄様に尋ねました。オズヴァルトの暗躍に気付かせて、主としてどのように対処するのか考えてもらう必要があります。

「……やはり其方も気になったか？」

お兄様も自分の側近達の態度が良くないことに気付いているのだと安堵した次の瞬間、「ローゼマインにも困ったものだ。側近の教育は主の務めだというのに……」

と、お兄様は貴族院でお姉様の側近が非協力的なことに自分達がどれほど苦労したのか語り始めました。

けれど、昨日のハルトムートとフィリーネの働きぶりを見ていても、お姉様と連携が取れていないとも、教育不足とも感じませんでした。むしろ、成人している指導係の文官もいないのに、たった季節一つでよくできているとマーヴィンが褒めていたくらいです。

「本当にお兄様のおっしゃる通りだと思いますよ。わたくし達も自分の側近の動向には気を付けなければなりませんね」

「まったくだ」

深く頷いていますが、お兄様はご自分のことを省《かえり》みる気は全くないようです。優秀者に選ばれたのに、お兄様の教育の遅れを気にするお母様の心配がよくわかりました。

……このような調子で、本当に次期領主となり、お姉様の補佐ができるのでしょうか。

将来のエーレンフェストへの不安と、実力ではなく性別によって選別された歯痒さと悔しさがどっと押し寄せてきます。何故わたくしは殿方として生まれなかったのでしょうか。お兄様よりわたくしの方が上手くお姉様を補佐できると思います。

「……わたくしが殿方だったら、と思わずにはいられません。お兄様には絶対に負けませんでしたよ」

お兄様の不足を指摘するわたくしの挑戦的な言葉に、両方の側近達が息を呑みました。対立の空気が漂い、緊張感が高まる中、お兄様は周囲の変化に気付かない様子で、わたくしを挑戦的に見返しました。

「む？　それはどうか。ゲヴィンネンではドレヴァンヒェルのオルトヴィーンにも勝ったのだぞ。私が其方に負けるとは思えぬ」

一瞬で緊張した空気が砕け散りました。これが計算ならばお兄様を賞賛しますが、間違いなく何も考えていらっしゃらないでしょう。

……このお兄様とお姉様の補佐が、わたくしの役目になるのですか。

他領の学生達が数多く集まる貴族院。お姉様の流行発信によって上位領地との繋がりが増えていると聞いています。教育の不足を埋めるためにお兄様が努力していることは知っていますが、この調子ではお兄様の社交に期待はできません。印刷業の書類の読み込みより、祈念式の諸々《もろもろ》の暗記より、もっと手強い課題が目の前にそびえ立っている気分になりました。

……冬までに間に合うかしら？

わたくし、どうやら貴族院に入るまでにもっと社交の勉強が必要なようです。

フィリーネ視点　わたくしの主はローゼマイン様です

Kazuki Miya's commentary

SS置き場に掲載されている未収録SS
第四部Ⅳの半ば。
フィリーネ視点。
神殿でお手伝いをするようになったフィリーネ。
ローゼマインとの出会いと側近仲間との交流など。

ちょこっとMemo

本編に入れるには冗長すぎたのでバッサリとカットしたローゼマインとフィリーネの出会いです。五万ポイント記念のSSでした。
思い出で語られている頃はヨナサーラとの仲も別に悪くなかったのです。

下級貴族であるわたくしが初めてローゼマイン様とお会いしたのは、冬の洗礼式とお披露目の日でした。雪がちらつく寒い中、馬車に乗って初めてお城へ行きました。お披露目ということで緊張していましたが、赤い晴れ着がわたくしの心を浮き立たせてくれます。この晴れ着は亡くなったお母様が幼い頃に着ていた衣装を少しお直しした物なのです。

城に着くと、洗礼式に出席することを入り口付近にいる文官にお父様が告げました。待合室の場所を教えられます。わたくしは大広間へ向かうお父様達と分かれて付き添いの大叔母様と待合室に向かいました。大叔母様は父方の祖母の妹です。下級貴族は、城に上がれるような貴族の側仕えを準備することは難しいので親戚にお願いしています。

待合室に到着すると、何人もの子供達が付き添いの大人と一緒にいました。

「フィリーネ、ここに集まっている子供達は貴女の同級生になります。粗相をしないように気を付けるのですよ」

階級を考えると、わたくしが一番下の下級貴族になるので言動には気を付けるように、と何度も言われています。わたくしは大叔母様の言葉にコクリと頷きました。

子供が何人もいる中で一際目立っていたのがローゼマイン様でした。遠目にも艶があることが一目でわかる、夜空のような色合いの紺の髪を複雑に結って、見たことがないような豪華な髪飾りを付けています。背にサラリと髪を流し、おっとりとした様子で椅子に座って、窓の外を眺めていらっしゃいました。着ている衣装もこの日のために誂《あつら》えた美しい布を使った新品です。ローゼマイン様の鮮やかな赤と自分が着ている少し色褪《いろあ》せた赤を見比べてしまいました。

「……あの女の子は上級貴族ですよね？」

「いいえ。アウブ・エーレンフェストの養女になられたローゼマイン様ですよ。あまりじろじろと不躾な視線を向けないようになさい」

大叔母様にそう言われても、同じ年の女の子が珍しくてどうしても視線が向かいます。お母様が亡くなる前は、時折お母様のお友達が子供を連れて遊びに来ることがありましたし、その時には近い年頃の子供と遊びました。けれど、お母様が亡くなった後、お父様が再婚したヨナサーラ様もそのお友達はまだ若く、同じ年頃の子供はいないのです。わたくしが普段接する子供は、やっといくつかの言葉を喋るようになってきた弟のコンラートだけでした。

……下級貴族の子は下級貴族の子と遊ぶようにしなさい、と大叔母様はおっしゃるけれど、どの子が下級貴族の子なのかわかりません。

ローゼマイン様が窓から視線を外し、部屋の中をゆっくりと見回します。ローゼマイン様は楽しそうに輝いている金色の瞳がとても印象的な綺麗な顔立ちをしていました。目が合った時、ローゼマイン様は軽く手を振ってわたくしに微笑みかけてくださいました。どのように対応すれば失礼ではないのかわからなくて戸惑ったことを、わたくしは今でも覚えています。ローゼマイン様の人となりを知った今ならば、手を振り返し、微笑み返せばよかったとわかるのですけれど。

洗礼式はお父様や大叔母様に言われていた通り、練習した通りにすることで、無事に終わりました。その後はお披露目です。神々に音楽を奉納するためにフェシュピールを弾くのです。

「フィリーネ」

神官長に呼ばれたわたくしが舞台の中央に準備された椅子に座ると、ヨナサーラ様がフェシュピールを持って来てくれました。わたくしのお母様が昔使っていた子供用のフェシュピールで、ヨナサーラ様に教えてもらって練習した曲を弾くのです。

「フィリーネ、よくできましたね」

「貴族の子として恥ずかしくない出来でしたよ」

「あぁ、よく弾けていた」

出番を終えて舞台から降りると、ヨナサーラ様と大叔母様とお父様がそう言って褒めてくださいました。その後は、壇上で次の子がフェシュピールを奏でるのを聴きます。順番が後になるほど曲が難しいものになっていくのがわかりました。

……わたくしも大変でしたけれど、上級貴族の子はどのくらい練習したのでしょうか。教師や楽器の質が違うことも知らず、その時は素直に感心していたのです。

お披露目の最後に演奏するのはローゼマイン様でした。呼ばれて舞台の中央へと歩く姿もゆったりとして優雅で椅子に座る所作さえ、わたくしとは全く違うように見えました。

アウブ・エーレンフェストからローゼマイン様が養女になった経緯が語られました。領主の養女となるに相応しい魔力を持ち、孤児達を救おうとする慈悲の心と、新しい産業を作り出す優秀な子供で、エーレンフェストの聖女であると紹介されます。静かに笑っているローゼマイン様は確かに美しい女の子ですが、それほど特別には見えませんでした。周囲の大人にも疑わしげな空気が漂っているのがわかります。

そんな中、若くて美しい専属楽師が持ってきた豪華なフェシュピールをローゼマイン様が構えます。ピィンと高い音が響きました。弾かれる曲は段違いに難度が高く、美しい旋律で、そこに幼い歌声が加わります。

「ほぅ、これはすごい……」

「貴族院に入った後で課題として出されるような曲だぞ」

「確かにとても優秀であることに間違いはないようだな」

そんな声が周囲から聞こえてきました。一人だけ格別に上手であることに周囲から感嘆の息が漏れています。

「……え？」

わたくしは何度か目を瞬きました。フェシュピールを奏でるローゼマイン様の指輪から青い祝福の光が溢れたように見えたのです。目の錯覚かと思いましたが、近くにいた者の口から「祝福？」という小さな呟きが漏れて、自分だけが見えるものではないとわかりました。

ローゼマイン様の祝福はフェシュピールを奏でる一音一音と共に溢れ、ぶわっと大広間へ広がっていきます。このように大規模な祝福の光を見るのは初めてで、わたくしは呆気にとられていました。呆気にとられていたのは、もちろんわたくしだけではありません。お父様も大叔母様もヨナサーラ様も、それ以外の方も皆です。ローゼマイン様の演奏が終わったことにさえ気付かず、上を見上げていました。

「エーレンフェストに恵みをもたらす聖女に祝福を！」

突然聞こえた声に舞台へと視線を戻すと、ローゼマイン様は神官長に抱き上げられていました。周囲の貴族達が一斉にシュタープを掲げて光らせます。

「なるほど、聖女だ」

「すごい祝福だった。まさに神の寵愛を受けているに違いない」

周囲の驚きの視線の中、ローゼマイン様は穏やかな笑顔で手を振りながら、退場していかれたのです。

「本当に聖女がいるのですね」

「魔力量が多いのは間違いがないな。あのような祝福を見たのは初めてだ。……ただ、いくら慈悲深いと言われていても、下級貴族への対応が変わることはない。貴族院でも同級生になるからこそ、対応には気を付けるように」


お父様に注意され、わたくしは次の日に気を引き締めて子供部屋へ向かいました。階級ごとに分かれるような形になり、上級、中級貴族にはどのように扱われても決して逆らってはならないと言われています。上級貴族の庇護が得られるまで、下級貴族にとってはとても辛い場になると大叔母様に言われました。

ですが、話に聞いていた子供部屋と、わたくしが経験した子供部屋は全く違いました。ローゼマイン様が持ち込んだカルタやトランプに皆が熱狂し、階級に関係なくお菓子が配られていきます。

先生が神様の絵本を読んでくださって、基本文字や簡単な計算のお勉強をするのです。フェシュピールもローゼマイン様やヴィルフリート様の専属楽師が教えてくれました。わたくしはそこで初めて楽器や教師の質に差があることを知ったのです。

皆が揃って勉強している中、ローゼマイン様はお一人だけ城の図書室から借りてきた難しくて分厚い本を静かに読んだり、新しい本を作るためのお話を書いたりしていらっしゃいました。一人だけ全く進度の違うお勉強をし、神殿長としての務めも果たし、たまにゲームに参加すれば全勝し、お披露目でフェシュピールを弾けば祝福が飛び出すのですから、エーレンフェストの聖女と言われても、もうわたくしには何の違和感《いわかん》もございませんでした。

「フィリーネ、お母様のお話を教えてちょうだい」

ローゼマイン様はそう言って、亡くなったお母様が話してくれた物語を書き留めてくださいました。お母様がしてくださったお話は、もう他の誰も語ってくれません。それをローゼマイン様が喜んで聞いてくださったのが、わたくしには本当に嬉しかったのです。

「フィリーネはこちらを書写して文字を覚えるといいですよ。きっとよく覚えられるでしょう」

ローゼマイン様は書き留めたお母様のお話を文字の練習に使うように言って、紙をたくさんくださいました。同じ年とは思えない程に書き慣れた見事な手跡です。基本文字が書けるようになったばかりのわたくしは、ローゼマイン様の手跡を手本に文字を覚えたのです。

「次の冬までにフィリーネが覚えているお母様のお話を書いていらっしゃい」

ローゼマイン様の計らいで聖典絵本を借りることができたわたくしは、ローゼマイン様に喜んでもらおうと思って、覚えているだけのお話をいただいた紙に書いていきました。

それを書き留めている時だけは本当に幸せで、亡くなったお母様が側にいてくれるような気持ちがしていたのです。この時にはもうわたくしはローゼマイン様を自分の主とし、仕えたいと思っていました。


紙が足りなくなった分はお父様に頼んで木札を準備してもらい、拙い文字でいくつも書いたお話を抱えて次の年に子供部屋へ向かいました。ところが、そこにローゼマイン様の姿はありませんでした。何者かに襲撃されて、毒を受け、いつ目覚めるのかわからない眠りについてしまったと教えられたのです。ローゼマイン様の代わりをしようと奮闘するヴィルフリート様とシャルロッテ様をわたくしはできるだけ手伝いました。子供部屋をローゼマイン様がいた時と同じようにしておきたいと思ったからです。

ローゼマイン様がやるようには上手くできず困っている時に助けてくれるのは、いつもダームエルでした。神殿時代からローゼマイン様に仕えていたダームエルは、質問されるまでは静かに控えているのですが、相談すると素早く対応してくれます。

「ダームエル、お願いしても良いですか？」

「もちろんです、シャルロッテ様」

下級貴族ながらローゼマイン様の護衛騎士となったダームエルは、シャルロッテ様やヴィルフリート様からも信頼されていて頼もしく、同時に羨ましくて仕方がありませんでした。

「下級貴族でもローゼマイン様の側近になれるのですね。わたくしもローゼマイン様にお仕えしたいです」

「何のために？　フィリーネはローゼマイン様のために何ができるんだ？」

ダームエルは子供の戯言《ざれごと》と流さずに真面目な顔でそう尋ねました。わたくしがローゼマイン様のためにできること、と考えて、視線が向かったのは、ローゼマイン様に見せるために書いた紙の束です。

「お話を集めます。ローゼマイン様は新しいお話をすると、とても喜んでくださるから、わたくし、ローゼマイン様のためにたくさんお話を集めたいのです」

「それは喜ぶだろうな。……ローゼマイン様は身分で人を選ばないから、フィリーネの努力を認めれば、きっと側近に加えることも考えてくださる。できるだけ努力するといい」

ダームエルの励ましの言葉を胸に、わたくしはローゼマイン様が目覚めるまでずっとお話を書いていきました。

「フィリーネはどうしてそのようにお話を書いているの？」

シャルロッテ様に尋ねられ、わたくしは自分が書いていた木札へと視線を落とします。

「ローゼマイン様に捧げるためです。目覚めた時に差し上げて、喜んでいただきたいのです」

「あら、それはお姉様の側近になろうと思っているということ？」

驚いたように藍色の目を見開くシャルロッテ様に、わたくしの方が驚いてしまいました。下級貴族が領主一族の側近になれるはずがありません。ダームエルが護衛騎士としてローゼマイン様の側近に入っているのは、神殿時代からローゼマイン様に仕えていることと、神殿に出入りするのを忌避する騎士が多いせいです。そんなダームエルでさえ、ローゼマイン様が領主の養女となって一年以上が過ぎたところで、中級や上級騎士と交代の話が出たそうです。ローゼマイン様が長い眠りにつかれたため、交代させられていないだけなのです。

「ローゼマイン様が目覚めれば、下級騎士であるダームエルは交代させられると聞いています。わたくしも下級貴族なので、ローゼマイン様の側近になれるとは考えていません。でも、そのようなことは関係ないのです。わたくしはローゼマイン様に仕えたいのです」

「何故フィリーネはそれほどお姉様に仕えたいと思うのですか？　接したのは一昨年の子供部屋だけなのですよね？」

わたくしはそっと木札を撫でました。ローゼマイン様が書き留めてくださったお話は、紙や木札に残っています。何度読み返しても、お母様の優しい語り口調が頭の中に浮かびます。けれど、残せなかったお話は記憶の中で薄れ、もう思い出せないお話がいくつもあるのです。

「お母様のお話を喜んで聞いてくれ、書き留めて残してくださったことで、ローゼマイン様はお母様をわたくしに残してくださいました。他の誰にもできないことをしてくださったローゼマイン様がわたくしの主なのです」

そして、今。わたくしはローゼマイン様の文官見習いとしてお仕事をしています。ただ、未だにわたくしは何故自分がローゼマイン様の側近に選ばれたのかわかりません。けれど、ローゼマイン様に不要と言われるまではできるだけのことをしていきたいと思っています。

「フィリーネ、やり直しだ」

神殿でのお手伝いでは計算を任されていますが、わたくしはまだお手伝いというよりも計算練習をさせられている状態です。確かめ算をしたフェルディナンド様に無表情で突き返されることの方が多くて、とてもローゼマイン様のお役に立っているとは言えません。

お城で見かけるフェルディナンド様は穏やかな顔をされていますが、神殿にいる時は基本的に無表情で、眉間に皺《しわ》を寄せた難しい顔が多いです。顔立ちが整っているだけに、じろりと見られると睨まれているようで心臓が縮み上がる気分がします。ローゼマイン様は「大丈夫ですよ、フィリーネ。フェルディナンド様の無表情にはそのうち慣れます。慣れた頃には笑顔の方が怖くなりますから」とおっしゃいました。意味が理解できないのは、わたくしがまだ側近として不出来なせいでしょう。

「またやり直しでした」

突き返された木札を持って自席に戻ると、計算練習中のわたくしと違って、お仕事を任されているハルトムートが片方の眉を上げました。

「フィリーネはもう少し落ち着いたらどうだい？　桁《けた》を間違えていることが多いみたいだ」

「指の動きは速くなっているから、間違いに気を付けるようにすればいいよ。大丈夫だ。フェルディナンド様のあの顔は別に怒っているわけではないから」

一緒に計算を任されているダームエルに励まされて、わたくしは大きく頷きました。怒っているようにしか見えませんけれど、ダームエルがそう言うならば怒っていないのでしょう。

「頑張ります」

わたくしが最初から計算し直していると、ローゼマイン様が立ち上がってフェルディナンド様に何かの書類を差し出しました。目を通したフェルディナンド様が「大変結構」と言って、次の書類を渡していきます。「大変結構」と言う時はほんのちょっとだけ目元が優しげに見えます。気のせいかもしれないと思うくらいの変化ですけれど。

「本来は神殿長の仕事だ。やってみなさい」

「……これはまた厄介ですね」

フェルディナンド様は容赦なく仕事を割り振っていきますが、ローゼマイン様はそれを確実にこなしていきます。わたくしもローゼマイン様の側近として、少しでもお役に立ちたくて頑張っているつもりですが、まだまだです。

「フィリーネは結構頑張っているよ。貴族院で集めたお話をローゼマイン様はとても喜んで読んでいたからね」

「……ハルトムートもたくさんお話を集めたのですね」

ローゼマイン様が喜ぶように、とお話を集めているわたくしと違って、ハルトムートはローゼマイン様の聖女伝説がどのようにできたのかを書き溜めているのです。孤児院や工房の灰色神官や側仕え達から聞きだせる話は城でのローゼマイン様とは全く違っていて興味深い、とハルトムートは大喜びで神殿に来ています。

「ハルトムート、どこに行くのですか?」

「孤児院だ。あそこにはローゼマイン様の側仕えのヴィルマと、元側仕えのデリアがいる。二人の話はとても面白いよ。同じ状況の話でも、距離や立場によってローゼマイン様への印象が全く違うからね」

ハルトムートはフェルディナンド様やローゼマイン様からわたくしよりも多くの課題を与えられています。けれど、それをさっさと終わらせて、灰色神官達の仕事も手伝いながら話を聞きだしているのです。

最初は貴族ということで緊張していた側仕え達から多少の緊張が取れたのは、ハルトムートが気さくに話しかけて「ローゼマイン様のすごいところ」で盛り上がっているからでしょう。わたくしはとてもすごいと思うのですが、ハルトムートに言わせると、それは全てユストクス様から教えられた技《わざ》だそうです。情報のためならば女装もなさるユストクス様がどういう方なのか、わたくしにはまだわかりません。

「ローゼマイン様が本から視線を上げるまでには戻るよ。フィリーネはダンケルフェルガーの写本を頑張れ」

ハルトムートが孤児院や工房、神殿長室でローゼマイン様の話をして盛り上がるのはいつもローゼマイン様が本に集中している時だけなのです。一体どのようにして計っているのか、ローゼマイン様が読書を止める前には話は終わっていますし、別のところに行っていても戻ってきています。

そんなハルトムートの優秀さに、わたくしは自分の至らなさを見せつけられる毎日なのです。

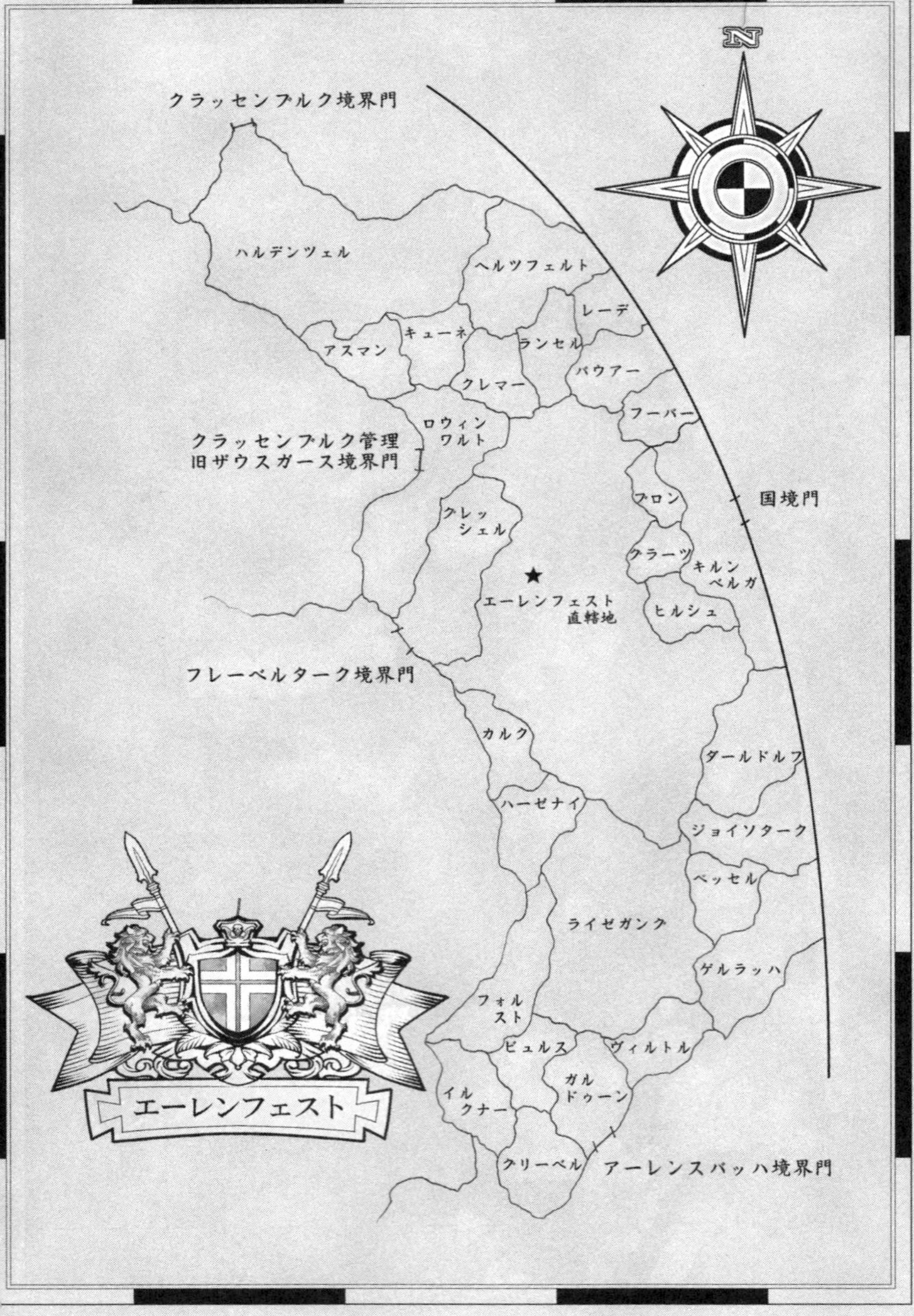
クラッセンブルク境界門
ハルデンツェル
ヘルツフェルト
レーデ
キューネ
アスマン
ランセル
クレマー
バウアー
フーバー
ロウィン
ワルト
クラッセンブルク管理
旧ザウスガース境界門
国境門
ブロン
クレッ
シェル
クラーツ
キルン
ベルガ
エーレンフェスト
直轄地
ヒルシュ
フレーベルターク境界門
カルク
ダールドルフ
ハーゼナイ
ジョイソターク
ベッセル
ライゼガング
ゲルラッハ
フォル
スト
ビュルス
ヴィルトル
ガル
ドゥーン
イル
クナー
グリーベル
アーレンスバッハ境界門
エーレンフェスト

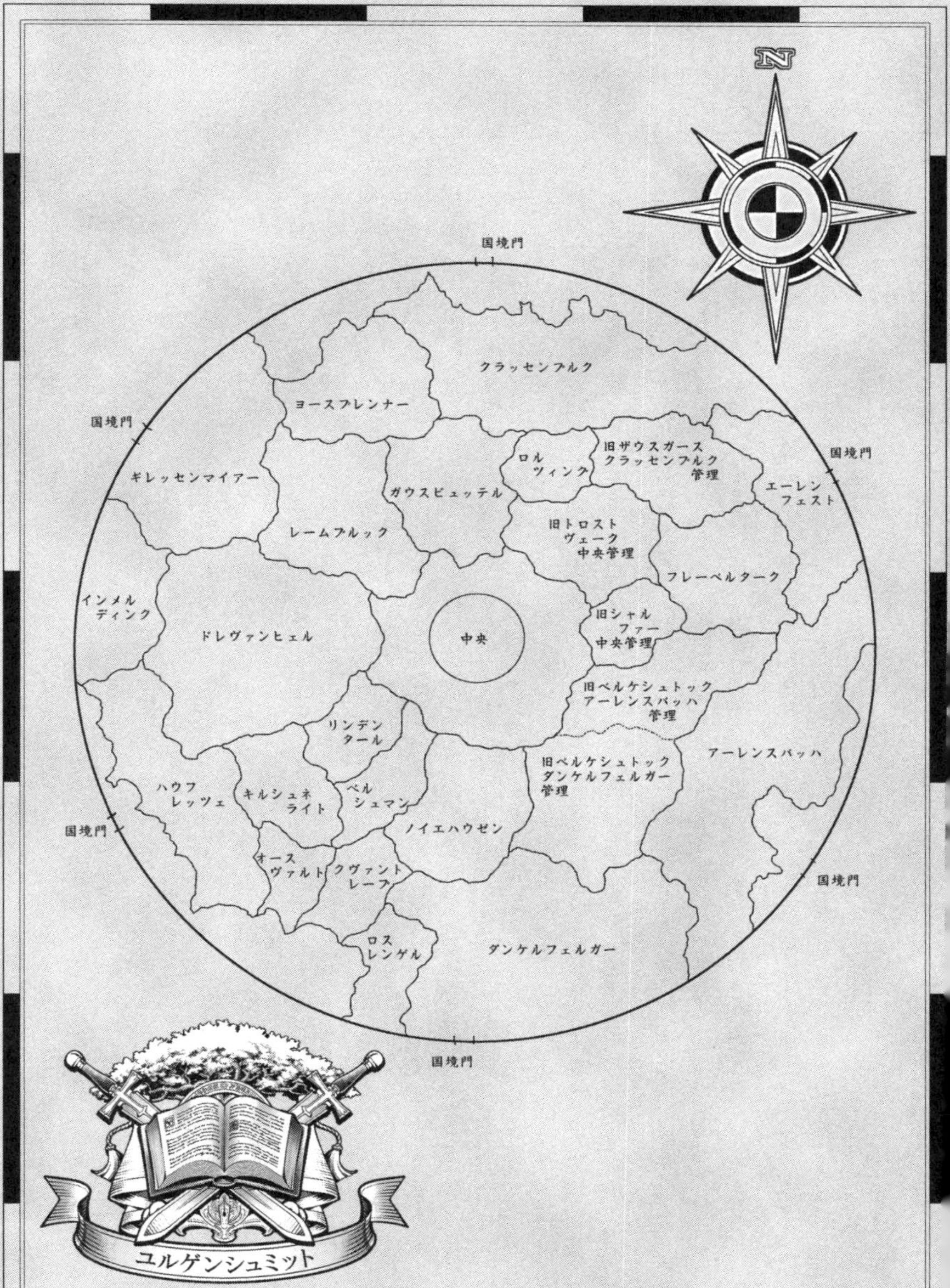
N
国境門
クラッセンブルク
ヨースブレンナー
国境門
ギレッセンマイアー
ロル
ツィンク
旧ザウスガース
クラッセンブルク
管理
国境門
エーレン
フェスト
ガウスビュッテル
レームブルック
旧トロスト
ヴェーク
中央管理
フレーベルターク
インメル
ディンク
ドレヴァンヒェル
中央
旧シャル
ファー
中央管理
旧ベルケシュトック
アーレンスバッハ
管理
リンデン
タール
旧ベルケシュトック
ダンケルフェルガー
管理
アーレンスバッハ
ハウフ
レッツェ
キルシュネ
ライト
ベル
シュマン
ノイエハウゼン
国境門
オース
ヴァルト
クヴァント
レーフ
国境門
ロス
レンゲル
ダンケルフェルガー
国境門
ユルゲンシュミット

あとがき

お久しぶりですね、香月美夜です。

この度は『本好きの下剋上　～司書になるためには手段を選んでいられません～　短編集1』をお手に取っていただき、ありがとうございます。

四カ月連続刊行の第二弾は、『本好きの下剋上』の短編集です。第四部Ⅳまでの範囲の未収録SSや特典SSが収録されています。特典SSの一部は『ふぁんぶっく2』に収録されているのですが、新しく増えた読者様が手に取りやすい形を模索した結果、最初から収録することに決めました。こうして書籍の形で収録すると、電子書籍派の方や応援書店が遠い方にも手に取っていただけることが嬉しいですね。

短編は本編の時系列に沿って並んでいるので、最初から読めば懐かしい気持ちになれるのではないでしょうか。私は何年も前に書いた物を見直して修正するのですから、懐かしいというより恥ずかしくてのたうち回っていましたけれど。

この短編集の大事な見所は、椎名優様の美麗イラストですよね。相変わらず素敵でうっとり。今回、新しいキャラデザはありませんが、普段のイラストとは別の意味で椎名様は大変でした。というのも、第一部から第四部Ⅳということで本編の中では五、六年が経っているわけです。

表紙を見ればわかるように、マインでさえ身長が二十センチくらい成長しています。ルッツやトゥーリのような他のキャラは四十センチくらい伸びています。私は「この頃、このキャラって何歳だっけ？」とマインとの年の差を指折り数えながら指定を出し、椎名様はそれに合わせてイラストを描いてくださいました。

それに、カラーイラストは語り手達がずらりと勢揃い。「十四名も入りませんよ」と言いつつ、しっかり収めてくださいました。さすが椎名様。いつも通り可愛い四コマ漫画も必見です。椎名様、ありがとうございました。

この短編集が出る頃には『本好きの下剋上』のアニメが始まっているのですね。動くマイン達はもちろん、椎名様を始め、たくさんの方々によるエンドカードもご覧いただけます。ぜひ番組の最後まで待機していてくださいね。

最後に、この本をお手に取ってくださった皆様に最上級の感謝を捧げます。

十一月には『ふぁんぶっく4』がTOブックスのオンラインストア限定で、十二月には『第四部Ⅸ』が発売されます。そちらでまたお会いいたしましょう。

二〇一九年八月　香月美夜

毎度おなじみ
巻末おまけ
ゆるっとふわっと日常家族
作：しいなゆう
貴重な薬草になったローゼマイン
うんうん
え？何これ？
エックハルト兄様？ユストクス？
エックハルトのローゼマイン評価急上昇中
森に行けなくなった恨み
フェイ達に思い知らせないといけないよね
邪
それで行く先々で彼らの視界のスミに入り込むの
棚の後ろとか机の下とかにひそんで視線を送り続けるとかいいかも
まずはフェイ達の普段の行動を微に入り細に入りに
観察していかなくちゃ
そして破壊された粘土板の数を夜な夜な囁き続けるのよ
フヒヒヒヒヒヒヒ
父さん！マインに森に行っていいって言って!!

お兄様、努力が足りません！

危険信号

…?
部
イマックス!
そして、物語は最終章へ——

二人の行方は‥
第四
クラ

待望の
Point 1
原作をベースに、
小学生も読みやすい
総ルビ仕様の本文に!
集まれ、本好き!!
本好きの下剋上
第一部 兵士の娘 1
作:香月美夜
絵:椎名優
TOジュニア文庫より
好評発売中!

ジュニア文庫化!
Point 2
椎名優描き下ろし表紙
&新規挿絵を追加!
Point 3
持ち運びしやすい
ジュニア文庫装丁
(サイズ:縦173㎜×横112㎜)
第2巻
2019年10月5日発売!

本好きの下剋上
～司書になるためには手段を選んでいられません～
短編集Ⅰ

2019年11月1日　第1刷発行

著　者　香月美夜

発行者　本田武市

発行所　TOブックス
〒150-0045
東京都渋谷区神泉町18-8　松濤ハイツ2F
TEL 03-6452-5766(編集)
　　0120-933-772(営業フリーダイヤル)
FAX 050-3156-0508
ホームページ　http://www.tobooks.jp
メール　info@tobooks.jp

印刷・製本　中央精版印刷株式会社

ISBN978-4-86472-852-2

Printed in Japan